ぼくは愛を証明しようと思う。

藤沢数希

幻冬舎文庫

「バーで話しかけたショートカットの女子大生はどうなった？」

「最初のディナーで仕掛けたイエスセットがうまくいきましたよ。家に誘ったらあっさりとイエス。あとはいつものようにフェーズシフトさせました」

「ナースの女は？」

「この前のクラブで会った子ですね。週末にカフェで会ってCフェーズをクリア。そのあとは、DVDルーティーンで難なく家に連れ込めました」

「もうひとりクラブでいい感じになってた女がいたよな。誰だっけ、読者モデルの……」

「麻友だったら昨日の夜の11時に一言メッセージを送ったら、僕のところにすっ飛んできましたよ」僕はそう言って、携帯に残っていたメッセージのやりとりを見せた。「完全にトリガーが引かれてますね」

その男は、やれやれ、といった表情で僕を見て笑った。

僕も笑い返す。

東京の街を見下ろしながら静かに乾杯をして、冷たいビールを喉に流し込む。台風が過ぎ去ったあとの東京の空気は限りなく透明で、遠くのビルまではっきりと見える。数え切れないほどのビルがキラキラと輝いている。

「この東京の街は、僕たちのでっかいソープランドみたいなもんですね」

「ああ、無料のな」

彼に出会う前まで、僕は非モテコミットとフレンドシップ戦略を繰り返す、その他大勢のセックス不足の男のひとりにすぎなかった。結婚まで考え、すべてを捧げていた恋人にコケにされ、見返してやろうと他の女に近づいても相手にされず、掃き溜めのような人生を漂っていた。しかし、彼が教えてくれた数々の恋愛テクノロジーが僕のすべてを変えたのだ。

1年前の夜、とあるバーで彼を偶然見つけた。それから東京を舞台に、奇妙だが最高にエキサイティングな僕らの大冒険がはじまった。僕は男の欲望を実現するための秘密のテクノロジーを手にしてしまったのだ。

恋愛工学。

いまでは金融や広告など様々な分野が数理モデルに従って動いている。かつては文系人間たちのガッツで回っていたこうした業界は、いまや複雑なアルゴリズムを操るオタクたちが牛耳っている。だったら、恋愛だって同じことになりはしないだろうか？　答えはイエスだ。恋愛の世界でも、恐るべきテクノロジーが密かに開発されていたのだ。

僕は、世界最大の半導体メーカー・インテルの元ＣＥＯ、アンドリュー・グローブの言葉を思い出した。

“Technology will always win.”
（最後にはいつだってテクノロジーが勝利する）

ぼくは愛を証明しようと思う。

目次

プロローグ　3
第1章　非モテコミット　10
第2章　出会いのトライアスロン　68
第3章　はじめてのデート　178
第4章　恋愛プレイヤー　259
第5章　Aを狙え　317
第6章　星降る夜に　397
エピローグ　445
解説　羽田圭介　453

第1章　非モテコミット

ひとりで夕食を終えてからオフィスに戻ると、所長の青木さんとアルバイトの美奈を残して、他のスタッフは帰宅していた。パーティションで仕切られたそれぞれのデスクには、大量の書類が積み上げられている。僕は席に着いて、山積みの書類をかきわけた。あるベンチャー企業に対して起こされた特許権侵害訴訟の調査のために、ここ数日、分厚い裁判資料や関連文献を読み漁《あさ》っていた。クライアントの発明を聞いて、それを特許出願するという伝統的な特許事務所の業務からはすこし離れるが、青木さんが引き受けてきた案件だ。急ぎの仕事らしく、たまたま手が空いていた僕に投げられた。

青木国際特許事務所は、田町駅の芝浦側出口から歩いて5分ほどの雑居ビルにオフィスを構えていた。30人のスタッフを抱える中堅の事務所で、26歳の僕が一番若い弁理士になる。

「わたなべさん、今日は楽しみにしていたデートだったんじゃないんですか？」

アルバイトの美奈が僕のデスクにやって来た。

「彼女に急なミーティングが入っちゃったみたいで……」

「それは残念ですね」

「まあね。もう遅いから、早く帰りなよ」

「ありがとうございます。もうすこしやったら帰ります」

美奈のあどけない笑顔を見ていると、好きになってしまいそうだ。ダメだ、ダメだ。仕事をしよう。僕には、かわいいガールフレンドがいるじゃないか。

特許権侵害の訴訟に関する資料を読みながら、争点を整理してノートに書き出した。仕事に集中していると、麻衣子のドタキャンで苛立っていた気持ちが鎮まってきた。彼女も社会人になり、仕事を覚えはじめたばかりで大変なのだろう。ディナーの約束がキャンセルされたぐらいで、いちいち腹を立てていてもしょうがない。

壁にかかった時計を見上げると夜の10時を回っている。美奈はいつの間にか帰っていた。青木さんも帰り支度をしている。

僕もそろそろ帰ろうかな。その前に、麻衣子にメールを書いておこう。

＞麻衣子へ、
＞

＞急に仕事が入っちゃうこともあるよね。
＞お仕事がんばってね。
＞また、ディナーしたいです。
＞都合がいい日を教えてください。
＞
＞まさき

★

それから3日間彼女から返事はなく、僕は北品川にあるワンルームマンションと田町のオフィスを往復するだけの日々を過ごした。

10月も下旬になり、秋風がすこし肌寒くなっていた。オレンジ色の西日がブラインド越しにオフィスに差し込んでいる。明日のクライアントとのミーティングに向けて資料を整理していると、青木さんが僕のデスクに来た。

「ミーティングの準備できた？」

「はい。今回の裁判で問題になっている学術論文や、関連する過去の判例は、ひと通りそろえてあります」

分厚い資料を見せると、青木さんはパラパラとめくってチェックした。それから、いくつか足りない資料を指摘し、明日までに準備するよう僕に指示した。

「裁判の結果を予想しないといけないなんて、難しいですよね」

となりの席の水野友美が会話に入ってきた。水野は人妻で、結婚と妊娠を機に大手メーカーの研究職を辞めたあと、弁理士の資格を取り、この事務所に就職した。35歳ぐらいだが、童顔で年齢より若く見える。とても子供がいるとは思えない。清楚な雰囲気を漂わせた美人だ。

「クライアントは投資判断のために、この訴訟の行方を早急に予想する必要があるらしい。これからうちでもこういう調査業務をちょくちょくやりたいと思っているから」

青木さんはそうこたえると、彼女がやっている特許出願について話題を変え、進捗状況を確認しはじめた。

「なんだよ、これ！」

石崎の怒鳴り声がオフィスに響き渡った。青木さんの次にえらい弁理士だ。得意分野は半導体デバイス。うちの稼ぎ頭と言っていい。資格試験の勉強をしながらアシスタント業務につく原勇太が、直立不動で怒られ続けている。

話を聞いていると、どうやら勇太が作った明細書に、必要な段落番号が付いておらず、それをそのまま石崎がクライアントに送ってしまったらしい。あれは昔、僕も戸惑ったのだが、ワードのテンプレートがわかりにくくて、自動で番号を振るにはちょっとしたコツが必要だった。

「石崎さん、それ、気をつけないと間違えちゃうんですよ」

僕はいまにも泣き出しそうな勇太に助け舟を出して、彼に正しいやり方を教えてあげた。石崎の新人いびりはひどくて、過去に僕が知るかぎりふたりの新人が辞めた。僕も苦労したが、稼ぎ頭の彼はやりたい放題だ。

「渡辺さん、教えていただいてありがとうございます」

勇太は安堵の表情を浮かべながら礼を言った。

「わからないことがあったら気楽に聞いてよ」

この事務所で働きはじめて3年目の僕は、ひと通りのことは把握していた。

最初は誰も教えてくれなくて、ずいぶんと回り道をしながら仕事を覚えた。でも本当は、会社としてはそんなことでスタッフの時間を取られるのは無駄なはずで、誰かがちょっと親切に教えてあげれば済む話だ。先輩の威厳を保ちたいなら、もっと別の方法があるだろう。

資料の準備に大体の目処《めど》がついたとき、麻衣子から、3日前に出したメールの返事がLINEで来た。
［明日の夜なら空いてるよ。ご飯食べに行く？］
僕はすぐにOKをした。
［もちろん。有楽町のイタリアンを予約しておくよ。］

★

決戦の金曜日だ。

今日は大切なミーティングがふたつある。

午後3時半、僕はクライアントから依頼されて作った資料を用意して、会議室で待機していた。

しばらくすると、青木さんが30代半ばぐらいの男性といっしょに会議室に入ってきた。

グレーのスーツに、黒ぶちのまん丸いメガネ。交換した名刺には、アルファキャピタル、ファンドマネジャー、永沢圭一、と書いてある。とても誠実そうだ。他人の金を預かる仕事をしているだけのことはある。

メーカーの知的財産部が主なクライアントの特許事務所にとっては、ファンドマネジャーが仕事相手になるのはめずらしい。最近では弁理士がカバーする知的財産分野の範囲が広がっているが、メーカーの知財部以外と仕事をするのは、僕にははじめての経験だった。

「彼が中心になって、承《うけたまわ》りましたリサーチ業務をやっております」

青木さんは中心と言ったが、実際、この仕事をやっているのは僕ひとりだけだ。それなりの金額を支払うクライアントに本当のことは言いにくいだろう。

特許権侵害訴訟は、あるベンチャー企業で開発された遺伝子解析装置に関するものだった。原告は保有している特許を、この会社が侵害していると訴え、製品の販売中止と多額の損害賠償を求めていた。一方で、訴えられた会社は、その技術は特許が出願される以前にすでに知られていて、特許そのものがそもそも無効だと主張している。

僕は裁判で争点になっている文献をすべて取り寄せ、読み込んでいた。

ファイルしておいた文献について一つひとつ説明すると、永沢さんは、細かい質問をいくつもしてきた。彼は想像以上に科学技術にも知財関連の法律にも明るかった。

彼が知りたいのは、特許権侵害で訴えられている会社が裁判に勝てるかどうかのようだ。なるべく正確に予測するために、情報を集めていた。

「仮に判決まで行くとして、結局、どっちが勝つと思う？」

「こういうのは裁判官の心証ひとつなんで、最後までわかりませんけど……」

「そんなことはわかっている。君の意見は、どっちなんだ？」

「僕には、被告のベンチャー企業の主張が正しいように思えます。出願前に出版されている論文の内容から、今回の特許のアイディアを類推するのはとても簡単なので、公知のものであったと認定されるのではないでしょうか」

「新規性、進歩性がなく、特許そのものが無効になる可能性が高いと？」

「そうですね。もちろん最後までわかりませんが、僕が裁判官なら無効にしますね」

永沢さんは、しばらく黙って考えていた。それから、その他の判例の調査など、来週までにやっておいてほしい仕事を僕に指示した。

「思っていたより、いい情報が得られたよ。来週までに残りの資料をよろしく」

僕と青木さんは、永沢さんをエレベータの前まで送って、深くお辞儀をした。クライアントの反応が良くて、青木さんは満足そうな表情をしている。

まだ午後5時だったが、大事なミーティングが終わり、気が抜けてしまった。

そして、今晩は、もうひとつの大切なミーティングがある。

麻衣子とのデートだ。

そのことを考えると、ますます仕事が手につかない。

僕は仕事をしているふりをしながらネットサーフィンをした。

これだって立派なリサーチ業務だ。

★

7時半に予約した有楽町のイタリアンには、10分早く到着した。

ガード下にあって、騒音が少し気になるが割安だ。麻衣子に教えてもらった店で、ひとり4000円ぐらいで食事とワインが楽しめる。僕はひとりでビールを飲みながら待っていた。

彼女はいつも20分ぐらい遅れてくる。

麻衣子は24歳で広告代理店の営業をしている。ストレートの黒髪で清楚な感じだ。すごく美人とまでは言えないが、平均よりかわいいほうだと思う。少なくとも僕はかわいいと思っていた。

半年前、親友の横田啓太の結婚式で知り合った。ソメイヨシノの桜が散って、八重桜が咲きはじめた4月の終わりごろだった。

啓太は、いまでも連絡を取り合う唯一の高校時代の友人だ。

男子校に通っていた僕たちには、恋人はおろか女友だちすら存在せず、ふたりで流行りのテレビゲームに熱中していた。ふたりとも地元の静岡を離れ、東京の別の大学に進学した。それぞれ、ひとり暮らしをしていた。僕は工学部で、彼は経済学部。僕が実験レポートを忙しく書いていたとき、大学デビューを果たした彼は、テニスサークルで女たちと充実した日々を過ごしていた。

今回、結婚することになった相手は、啓太が大学時代につきあっていた彼女だ。僕も何度か会ったことがあるが、女子大の文学部で、おとなしそうな感じの子だった。地味だけど、よく見ると美人というタイプだ。一度別れたと思ったら、どういう経緯か、2年ぐらい前に再びつきあいはじめ、今回のゴールインとなった。

二次会の会場となった中目黒《なかめぐろ》の居酒屋で、たまたま僕のとなりに座ったのが麻衣子だった。そのとき、彼女は恋人と別れた直後で、僕はずっとその話を聞いていた。麻衣子は、他の人にはあまり話しかけず、ずっと僕としゃべってくれた。

僕は、学生のときにつきあっていたガールフレンドがひとりいた。しかし、社会人になって、毎日の仕事で余裕がなくなると、突然、「好きな人ができた」と言われてふられてしまった。僕は、それ以来、ずっと恋人がいないことも正直に話した。麻衣子は、「わたなべさんみたいなやさしい人をふるなんて、その彼女は男を見る目がなかったね」と言ってくれた。僕はすっかり麻衣子を好きになってしまった。

連絡先を交換し、僕は毎日のように愛のメッセージを送った。3回目のデートで告白して、彼女が「つきあってもいいよ」と言ってくれたときは、天にも昇るほどうれしかった。僕たちの身体も結ばれたのは、それから2ヶ月ほどあとの隅田川の花火大会に行ったときだった。僕はこうして2年半ぶりにセックスした。

僕には麻衣子以上の女が現れるなんて思えなかったから、将来的には結婚を申し込むつもりだった。

「ごめん、待った?」

麻衣子が約束の時間からきっかり20分遅れて到着した。黒のパンツに白いシャツ、そして黒のぴったりしたジャケットを羽織っていた。若手の営業女子らしいかっこうだ。

僕はワインを飲みながら彼女の仕事の愚痴を聞いた。それから来週はもう11月で、すぐにクリスマスだという話になった。

「私、欲しいバッグがあるんだ」

「クリスマスのプレゼントで買ってあげるよ」僕は自信を持ってこたえた。

「いいの？　でも、ちょっと高いよ」

「大丈夫、大丈夫。僕は弁理士になって3年目だし、まあまあ稼ぐようになったし」

「でも……、30万円もするんだよ」

ナイフでチキンを切っていた右手が一瞬止まった。5万円ぐらいなら大丈夫だけど、それはちょっとキツイと思った。でも、男の意地も見栄もあったので、もっと安いのにしてほしい、とは言えない。心の中で動揺しながら、「が、がんばるよ」とこたえた。

彼女は上機嫌になって、ぐびぐびとワインを飲みはじめた。それを見て僕は、今夜は最後までいける、と期待に胸をふくらませた。

支払いは、ふたりで1万円いかなかった。デート代は、2歳ばかり年上で彼女より稼いでいる僕がすべて払っている。

有楽町から品川まで山手線で移動し、品川で京急線の各駅停車に乗り換えてひとつ目の駅が北品川だ。

僕のアパートに着いたときは、夜の11時を回っていた。

僕たちは部屋の端っこに置いてあるベッドに座って、しばらく沈黙していた。

セックスするのは久しぶりだったので、ここまで来て、断られるんじゃないかと心配だったが、思い切って彼女に抱きついた。キスをして、服を脱がせた。自分も脱いだ。ブラジャーは、彼女に自分で取ってもらった。ひと通りの前戯を済ませて、僕が入れようとすると、「ゴムつけて」と言われた。セックスを中断し、引き出しからコンドームをひとつ取り出し、装着した。挿入するとすぐにイッてしまった。

彼女はシャワーを浴びるために浴室に入っていった。

麻衣子は僕の家でシャワーを浴びるとき、自分のカバンと着替えをいつも浴室に持っていく。まるで治安の悪い外国のレストランでトイレに行くときみたいに。しかし、今日はたまたま、携帯をフローリングの床に置き忘れていた。

彼女がシャワーを浴びているときに、ひとつのメッセージが偶然、携帯のロック画面に表示された。

「明日の23時なら空いてるから、うち来る?」(あきひろさん)

えっ。「あきひろ」って誰だ?

麻衣子は、この男の家に泊まりにいくつもりなのか? ディナーもなしでいきなり家に呼び出すのか? 僕はジワッといやな汗をかきながら、猛烈なスピードで状況を飲み込もうとした。

そして、このメッセージはどう楽観的に解釈しても、彼女が他の男と浮気をしているということを想像させるのだった。

すぐに追及すべきかどうか、迷った。追及して、僕たちの関係が完全に壊れてしまったら……。とりあえず解決策をよく考えよう。彼女の携帯を画面が下になるようにひっくり返して、元の場所に置いた。

彼女がシャワーから出てきても、まるで何も気がついていないかのように他愛もないことを話した。


僕もシャワーを浴びると、麻衣子はすでにベッドの中で目をつむっていた。仕事で疲れていたのだろう。僕もベッドに入って寝たふりをしながら、彼女が完全に眠りに落ちるのを待った。

小さな部屋の静かな闇の中で、僕はじっと考えた。

そして、麻衣子の携帯をなんとかして見よう、という結論に達した。

彼女が深く眠っていることを確認して、僕はそっとベッドから抜け出し、それから枕元にあった携帯を静かに手に取った。彼女のｉＰｈｏｎｅはロック解除に指紋認証を採用していて、右手の人差し指を登録しているはずだ。
僕はふとんの中で彼女の右手の人差し指を探した。そして、起きないことを祈りながら、ゆっくりと彼女の指を携帯のホームボタンにひっつけた。
あっさりと、ロックが解除された。
僕はLINEの会話履歴を開いた。
[あきひろさんに会いたくなっちゃった。]
[今日は仕事で忙しい。]
[いつなら会ってくれるの?]
[明日の23時なら空いてるから、うち来る?]
[うん、行くね!]
さらに、前回、僕がデートのためにレストランを予約していたときに、彼女がドタキャンした理由もわかってしまった。
[今日は、はやく仕事終わった。おいしいものでも食べに行く?]
[うん! うれしい!]
ごていねいに、そのあとにマスコット同士がキスするスタンプまで続いている。
前々回のデートで、ディナーのあとに彼女が急に帰った理由も。

[会いたいけど、今夜空いてる？]

[空いてるよ！　うれしい！]

今度はかわいいマスコットが抱き合うスタンプ。

あきひろという男のプロフィール写真を拡大して見ると、爽やかな雰囲気のすごいイケメンだった。それが僕の劣等感を突き刺した。

麻衣子に対する怒りがこみ上げてきた。

しかし、その怒りはすぐに悲しみに変わった。

僕は万が一のときに彼女の携帯をいつでも見れるように、こっそりと自分の指紋も登録しておいた。

携帯を元の位置にそっと戻す。


窓の外を見ると、空の底が白くなっていた。

もう、朝の5時半だ。

僕は一睡もしていない。

麻衣子の寝顔をそっと見た。愛《いと》おしかった。やっぱり僕は彼女を愛している。

よく考えて、彼女の浮気を許そうと思った。

彼女が起きるまでに、朝ごはんを作ることにした。徹夜だったけど、不思議と気分はすっきりとしていた。許す、と決めたら心が軽くなったのだろう。

僕はツナ缶とレタスでサラダを作って、それをベッドの脇の小さなテーブルに置いた。

「起きた？」僕が言うと、麻衣子は「んー、おはよう」と寝ぼけながらこたえた。

なんて、かわいいんだろう。

麻衣子は、起き上がって浴室に入っていった。歯を磨いて、化粧をしているはずだ。彼女が浴室から戻ってくるころを見計らって、焼いておいたトーストをテーブルに並べる。

彼女がベッドに腰掛けた。

僕は、勇気をふりしぼって切り出した。

「あきひろって誰？」

「えっ、なんのこと？」麻衣子はまったく動じない。

「浮気してる？」

「そんなことするわけないじゃない」

「正直に言ってほしい」

「だから、なんなの？」

「じつは、携帯見ちゃったんだ」

麻衣子の顔が青ざめたように見えたが、すぐに僕を睨み返してきた。

「あんた、人の携帯見るなんて、サイテーだね。そんな卑怯な人だと思わなかった」

麻衣子はカバンを手に取り、怒って出て行ってしまった。

疲れが、どっと襲ってきた。

どうやら許しを請わなくてはいけないのは、僕のほうになったようだ。

★

土曜日は何も喉を通らず、朝からずっとベッドで寝込んでいた。

「やっぱり本当に愛しているのはわたなべ君だけ。あんな外見だけの軽い男なんてどうでもいいの。本当に反省したから許してください」

と、麻衣子が電話してくるのをずっと待っていた。

僕には、真実を知ることにするのか、しないのかの選択肢があった。真実には、彼女が浮気をしている、あるいは潔白という2通りの可能性があった。つまり、携帯を見る前の時点では、

（1）彼女は浮気をしていて、僕はそれを知る
（2）彼女は浮気をしていなくて、僕はそれを知る
（3）彼女は浮気をしていて、僕はそれを知らない
（4）彼女は浮気をしていなくて、僕はそれを知らない

という4通りの未来があったわけだ。

結果的には（3）だった状態が、僕が携帯を見るというアクションで（1）になり、その結果、麻衣子を失いかけている。彼女の携帯を見なかったら、つまり、（3）か（4）の状態のままだったら、まだ、以前と変わらずつきあっていたことになる。結局のところ、僕は彼女が好きで好きでしょうがなく、彼女と別れたいなんてこれっぽっちも思っていない。だったら携帯なんて見るべきではなかったのだ。

世の中には、知らないほうが幸せなことはいくらでもある。

浮気をしたのは麻衣子で、それは世間の常識でいえば、彼女に非があるのかもしれないけど、こんな僕にたまにセックスさせてくれただけで、ありがたいことだと思わなければいけなかったんだ。だって、いくら浮気をされたといっても、こうしてひとりぼっちでいるより

はずっとましなのだから。

結局、日曜日も、麻衣子からは何の連絡も来なかった。

そして、月曜日の朝9時半には、なんとか出社した。というよりも、仕事でもしていないと気がおかしくなりそうだった。

それから3日間、僕は黙々と集めた文献のリサーチを続けた。水曜日の夕方には、すべての資料をきれいにファイルし終えることができた。明日のミーティングで不備がなければこの仕事はひとまず完了となる。青木さんが言うには、ここでがんばっておけばアルファキャピタルから、また似たような仕事をもらえるとのことだ。


僕は田町の駅前の本屋に寄ることにした。

駅を出ると、目の前にTSUTAYAがあり、雑居ビルの向こう側には、物々しいNECスーパータワーがそびえ立っている。

1980年代にはPC－98シリーズが大ヒットし「国民機」とまで呼ばれ、半導体生産でもこの会社は世界1位となった。スーパータワーはそんな絶頂期に建てられたものだ。しかし、インテルのCPUとマイクロソフトのウィンドウズを搭載したPC／AT互換機が、急速に世界市場でシェアを拡大し、PC－98シリーズは破れ去る。最近ではガラパゴス携帯でやはり時代の袋小路に入ってしまった。いまのこの会社には、巨大な自社ビルを建てたころの面影はない。

何冊かの技術書を買ってから、僕は三田商店街のラーメン屋に行った。それから、いつものようにひとりで帰宅した。

★

木曜日の午後3時半、青木さんと僕は会議室にいた。

アルファキャピタルの永沢さんが、受付兼事務の村西に連れられて部屋に入ってきた。甘い香水の匂いがした。30代半ばのこの女性が、所長の青木さんの愛人であることは公然の秘密だった。

サラリーマンを辞めて、自分が作った特許事務所がある程度成功した青木さんは、金持ちになった。金持ちはひとり愛人を持つ、というのがどうやら世の中の決まりごとのようだ。僕も金持ちになりたいものだ。

僕がファイルしておいた資料の説明をしたあと、丸メガネをかけた永沢さんは細かな質問をはじめた。

「やはり、このケースでは特許が無効になりそうか」

「そうですね。裁判は最後までわかりませんが、いちゃもんをつけて和解金をせしめるパテントトロールのように、僕には思えます」

「青木さんの意見は？」永沢さんが聞いた。

「出てきた証拠が大きいと思います。この論文に書いてある原理がそのまま使われているわけですから」

青木さんも僕と同じ意見で、そもそも訴えの根拠になっている特許に正当性がないということだ。

今回の仕事を通して、すっかり遺伝子解析にくわしくなっていた僕は、永沢さんと未来の医療の話題で盛り上がった。青木さんは、そうしたことにはあまり興味がなく、クライアントがめんどくさいことを言い出さないかが心配のようだった。

「ありがとうございます。思っていた以上の分析ですね」

ミーティングの最後に、永沢さんは満足そうに言った。正直、僕は彼が何のためにこの裁判のことをこんなに調べているのかよくわからなかったけれど、とにかくこれでひと仕事が終わった。

「我々はこういったリサーチ業務もこれからやっていこうと思っています。いつでもお声がけください」

そう言う青木さんは、ピンハネだけする楽な仕事だ。実際に時間のかかる作業をやるのは僕だというのに。

「今度、打ち上げでもやりましょう。いい仕事をしてくれたお礼に、おごりますよ。神楽坂《かぐらざか》にいい和食の店があるんです」

永沢さんは、青木国際特許事務所での僕の株をかなり上げてくれたようだ。

やはり仕事は、女と違って、がんばれば裏切らない。

★

ずっと無視されていた麻衣子から突然連絡が来たのは、クリスマスの1週間前だった。あの浮気発覚事件から2ヶ月近くが経《た》っていた。

「しばらく連絡しなくて、ごめん。クリスマスに会いたいな。」

僕は麻衣子と12月24日にデートの約束を取りつけた。めぼしいレストランはどこも予約でいっぱいだったけど、銀座のフレンチレストランに空きがあった。プレゼントは彼女が欲しいと言っていたバッグだ。30万円は、僕の給料からしたらかなり高い。痛い出費だったけど、僕は慣れない丸の内のブランドショップで、そのバッグを買っておいた。

銀座の高級フレンチを予約したこと、プレゼントを買ったことをＬＩＮＥで伝えると、彼女は「うれしい！　楽しみにしているね！」と返事をくれた。


クリスマスイブは、仕事を早く切り上げて銀座に向かった。銀座はこれでもかというぐらいキラキラしていた。

僕はレストランに先に着いて、彼女を待った。プレゼントは、テーブルの下に隠す。しばらくすると麻衣子が現れた。めずらしく遅刻じゃない。以前と変わらない笑顔だ。彼女は胸元が開いた白いシャツの上に紺色のジャケットを羽織っていた。

よく冷えたシャンパンで乾杯した。

プレゼントを渡すと麻衣子はすごく喜んでくれた。お互いにあの日のことは口にしなかった。クリスマスディナーは、フォアグラの前菜と、スープ、それから白身魚の料理と、牛肉の料理が出てきた。最後のデザートはワゴンから好きなケーキをふたつ選べた。僕たちはワインを1本空けた。正直に言えば、こんな値段を払ってまで食べるものかと思ったけど、そんなことはどうでもよかった。

こうして再び会えたことが何よりもうれしかった。

ホテルも予約してあることを告げると、麻衣子はちょっと困った顔をした。それから「ごめんね。まだ、そういう気分じゃないの」と言った。僕は麻衣子の気持ちを尊重し、素直に従った。ディナーが終わったら、麻衣子はどこかに行かなきゃいけない用事があるとのことだ。

僕たちは有楽町の駅で別れた。

予約しておいた赤坂のホテルにひとりで向かった。家に帰ってもよかったのだが、当日のキャンセルは100%料金がかかるとわかり、ひとりで泊まることにした。受付では、あたかも恋人が遅れてくるかのようなふりをしてチェックインした。

時間をつぶすために、ホテルの部屋で映画を見ることにした。無料のいくつかの映画のなかから、『世界の中心で、愛をさけぶ』を選んだ。昔、話題になったときに小説は読んだのだけれど、映画はまだ見ていなかった。

高校生のサクとアキの切ないラブストーリーだ。ふたりの愛に、僕は心を打たれて、思わず泣いてしまった。サクとアキはソニーのウォークマンで、カセットテープにお互いにメッセージを録音し、それを交換し合うことによってふたりの愛を深めていた。

これだ！

僕も麻衣子に声を届けようと思った。麻衣子の携帯に電話すると、期待どおりに彼女は電話に出ず、留守電に切り替わった。

「今日は久しぶりに会えてすごくうれしかったです。僕はもちろんいまでも麻衣子のことが好きです。大好きです。啓太の結婚式ではじめて麻衣子を見たときに、すぐに好きになりました。それから、いっしょにご飯を食べに行ったり、花火大会に行ったり、楽しいことがいっぱいあったね。これからもずっと、ずっといっしょにいたいです。連絡待ってます」

★

待てども待てども、麻衣子からの返事は来ない。

僕は仕事に専念することにした。クリスマスのデートは僕の給料の１ヶ月分以上の出費だったので、それを取り戻さないといけないし、仕事以外にやることもなかった。年末も年始も、クライアントに依頼された特許出願の書類を作り続けた。

クリスマスから１ヶ月が経っても、麻衣子からは返事が来ない。たまにＬＩＮＥのメッセージを送ってみたが、一度も既読にならない。

僕は、しばらく行っていなかった性風俗店に通いはじめていた。

最近の僕の人生というのは、次のようなものだ。

朝の8時半ぐらいに起きる。それから歯を磨いて、菓子パンやコーンフレークなどで簡単な朝食を食べる。9時半には会社に着いて、青木さんやシニアの弁理士に頼まれた仕事をPCの前でひたすらこなす。ランチはひとりで食べることが多かった。夕方の7時ごろには仕事を終えて、三田《みた》でラーメンか牛丼か定食を食べる。もちろん、ひとりだ。そのあとは、家でDVDを見たり、読書をしたり、PCでネットサーフィンをしたりした。夜の10時ごろには風呂に入る。それからまたPCの前に座り、ツイッターで有名人にやじを飛ばした。深夜12時ごろには、インターネットで無料のポルノ動画を見てオナニーをした。この時間帯はそうしたアダルトサイトがすごく重くなることから、インターネットにつながっている日本中のおびただしい数のPC画面の前で、僕と同じことをしている男たちがいるのだろうと想像できた。

特許事務所では、誰もやりたがらないような書類仕事を朝から晩までこなす。その対価として得られた給料は、家賃に消え、食費に消え、光熱費に消え、すこしばかりの衣服になった。それでも残った分は、1日に何本もペニスを咥《くわ》える風俗嬢たちに飲み込まれていった。

僕は誰からも愛されることなく、ひとりで生きて、そして、死んでいくのかもしれない。

そう思うと心底恐ろしくなった。

インターネットの匿名掲示板では、モテない男のことを「非モテ」と言う。ネットの中では楽しそうにしていても、実際は、無料のポルノ動画で毎日オナニーをしていて、現実世界では友だちも恋人もいないような男を、リアル（現実）が充実していないという意味で「非リア」と言う。週末は友だちとバーベキューしたり、恋人と旅行をしたりして、素敵な思い出の写真の数々をフェイスブックにアップしているようなやつらを「リア充《じゅう》」と言い、非リアはその反対語だ。

僕は非リアであり、非リアな人間の多くがそうであるように、非モテでもあった。あるいは、非モテだから必然的に非リアなのかもしれない。


気がつくと、麻衣子は僕の人生から完全にいなくなっていた。

思い切って電話をかけてみたら、着信拒否にされていることがわかった。ネットで調べた、ＬＩＮＥがブロックされているかどうかがわかるという方法を試してみたら、やはり麻衣子にブロックされていた。

もう会えないなら、はっきりとそう言ってくれたほうがはるかによかった。いままで誠心誠意尽くしてきたのに、とても残酷な仕打ちに思えた。

僕は愛していたけど、彼女は僕のことを愛していなかったのだ。

★

冬の荒々しい風が、高層ビルの壁に吹きつけていた。

2月の終わりのそんな寒い日に、僕を絶望の淵から救い出したのは美奈だった。

彼女は法学部の学生で、週に2日か3日、青木国際特許事務所でアルバイトをしながら、資格試験の勉強をしている。

オフィスに来ると、美奈からはじめてメールが届いていた。

>わたなべさん、
>
>資格試験の勉強で相談したいことがあります。
>いっしょにランチでもしませんか？

＞お返事待ってます(^_^)

＞

＞みな

僕が麻衣子と別れたことは、彼女の耳にも入っているはずだ。これはひょっとしたら僕に気があるのかもしれない。特に顔文字のあたりがそう感じさせた。

僕はすぐに返事を書いた。

＞もちろん。さっそく今日のランチは？　わたなべ

彼女はすでにオフィスに来ていた。壁際の机で、ＰＣに向かって作業をしている。すぐに返事が来た。

＞ワーイ(*^_^*)　みな

こうして僕たちは、はじめてのデートをすることになった。

事務所から5分ぐらい歩くと、芝浦の運河にたどり着く。そこのリバーサイドにあるおいしいイタリアンをいっしょに食べに行くことにした。

席に着くと、美奈はコートを脱いでから、マフラーと手袋を外して、テーブルの横に置いてあるカゴに入れた。

ふたりとも日替わりパスタを注文した。

美奈は文系だが、科学に興味を持っていた。だからこそ弁理士事務所でアルバイトをしている。資格試験の勉強をしていると、どうしても文系の彼女にはよくわからないことに度々出くわすらしく、それを僕に聞きたいようだ。工学部出身の僕は、もちろんふたつ返事で彼女の家庭教師を引き受けた。

★

美奈とふたりではじめてランチに行った日から、1ヶ月が経った。

桜の木々は緑のつぼみをふくらませ、花を咲かせる準備をしている。春の足音がすこしずつ聞こえてきた。

僕の生活も変わった。たとえば、性風俗店に行かなくなった。彼女が事務所に来る日は、通勤電車の中で思わず笑みがこぼれた。

美奈は、高級バッグを持ち逃げして、ひとつも連絡をよこさなかったあの女よりも、かわいくて、性格もよさそうだった。このまま美奈とつきあうことになれば、結果的にはよかったじゃないか。僕はいつデートを申し込もうか、そのチャンスを窺《うかが》っていた。

ところが驚いたことに、彼女のほうから誘ってきた。

＞わたなべさん
＞
＞いつもわからないことを教えてくれてありがとうございます(>_<)
＞じつは、今週の土曜日に引っ越すんですけど、手伝いにきてくれませんか？
＞
＞みな

どうやら恋愛の女神様は、僕を見放してはいなかったようだ。僕は、ふたつ返事でOKした。あのひどい女と別れてからというもの、週末は常に空いていたからだ。

車は美奈の友だちが用意しているので、僕は彼女の家に行けばいいだけとのことだった。

引っ越しデートのことを思うと、その週はずっとそわそわしていた。仕事で忙しい中、自分の時間を美奈の家庭教師に捧げてきた。僕は彼女がわかるまで、いつもていねいに教えてあげた。もちろん、無料でだ。

こうした僕の誠意が、ついに報われるときが来たのだ。

★

3月の最後の土曜日は快晴だった。風の感触は穏やかになり、太陽の光が柔らかくなってきた。春の気配は日一日と濃くなっている。

午後1時、僕はネルシャツにジーンズという動きやすいかっこうで、大井町にある美奈の家に向かった。

「あっ、わたなべさん。来てくれてありがとうございます。どうしても私たちだけで運び出せなくて」

美奈は僕を部屋の中に招いた。

小綺麗なワンルームマンションの中には、穴がたくさん開いたジーンズに、黒のタンクトップの上にグレーのパーカーを羽織った男が立っていた。胸板が厚い。

こいつは誰だ、と僕が思っていると、美奈がすぐに紹介した。

「彼氏の恭平です。エヘヘ」

「わたなべ先輩っすね。いつも美奈がお世話になってるみたいで、ありがとうございます」

そいつは外見の割には礼儀正しいやつだった。このあと、新居で美奈とふたりきりになり、とうとう結ばれることを予定していた僕は、当然ながらショックを受けるとともに、この展開になんだか妙に納得した。

「わたなべ先輩の手を煩《わずら》わせないために、朝からふたりでがんばってたんすけど、どうしてもこいつだけは男がふたりいるんっすよ」

恭平はそう言って、ひとり暮らしにしては大きい冷蔵庫と洗濯機を指さした。

美奈が小さい物をトラックに積み込んでいる間、僕は恭平とふたりで冷蔵庫と洗濯機を運ぶ作業に取りかかった。彼は慎重に僕とタイミングを合わせて、冷蔵庫を持ち上げた。それからふたりでトラックまで運び、ゆっくりと荷台に載せた。同じ要領で洗濯機も運んだ。

とうとうトラックにすべての荷物を積み込み、僕たちは祐天寺《ゆうてんじ》の新居に向かうことになった。恭平が運転して、僕はそれほど広くないトラックの助手席に美奈とふたりで座る。狭い車内で、彼女の身体に密着できたのがすこしうれしかった。

新居もワンルームだったが、前の物件よりも築年数がずっと浅かった。冷蔵庫と洗濯機を運び入れると、僕の仕事は終わりになった。

玄関で、恭平は僕に礼を言うと、ダンボール箱を運んでいた美奈を呼び止めた。

「おい、美奈、お前もちゃんと礼言えよ」恭平はそう言うと、美奈の頭をつかんでお辞儀をさせた。

「わたなべさん、本当に今日はありがとうございます。あとは私たちでやります」

「どういたしまして」

僕は祐天寺の駅にひとりで向かった。

家に帰ると、ベッドに倒れ込んだ。

勘違いしていた自分がくやしかった。馬鹿みたいだった。

週末は再び寝込むことになり、僕は一歩も自宅の外に出られなかった。

★

日本経済という巨大な河の上に浮かんだ小舟に僕はひとりで乗っていた。河の流れに逆らう方向に、食欲と性欲をエネルギー源にして、沈没しそうな小舟をひとりで毎日漕いでいた。僕が小舟を必死に漕ぐ速さが河の流れの速さとだいたい同じぐらいだったので、僕はなんとか同じ場所に留まっていることができた。毎日、同じ景色を眺めていた。北品川と田町を往復する。寝る、食べる、通勤、山のような書類仕事、そして、風俗嬢の手の中や口の中でする射精。

僕のこうした活動のすべてが、わずかながら日本経済に貢献していた。掃き溜めのような人生を漂っていた。

恋愛というものはもはやどこか遠い世界の出来事に思えた。

非リアの僕は、週末はいつもひとりだ。

アパートからすこし歩いたところにある品川の運河の近くのカフェで、ラテを飲みながら本を読むのがささやかな幸せだった。

かわいい店員がいたからだ。

ある日、僕がひとりで本を読んでいると、突然、その店員が話しかけてきた。

「サンプルの新しいコーヒーです。よかったらお試しください」

「ありがとうございます」

僕は小さなカップに入っていたコーヒーを、一口で飲み干した。

「おいしいですか？」

「すっ、すごくおいしいです」

結局、会話はそれで終わってしまった。

もっと別の言い方があって、そうしたら会話もはずんで、彼女と友だちになれたかもしれない、といろいろと想像してみた。しかし、そんなうまい話があるわけないだろう。僕は非モテだ。そんなことを考えながら、本を1冊読み終えた。

僕は、ひとり家に帰ることにした。


「ちょっと、待ってください」

店を出て、しばらく歩いていると、さっきの店員が追いかけてきた。

「はい」と僕はこたえる。

「これ、忘れてましたよ」

彼女はそう言うと、文庫本をひとつ差し出した。

僕の本だった。

「すいません。ありがとうございます」

「いえいえ」と言ってから彼女は本の表紙を見た。「『アルジャーノンに花束を』……。どんな話なんですか？」

僕はかわいい女の子と会話をするというめったにないシチュエーションに緊張しながら、説明をはじめた。

「知的障害の青年がパン屋でずっと働いていて」と僕が言うと、彼女は興味深そうに黒目がちの大きい瞳で僕のことを見つめてきた。さらに緊張してしまう。「その青年の知能は6歳児ぐらい、つまり子供の心のままのおとなしい性格の青年だったんだけど、知能を高める手術の実験台になるんだ」

彼女が僕の話を聞いている。

「それで、手術が成功して、頭がすごくよくなってしまうんだ」

「へえ」

「でも、そうなると、いままでに気づかなかったいろいろと悲しいことがわかって、主人公は苦しむことになる」

「なんか、面白そうな話ですね」と彼女は言った。笑顔がまぶしすぎる。「わたし、戻らないと。また、コーヒー飲みに来てくださいね」

「は、はい」

と、僕はこたえた。

カフェに本を忘れて、それを彼女が届けてくれたことは、この数ヶ月の間で一番いい思い出だった。いや、もっと長い期間で一番の出来事だったかもしれない。

しかし、僕はどういうわけか、そのカフェを二度と訪れなかった。もう一度彼女に話しかけて、厳しい非モテの現実を突きつけられたら、この素敵な思い出も壊れてしまうと思ったからだ。それだったら、思い出のまま、彼女が僕の心の中にずっと住んでいてくれたほうがいい。

僕は、いつの間にか27歳になっていた。

★

残暑もそろそろ衰えかけた9月の終わりごろ、僕の惨状を聞いた啓太は、いっしょに六本木のキャバクラに遊びに行くことを提案してきた。

やはり持つべきものは友である。啓太の奥さんは妊娠して、実家に帰っていた。あの啓太がもうすぐパパになるというのが、僕には信じられなかった。啓太は、新卒で専門商社に入社し、ずっと同じ会社に勤めている。仕事も順調なようだった。

土曜日の9時に、六本木ヒルズにあるバーで待ち合わせた。

啓太はすでにいて、ビールを飲んでいた。

「乾杯！」

僕たちがバーカウンターでビールを飲んでいると、後ろのスタンディングテーブルに、ものすごい美女の3人組がいることに気がついた。

身長はみな170センチ以上あり、さらにピンヒールを履いていたので、僕より背が高かった。ひとりは派手な花柄でボディラインがくっきりとわかる、背中が開いたドレスを着ていた。真ん中の女も、美しいボディラインが際立つ真っ白いワンピースを着ている。最後のひとりは青い生地の上に複雑な模様が描かれた高そうなドレス。彼女もスタイル抜群だ。ファッションショーからそのまま出てきたみたいだった。

「あんなきれいな女がいるんだな」僕とは関わらない人たちだろうけど、と心の中で続けた。

「東京には、モデルや芸能人も大勢いるからな」

「どんなやつらが、ああいう女とつきあうんだろうな？」

「IT企業の社長みたいな金持ちだよ」啓太がどこか違う国の話をするように言った。

美しい顔、日本人離れしたスタイル、そして、高価そうなファッション。これらすべてが高い壁となって、いつも根拠のない自信を振りかざしている六本木の男たちさえ怖気《おじけ》づかせていた。彼女たちを遠巻きにチラチラと眺めているだけだった。

バーにその男が入ってきたとき、ジョッキの中のビールの表面がすこしざわめいたような気がした。派手なTシャツの上に、黒のジャケットを羽織ったその男は、何か不思議な光に包まれているようだった。

そして、あの3人組のほうにすたすたと歩いて行った。

音楽がうるさくて、どうやって声をかけたのかわからないが、いつの間にか、彼が話題の中心になっているようだ。彼女たちは楽しそうに笑っている。最初から知り合いだったのだろうか。

僕は彼女たちがどんなことを話しているのか気になって、そっと近くに寄り、耳を澄ませた。

しかし、その男は会話するのをやめて、唐突に3人組の美女のなかでも、白いワンピースの一番の美女とキスをはじめた。

まだ、会ってから15分も経ってないのに！

彼は啓太が言ったように、ＩＴ企業の社長かなんかで、じつは恋人同士なのかもしれない。見ていると、キスがどんどんエスカレートしていく。むしろ彼女のほうが積極的に彼にからんでいる。

「これ以上先は別料金だよ」美女の手を払いのけて、その男は言った。

彼女は楽しそうに笑っている。

「ごめん。これから会議で行かなきゃいけないんだ。どうしたらまた会えるかな？」

「だったら電話して」彼女は名刺みたいなものをその男に渡している。

「オッケー。明日の10時に電話する」

「待ってるわ」

まったくの初対面じゃないか！　あの男は、たったひとりで3人組の美女に話しかけて、みんなを楽しませながら、いつの間にか自分が話題の中心になり、ものの15分もしないうちにキスして、その上で連絡先まで聞き出している。いや、むしろ女のほうが連絡先を教えているじゃないか。

僕はまるで魔法を見せつけられたようだった。

次の瞬間、彼と目が合った。

僕は心臓が止まりそうになった。

メガネをかけていないからわからなかったけど、あれは僕の仕事のクライアントの永沢さんじゃないか。

あの真面目そうな永沢さんが、こんなすごい男だったなんて！

彼がバーを出ていくところを、僕は追いかけた。

「な、永沢さんですよね？」

「ああ、わたなべ君か。恥ずかしいところを見られちゃったね」

「恥ずかしくなんかないですよ。めちゃくちゃ、すごいじゃないですか！」

「悪いんだけど、すぐに行かなくちゃいけないんだ。今度、飲みに行こうよ」

「はい。ぜひ！」

「チャオ」

★

目覚めると、昨夜のあの3人組の美女たちと永沢さんのことを、また鮮明に思い出した。

あのあと、啓太が営業でたまに使うというキャバクラに行ったのだけれど、まったく楽しめなかった。キャバクラには若くてかわいい女の子がたくさんいたのだが、営業トークを続けるキャバ嬢たちと、常識的な金額で最後までたどり着けると楽観的に考えることはできなかった。実際、僕たちはひとり1万5000円ずつを使って、手に入れたものと言えば、ふたりのキャバ嬢の営業用の名刺が2枚だけだった。

しかし、華やかな六本木のキャバクラを楽しめなかったのは、なんといってもあの3人組の美女と永沢さんの印象があまりにも鮮烈だったからだ。3人組の美女たちに比べると、キャバ嬢たち全員が霞んで見えてしまった。

コーンフレークに牛乳をぶっかけて朝食を済ますと、僕はいてもたってもいられなくなって、田町の事務所に向かった。

日曜日の事務所には、誰もいなかった。

アルファキャピタルの永沢さんの名刺を探すと、それはすぐに見つかった。

僕はメールを書く。

＞永沢さん、

＞

＞昨日は、あんなところで再会できてとてもうれしかったです。
＞永沢さんが、僕と飲む約束をしたことを覚えていますか？
＞じつは、昨年にバイオ企業の特許権侵害訴訟の仕事を終えたときも、
＞飲みに行く約束をしていただいたのですが、それも実行されていません。
＞今度こそ、本当に飲みに行きたいです。
＞お忙しいとは思いますが、お返事期待しております。
＞
＞わたなべ

週末の静かな事務所で、僕はひとりでネットサーフィンをしていると、永沢さんから思ったよりも早く返事が来た。

＞わたなべ君、
＞
＞もちろん、約束は覚えているよ。
＞明後日の火曜日の夜は空いてるかな？

∨

∨永沢

もちろん空いています！　と僕はすぐに返事を書いた。

しばらくすると、六本木の焼き鳥屋を火曜日の午後7時半に予約した、と返信が来た。

僕の人生が、何か大きく変わりはじめる予感がした。

★

期待と不安で迎えた火曜日。

約束の焼き鳥屋に先に入っていると、永沢さんは7時半きっかりに現れた。

あのまん丸いメガネをかけていて、チノパンに白いワイシャツ、革のカバンというラフなかっこうだった。ナンパしていたときとは雰囲気がぜんぜん違った。

「永沢さん、今日はわざわざ時間を取っていただいてありがとうございます」

「そんな堅苦しい言い方はやめてくれよ」

僕が、自分の学生時代だとか、どういう経緯で弁理士になっただとか、そんな自己紹介をしていたら、注文したビールが運ばれてきた。

「わたなべ君のおかげで、この前はずいぶんと儲けさせてもらったよ」

「えっ、そうなんですか？」

「あの会社は、特許権侵害の訴訟を起こされて、株価が急落していたんだ。しかし、わたなべ君の分析のおかげで、今回の裁判は負けそうにないことがわかった。だから、暴落しているところで、大量に株を買うことにしたんだ」

「地裁では、予想通り特許が無効という判決が出ましたね。なるほど、そういうことだったんですね」

うれしそうにビールを飲んでいる永沢さんを見て、あのとき一生懸命仕事をしてよかった、と思った。それから、あの仕事をしていたときの麻衣子とのつらい出来事を思い出した。

失恋すると仕事も手がつかなくなるという人もいるけど、僕は恋愛でつらいことがあると、それを他のことで取り返そうとするタイプだった。ぐっすりと1日か2日眠り込めば、少なくとも仕事や勉強に集中することはできた。

「じつは、あのときは大好きだった彼女と別れた直後で、とても大変だったんですよ。僕が永沢さんみたいにモテる男だったら、こんなことで苦労しないんでしょうけどね」

「なんだ、女にモテたいのか？」

僕は子供みたいにコクリとうなずいた。それこそが、僕がこうして永沢さんに会いに来た本当の理由だったからだ。別に特許の話をしに来たわけでも、永沢さんから株式投資の話を聞きに来たわけでもない。永沢さんにモテる方法を教えてもらいたかったし、あわよくば永沢さんに合コンなんかに呼んでもらって、女を紹介してほしかった。

心に溜まった澱《おり》を全部吐き出すように、これまで僕がいかにモテなかったのか、包み隠さず話した。

永沢さんは焼き鳥を食べながら、僕の話をひと通り聞き終わると、質問してきた。

「わたなべ君、ところで女にモテたいっていうけど、モテるってどういうこと？」

「それは……、女の人に好かれるということです」

「好かれる？　どういうふうに？　その女子大生の美奈って子からも、ある意味で好かれてたんじゃないの？　わたなべ君は」

「そのう、友だちとしてとかじゃなくて、僕はおつきあいがしたいんですよ」

「おつきあいして、何がしたいの？」

「いっしょにご飯を食べたり、旅行に行ったり。もちろん、セ、セックスもしたいです。でも、それがすべてじゃありません」

永沢さんはメガネを外してケースに入れると、それをカバンの中にしまった。雰囲気がガラッと変わって、あのバーで見たときの永沢さんを思い出させた。

「お前、本当はセックスがしたくて、したくてしょうがないんじゃないのか？」

もちろん、セックスは恋愛の中のひとつの要素だが、それがすべてじゃない。僕が反論しようとすると、永沢さんは「お前は、典型的なセックス不足の非モテ男だな」と、哀れむような口調で言った。

僕は心の中で反発しながらも、事実なので黙ってうなずいた。

「お前みたいな欲求不満のその他大勢の男がやることといったら、**非モテコミットとフレンドシップ戦略**だけなんだよ」永沢さんは耳慣れない言葉を使った。

「非モテコミット？」

「非モテコミットというのは、お前みたいな欲求不満の男が、ちょっとやさしくしてくれた女を簡単に好きになり、もうこの女しかいないと思いつめて、その女のことばかり考え、その女に好かれようと必死にアプローチすることだ」

「でも、それはその女の人のことを愛しているということじゃないんですか？」

「そうかもしれない。どっちにしろ結果は同じだがな。女はこういう男をキモいと思うか、うまく利用して搾取《さくしゅ》しようとするかのどっちかしかしないんだよ」

確かに、思いつめて麻衣子の携帯を見た僕は、キモいと思われて逃げられた。それでも麻衣子に非モテコミットし続けたら、麻衣子は突然連絡してきて、高いプレゼントだけ受け取ると、そのまま去っていった。美奈もさんざん僕を利用したあげくに、何も与えてくれなかった。

「フレンドシップ戦略というのはなんですか？」

「お前みたいなモテない男が、非モテコミットした女にアプローチするときにやる、唯一の戦略だよ。まずはセックスしたいなんてことはおくびにも出さずに、親切にしたりして友だちになろうとする。それで友だちとしての親密度をどんどん深めていって、最後に告白したりして彼女になってもらい、セックスしようとする戦略のことだ」

「確かに、そうやってきました。でも、それがふつうだと思うんですけど、ダメなんですか？」

「まったく、ダメだ。なぜなら女は男と出会うと、そいつが将来セックスしたり、恋人にするかもしれない男か、ただの友だちにする男かをすぐに仕分けてしまう。**友だちフォルダ**だ。いったんこの友だちフォルダに入れられると、そこからまた**男フォルダ**に移動するのは至難の業だ」

僕みたいな害がなさそうな男は、幸いなことに女の人と友だちになることまではできた。

しかし、そんなふうに僕が女友だちと親交を深めていっても、性的な興味があることを示すと、とたんに疎遠になってしまうのだった。しかも、友だちといっても、それは美奈との関係のように、男である僕が一方的に何かを与え続けるわけで、対等な関係というものではなかった。

「だったら、僕はどうすればよかったんですか？」

「お前は恋愛というものを重く考えすぎなんだ。いや、ある意味ではまったく考えていない」

「重く考えすぎで、考えてもいない？」

「お前は、恋愛だとか、好きな女だとかを何か神聖なものというか、特別な存在だと思っている」

「確かに、そうですよ」

「お前は勉強や仕事では方法論について考えたり、効率的に目的を達成できるように努力するよな。恋愛でも、それと同じように考え、行動しているか？」

「いや、恋愛は、やっぱり特別ですから」

「そんなことはない。恋愛も、勉強や仕事といっしょだ。効率よくやるべきものなんだ。最小限の努力で最大限の成果を得る。生産性が大切だってことだよ。恋愛なんて、ただの確率のゲームにすぎないんだから、正しい方法論があるんだ」

永沢さんはそう言うと、テーブルの上にあった紙ナプキンにボールペンで数式を書きはじめた。

モテ　＝　ヒットレシオ　×　試行回数

「いいか。男の恋愛なんて、この一本の方程式で表されるとおりなんだ」永沢さんはその式を見せながら続けた。「まずは女と出会う。それから連絡先を聞き出して、居酒屋でもフレンチでもなんでもいいけど飲みに誘う。もちろん、昼間にカフェで会うのだっていいし、クラブやバーで出会って、連絡先なんか聞かずにそのままってこともある。とにかくふたりきりで話す機会を作る。それから手をつないだり、キスしたりして、家に連れ込むなり、ホテルに誘うなりする。最後にセックスするわけだ」

「それで1回の試行、ということですか？」

「そうだ。そして、その試行がうまくいく確率、つまり女が喜んで股を開く確率がヒットレシオ」

「なるほど」僕はうなずいた。

「お前みたいな欲求不満の平凡な男のヒットレシオは、試行回数の定義にもよるが、10％も行けばいいほうだ。まともにトライできる女の数は、年に3人ぐらいってとこだな。そうすると、1年当たりに獲得できる女の期待値は、10％×3人＝0・3人。お前は男子校出身で、いま27歳だったよな？」

「そうですけど」

「大学に入ってから恋愛市場に曲がりなりにも参戦して、9年目ってことか。0・3×9＝2・7だから、大体2、3人か。お前、生まれてからいままでにやった女の数は2人か3人だろ？」

「2人ですよ！　あっ、それって風俗嬢とかは含まないんですよね？」

「もちろん含まない」永沢さんはそう言うと焼き鳥をほおばりながら、計算が当たったことに満足そうな表情を浮かべた。それから永沢さんは携帯を取り出して、「面白いものを見せてやる」と言った。

「いま何時だ？」

「ちょうど8時半です」

「会社の接待だとか、合コンだとか、デートだとか、ディナーは7時～7時半ぐらいにはじまる。今日みたいに」

「それが何か？」

「つまり、この時間は合コンだったら、お前みたいな欲求不満の男どもがどうやって二次会につなげるか必死で考えている時間だ。接待だったら、そろそろデザートかもしれない。デートだったら、やっぱりお前みたいなセックス不足の男が、今夜は最後までいけますように、と神様に祈りながら、期待に胸と股間をふくらませているころだ。いずれにしても、これより先は、女にとって完全なプライベートな時間になる。つまり好きな男と時間を過ごしたいわけだ」

永沢さんはそう言うと、LINEを開いた。

かわいい女の子たちのアイコンがずらりと並んでいる。

それからひとりを選んで、［いま何してるの？］とメッセージを送った。

「この女は彼氏がいるんだが、この前、俺とやった」

「彼氏がいるのに⁉　それって、ひどくないですか？」

永沢さんは、僕が言ったことを無視して、方程式が書いてあるさっきの紙ナプキンを、また僕に見せた。

「このヒットレシオと試行回数を最大化するために、様々な恋愛工学のテクノロジーが開発されているんだ」

「れ、れんあいこうがく？」

「進化生物学や心理学の膨大な研究成果を基に、金融工学のフレームワークを使って、ナンパ理論を科学の域にまで高めたものだ」

永沢さんはまた焼き鳥を口に運んだ。

僕はビールをゴクリと飲み込んだ。

しばらくすると、さっきメッセージを送った女の子から返事が来た。

［飲み会。もうすぐ終わるよ。圭一さんは何してるの？］

永沢さんは、僕に見せながらメッセージを返した。［俺もディナーがもうすぐ終わるところ。今夜会う？］

「いいか、わたなべ。恋愛というのは運とスキルのゲームなんだよ。頭を使って戦略的にプレイしないとダメなんだ」永沢さんがそう言うと、さっきの女の子から返事が来た。

［会いたい！　どこにいけばいいの？］

僕は少し不愉快になって、「永沢さん、ゲームって、ちょっとひどいんじゃないですか？」と言った。この女の子だって、永沢さんのことが好きだから、大好きだからこんなふうにすぐに会いたがっているのに、それをゲームだなんて……。

「おやおや、わたなべ君。『ひどい』とはあんまりじゃないか」永沢さんはＬＩＮＥでこの店の名前を彼女に送っていた。

「でも、やっぱり女の子と友だちになって、好きになって、それからやさしくして、結ばれるのが恋愛じゃないんですか？　非モテコミットとかフレンドシップ戦略と永沢さんは馬鹿にしますが、たとえば『世界の中心で、愛をさけぶ』というラブストーリーでは、まさに友情から恋に発展し、そして、ひとりの女性を愛し続ける、死んでしまったあとでさえ、ずっとずっと愛し続ける、という話じゃないですか。ドラえもんのしずかちゃんだって、最後は、何の取り柄もなかったけどずっと一途だったのび太を選ぶんですよ。やっぱり、非モテコミットでもなんでも、本当に愛し続ければ、いつかは報われるんじゃないですか？」

「だったら、そんなわたなべ君に、女たちはどうやって報いてきたと言うんだい？　現実はフィクションのようにうまくいったのか？」

僕は黙った。

永沢さんの言うとおりだった。好きになった女たちが僕にしたことは、ひどい仕打ちだけだ。女たちは、永沢さんみたいないけ好かない男たちに、みんな持っていかれた。

「もうすぐ、この彼氏持ちの女は俺に会いに来る。おそらく彼氏とのデートを切り上げて」

麻衣子が僕とのディナーのあとに、急に用事ができて帰ってしまったことが幾度となくあったことを思い出した。

「永沢さん、僕に恋愛工学を教えてください！」

「なぜ、教えてほしいんだ？」

「やはり、女の子を幸せにするには、まずは僕自身がモテないといけない。そのためには、僕も力をつけないといけないと……」

「ん？ 何を言ってるのか、よくわからないな」

「永沢さん、僕、永沢さんみたいに、女に求められたいです。セックスがしたいです！」

「わかったよ」永沢さんは静かにうなずき、射るような視線で僕の目を見た。「ただし、条件がある」

「なんでも言ってください」

「いまから言う、ふたつのルールを絶対に守ってもらう。いいか」

ルール＃1　恋愛工学のことは決して人に言わないこと
ルール＃2　俺がなぜ恋愛工学なんてものを知っているのか決して聞かないこと
「恋愛工学のテクノロジーは特許じゃ守れない。たくさんの男が恋愛工学を使えば、その優位性は薄れてしまう。だから、これから教えることは、俺たちだけの秘密だ。それに、俺たちが会社が終わったあとにこんなことをしているなんて、人に知られても何もいいことはない。わかるな？」

「もちろんです」

「よし」と永沢さんが力強い声で言った。「お前の場合は、まずは試行回数が決定的に少ない。これを圧倒的に増やそう」

「それは僕も常々思っていたことです。永沢さんが、僕を合コンに呼んだりしてくれるんですか？」

「そんなふうに魚を直接やったりなんかしない。俺がお前に教えてやるのは、魚の釣り方のほうだ。まずは50人にトライだな」

「えっ。1年に3人やそこらだったのが、1年に50人もですか？」

「いいや。1日に50人だよ」

第2章　出会いのトライアスロン

10月の最初の土曜日、僕は東京駅八重洲《やえす》口の大丸の入り口前にひとりで立っていた。とても天気のいい日だった。高層ビルの狭間《はざま》から覗く青い空に、大きな白い雲が浮かんでいる。時計を見ると午後1時40分。待ち合わせの時間まであと5分だ。

永沢さんは、約束の時間ぴったりに現れた。白いパンツに紺色のジャケット、革のバッグを手に下げて、まん丸いメガネという出で立ちだった。僕はジーンズに黒のポロシャツ。永沢さんのかっこうからは、すごいナンパ師という感じはしない。

「さあ、これからトライアスロンのはじまりだ」

「トライアスロン？」

「週末の街コン→ストナン→クラナンのサーキットで、1日で50人以上の女にアタックする。それがトライアスロンだ」

「すっ、すいません。もっとくわしく説明してもらえませんか？」

「まあ、やればわかるさ」

　街コンという言葉自体は聞いたことはあったが、参加するのははじめてだ。受付で並んでいるあいだに、永沢さんが先に払ってくれていた僕の参加費6500円を渡した。

「街コンは、この数年のあいだに、日本で急速に広まった、カジュアルなお見合いパーティーみたいなものだ。飲食店は、ランチ時とディナーの6時以降でほとんどの売上を稼ぐ。2時から5時ぐらいまでは店を開けていても客は来ない。街コンは、この飲食店の週末のデッドスペースを利用しているんだ」

「なるほど」と僕はうなずいた。「その時間帯に出会いを求める男女を集めることができれば、店側は丸々儲かりますね」

「しかし、多くの居酒屋では、1店舗だけじゃスペースが足りないし、わざわざ『お見合いパーティー』なんて言われると、多くの男女が参加したくなくなる。そういうのはモテないやつの行くところだって思われてて、モテないことを自ら認めることは、自尊心がとても傷つくからな」

「そこで『街』というコンセプト、つまり、いいわけが用意されたってわけなんですね」

「そのとおり。これから参加する街コンは、東京駅のグルメがテーマになっていて、6つの飲食店が会場になっている」

「何人ぐらい参加するんですか？」

「今回は、男100人、女100人ぐらいじゃないかな。主催者は、男と女の参加費に差をつけたりして、男女比が同じになるように工夫している。今日の街コンも、男の参加費は6500円だが女は3000円でいいんだ」

「すごい人数ですね」

「しかし、実際にしゃべれる女の数は10人ってとこだな」

永沢さんは受付で名前を告げ、僕たちは街コン参加者の印であるリストバンドと参加者コードが書いてあるカードを受け取った。このリストバンドでそれぞれの飲食店で飲み放題になるということだ。最初に行く店は指定されている。道路にはリストバンドを付けたペアが何組か地図を見ながら歩いていた。ペアは男ふたりか、女ふたりだけだ。男女のペアはもちろんいない。

「あっ、あそこの赤い看板の居酒屋ですね」

階段を上って雑居ビルの2階にある居酒屋に入ると、店員が手際よく参加者コードを確認してテーブルに案内してくれた。「料理はあちらのテーブルの上にあるので、セルフサービスでお願いします。飲み物は何にしますか？」

「俺はビールで」

「僕もビールでお願いします」

「私たちもビールでお願いします」

女のふたり組が、僕たちのテーブルにやって来て、店員に言った。

小綺麗なかっこうをしていて意外とかわいい。こういうところに来る女性はもっとひどいのかと思っていたが、外見はふつうだ。いや、ふつうよりもかわいいかもしれない。僕の斜め前、つまり永沢さんの前の女は薄いピンクのシャツにジーンズ、肩ぐらいまでのまっすぐなストレートの黒髪だ。肌がとても白くて、大人しそう。僕の前の女は、水色のワンピースを着ていて茶髪だった。化粧が濃くてちょっと遊んでそうに見える。ふたりとも僕と同じぐらいの年齢だろう。

気まずそうに沈黙している。

僕も何を話していいかわからない。

「食べ物を持ってこようか？」永沢さんが沈黙を破った。

「あっ、ありがとうございます。何でもいいです」と茶髪がこたえた。

永沢さんが食べ物を取りに行くと、僕はひとり取り残された。誰も口を開かず、気まずい空気が流れかけたとき、店員が生ビールを4つテーブルに運んできてくれて、すこし救われた。永沢さんも、枝豆と唐揚げを小さなお皿にてんこ盛りにして戻ってきた。

「はじめちゃっていいのかな？」

「でも、他の人たちは飲んでないよね」

茶髪と黒髪が小声で確認し合っている。

僕があたりをキョロキョロと見回していると、店員のひとりがマイクで話しはじめた。

「えー、本日は、お忙しい中、東京駅グルメ街コンに参加いただきありがとうございます。簡単にルールを説明します。いま午後2時10分です。これから30分間は、いま座っているテーブルでお楽しみください。食べ物はセルフサービスになっています。ソフトドリンク、ビール、各種サワーが飲み放題です。30分後に席替えになります。15時からはフリータイムで、他のお店にも自由に移動できます。それでは本日の東京駅グルメ街コン、お楽しみくださ い！」

店内で所々、乾杯がはじまった。

「乾杯しようか」と永沢さんがジョッキを持ち上げた。僕たちの4つのグラスがテーブルの真ん中でカチッと音を立て、軽くぶつかり合った。

「ビールおいしいですね」

「うん、おいしいね」

茶髪と黒髪が小声でうなずき合う。

「ビール好きなの？」と永沢さんが聞くと、黒髪が「私はビール好きです」とこたえた。

「女の人ってビール嫌いな人が多いから、もっと甘くて飲みやすいのが好きなのかなと思って」と永沢さんが言うと、「私もビール派ですね」と茶髪も同意した。

僕は黙ってひとりで最初のジョッキを空けた。

「ぼ、ぼく、街コンというものにはじめて来たんですけど、ちょっと緊張しています」

「私たちもはじめて来ました」と茶髪が言うと、黒髪もうなずいた。

「俺は街コン2回目なんだよね」と永沢さんが言った。「自己紹介とかしようか？　俺は圭一って言います」

茶髪は「由佳」、黒髪は「恵子」だと名乗る。

「渡辺正樹と言います。弁理士をやっております」

「弁理士ってなんですか？」と由佳が聞く。

「べ、弁理士というのは、個人や会社の発明を、特許として出願して、その権利を守ったりする人です。知的財産権に関する法律職です」

「ふーん」と由佳がうなずいた。「頭よさそうですね」

「恵子と由佳は同じ会社？　何してるの？」永沢さんはいきなり事も無げに呼び捨てで話し

かけた。

「はい、私たちインターネットの広告の会社で働いています。私はデザイナーというか、そんな大したものじゃないんですけど、フォトショップとか使って、ロゴとかバナーを直したり、調整したりしています。それで由佳は事務だよね」

「うん」

「恵子はフォトショップ使えるんだ」

「はい、いちおうデザイナーですから」

「圭一さんは何してるんですか？」

「株式投資」と永沢さんは言った。「資産運用会社でファンドマネジャーしてるんだ」

「だったら儲かる株とかわかるんですよね？　私たちに教えてくださいよ！」と恵子が少し積極的に話しはじめた。

「そんな簡単にわかったら苦労しないよ。それにわかってもお前らには絶対に教えない」

「いじわる！」

「みんな、今日はどこから来たんですか？」と僕も会話に加わろうとした。

「私は木場に住んでます」と恵子が言った。

「私は柏」と由佳。

「僕は北品川に住んでます」

「俺は六本木」と永沢さんが言うと、恵子が「へえ、いいところに住んでますね」と感心している。

こうしてビールを飲みながら、僕たち4人は名前と仕事と住んでいる場所の紹介を終えた。やはり初対面なので、みんなどことなくぎこちなく、会話がたどたどしい。その中でも特に僕がぎこちなかったのは言うまでもない。次に何をしゃべろうか必死で考える。

「恵子ってさあ」永沢さんは恵子を見つめながら言った。「肌がすげーきれいだよな」

「そんなことないですよ～」恵子は照れている。永沢さんから繰り出された軽いジャブを見て、由佳はニヤニヤと笑っている。

「でもさ」と永沢さん。「ちょっと怪しいんだよね」

「えっ、怪しいって、何がですか？」

「さっきから、その肌は何かすげー怪しいと思ってたんだけど……。言っていい？」

「えっ、はい」

「怒んないでよ。あと、傷つく必要もないから」

「はぁ、何ですか？」

「お前、そのきれいな肌、フォトショップで修正してるだろ？　絶対、フォトショップでシミとかシワとか全部取ってるだろ？」永沢さんはいきなり怒ったようなとても強い口調で言った。

キャハハハ、と恵子が笑う。

由佳がブッとビールを噴き出した。

僕たちのテーブルは温かな笑いに包まれた。恵子はうっとりとした表情で永沢さんを見つめている。僕は、人が恋に落ちる瞬間というのを生まれてはじめて見た。恵子の目が完全にハートマークになって、次に永沢さんが何を言い出すのか、まるで飼い主からエサをもらうときの子犬のような表情になっていたのだ。

永沢さんはやっぱりすごい。たった10分やそこらの会話で、女のハートを射抜いてしまうなんて。まん丸いメガネをかけていても、その秘められた才能が隠しきれずに溢れ出していた。僕もいつかはこんなふうに女を魅了できるようになりたい、と強く思った。

由佳が、「弁理士とファンドマネジャーがどうやって知り合ったんですか？」と聞いた。

「永沢さんの会社が、特許侵害に関する調査をうちに依頼してきて、その仕事を受け持ったのが僕でした。それで永沢さんと知り合ったんです。この前、飲みに行ったときに、僕が彼女と別れたって話をしたら、永沢さんが今日誘ってくれたんです」

「へえ、わたなべ君は恋人募集中なのね」と由佳が言った。恵子もふんふんと僕の話を聞きながら、ずっと聞きたかったであろうことを口に出した。

「圭一さんは、彼女とかいないんですか？」

「特定の人はいないよ」永沢さんはあっさりこたえた。

「え〜、本当ですか？」と由佳がうたがう。永沢さんが不敵な笑みを浮かべた。

「結婚とか、考えてないんですか？」恵子が永沢さんに、積極的に質問する。

「いい人がいたらね」永沢さんはさらりとこたえた。

「ふーん」と恵子が納得してない顔をしていると、店員が「そろそろ席替えの時間です。まだ連絡先の交換などしてない方はお願いします」とマイクでアナウンスした。

「じゃあ、LINE交換しようか？」永沢さんが自分の携帯を取り出した。

「あっ、はい」と恵子がうれしそうに携帯を出す。僕と由佳も携帯を取り出した。

「QRコードってどうやるんだったっけ？」と恵子が永沢さんに聞いた。恵子が自分の携帯を永沢さんに渡すと、永沢さんは彼女の白と黒のモザイク模様のQRコードを表示させて、それを自分の携帯で読み取った。永沢さんはメッセージを送っている。「あっ、スタンプ届いた」

永沢さんのやり方を真似して、僕も由佳のLINE IDをすかさずゲットした。次に、永沢さんと由佳、僕と恵子もLINE IDを交換した。僕と永沢さんはふたりに軽くあいさつをしてから、店員に促され、テーブルをあとにした。

ふたりの女性と知り合い、連絡先を教えてもらった！

僕が乗った船は、ついに大海原《おおうなばら》に漕ぎ出したようだ。

見習い船乗りの僕は、キャプテンの永沢さんの一挙手一投足から航海の仕方を学ぼうとしていた。


僕たちは、次のテーブルに移った。

さっきの由佳と恵子がふつうよりちょっとかわいいとしたら、こちらのふたりは、永沢さんの向かいのほうがふつうより明らかに美人で、僕の前にいるほうがふつうとブスのあいだだ。ちょっと太ってもいる。

店員が来たので、追加の飲み物を注文する。

「カルピスサワー！」と太った子。「私はまだあるからいいです」と美人が言う。僕と永沢さんはまたビールを注文した。

僕は「何か食べ物取ってきますよ。何がいいですか？」と聞いた。

「私、唐揚げがいいな」と太った子。「私はなんでもいいです」と美人は遠慮気味だ。

僕が唐揚げと大根サラダを取って戻って来ると、すでに飲み物が運ばれていて、永沢さんはどういうわけか太っている子とばかり話していた。

「あっ、わたなべ、こちらは春奈さん。不動産会社で事務をやってるんだって」

「はじめまして、渡辺です」

「はじめまして、春奈です」

「それから、えっと」と永沢さんが美人のほうを見てから言った。「ごめん、名前忘れちゃった」

「あっ、愛子です」と美人は自分で自己紹介をした。

「とりあえず、乾杯しましょう」と僕が言って、みんなでグラスを持ち上げた。

すでにアルコールが入っていたからなのか、最初からうちとけていた。僕はさっきと同じように、住んでいるところと弁理士の仕事の説明をして、僕と永沢さんがどうやって知り合ったかという話をした。永沢さんは春奈とばかり楽しそうにしゃべっている。春奈はアニメについて話しはじめた。

「ジブリのなかでは何が一番好き？」

永沢さんが聞くと、「やっぱり、ラピュタが好きです」と春奈がこたえた。

「ラピュタいいよね。飛行石のあの世界観が好きだな」と永沢さんはうなずいた。

「私は、あのバルスって滅びの呪文を唱えるところが特に好きなんです」

春奈はとてもうれしそうだ。

「私はトトロが好きだな」と愛子が会話に加わろうとする。「ふーん」と永沢さんはそっけない。

「ところで春奈は『アバター』見た？　3Dで話題になったんだけど、あの空飛ぶ島のアイディアって、ラピュタの飛行石とそっくりなんだよね」と永沢さんが言った。

「私は映画館で見ましたよ」春奈を中心に話が進む。「CGがすごくきれいでしたよね」

「あれで3Dテレビが流行るって言われて、日本のメーカーはこぞって力を入れたんですけど、こっちはぜんぜんでしたね」

僕も会話に参加しようとしたが、誰もこの話題には乗ってくれなかった。

「へえ、どんな映画なんですか？」と僕を無視した愛子が永沢さんに言う。永沢さんはそれを無視した。「春奈は映画くわしいな」

愛子がさびしそうにしているものだから、僕が彼女に『アバター』について説明してあげた。

僕はどうして永沢さんが美人の愛子をあしらいながら、お世辞にも美人とは言えない春奈とばかり話しているのかわからなかった。ひょっとして永沢さんはデブ専なのかもしれない。しかし、僕が六本木のバーで見た3人組も、焼き鳥屋に来た子も、みんなスラッとした美女ばかりだった。これはきっと、僕に、美人の愛子をなんとかしろ、という意味だと理解した。がんばらないと。

店員がマイクを持って話しはじめた。

「これからフリータイムがはじまります。他のお店にも自由に移動できます。本日の街コンをお楽しみください」

ＬＩＮＥ交換の儀式をはじめるのかと僕が期待していると、「俺たちは他の店に行きます。また、どっかで会うかもしれないですね」と永沢さんは席を離れようとしている。僕は戸惑いながらも、永沢さんのあとを追いかけた。

一度、後ろを振り返ると、さっきのテーブルのすぐ横で愛子と春奈が立ち話をしていた。

そのとき、なぜか永沢さんが戻って行った。

「愛子」と永沢さんが呼びかける。「また会いたいんだけど、どうすればいいかな？」

「えっ!?」

愛子はちょっと驚き、とてもうれしそうだ。「私でよかったら、また会いたいです」

「ありがとう」と永沢さん。

「電話番号の交換してくれますか？」と愛子が言ったのが、僕の耳にもはっきりと聞こえた。

永沢さんが戻って来て、僕たちは階段を下り、外の通りに出た。

「わたなべ」と言って、永沢さんが僕の肩に手を回した。「街コンの本番はこれからだぞ」

「永沢さん、すごいですよ！　すごいですよ！」

「こんなのは、まだまだ序の口だよ。俺はまだ10％もパワーを出していない。街コンっていうのは、ドラクエで言えば、まだレベル1とか2のやつが、スライムやドラキーと戦っているみたいなものなんだよ」

「さっきの子たちはかわいかったですよ」と僕は反論する。「僕はスライムとドラキーで満足です」

「女はメイクもあるし、オシャレな服が安く売られてるから、よっぽどデブとかじゃなければ、そこそこかわいく見せることは簡単なんだよ」

確かにそうかもしれない。でも、非モテの人生を歩んできた僕には、それで十分すぎる。

「次はこのパブに行こう」と永沢さんが地図から店をひとつ選んだ。

★

目的地に向かって歩きながら、僕は永沢さんに質問をすることにした。学習塾で、生徒が先生にするみたいに。

「永沢さん、街コンでの振る舞い方や、さっきのトークをすこし解説していただけませんか？　あれが恋愛工学ってやつですか？」

「街コンは、最初の席が主催者に決められるところでは、ある程度のコミュニケーション能力がある男なら、連絡先交換までは簡単にできる」

「しかし、さっきのトークはただの連絡先交換以上のものでしたよ。なんていうか、女の子の表情が、素人《しろうと》の僕にでもはっきりとわかるぐらい、永沢さんにすごく好意を示していたというか」

「わたなべ、いいところに気がついたな」と永沢さんはほめてくれた。「女は、自分が気になっている男に対して、様々な方法で**脈ありサイン**を送る。そのサインを正確に読み取って、適切に対応していくことが大切なんだ。最初、恵子がどうやって俺にサインを送ったかわかったか？」

「えっ、そりゃ、デザイナーの恵子さんをきれいだってほめて、それをフォトショ修正だってジョークを言ったあとに、うっとりと永沢さんのことを見つめていたやつですよね」

「わかってなかったのか」永沢さんはがっかりしながら続けた。「それは恵子が投げてきたサインに、俺が適切に対応した結果だよ。まずは彼女がサインを出す前の準備段階から説明しよう」

「はい」

「俺が『ビール好きですか？』と聞いて、恵子は『私はビール好きです』とこたえた。覚えてるか？」

「はあ、なんとなく」

「あの質問は、恵子がすでにビールを頼んで、ビールがおいしいって言っているんだから、恵子は必ずイエスと言うことがわかっているんだ。そして、実際に彼女は『私はビール好きです』とこたえた。この文の前には、イエス、つまり、『はい、私はビール好きです』と、はい（イエス）が省略されているんだが、とにかく、恵子にイエスと言わせたわけだ」

「それが何か？」

「とにかく女にたくさんイエスと言わせておくことが重要なんだ。女が自然とイエスと言えるような、肯定的な雰囲気になる言葉を何度も投げかけるんだよ。ビールのあとに、今度は『恵子はフォトショップ使えるんだ』と聞いて、また、イエスと言わせた。こうやってイエスと言い続けていると、自然と**ラポール**が形成され、連絡先を聞かれたり、家やホテルに誘われても、相手はまたイエスと言ってしまうんだ。イエスの慣性の法則だな。催眠術みたいなもので、**イエスセット**と呼ばれる恋愛工学のテクノロジーだ」

「ラポール？　イエスセット？」

「心理療法士は、患者の治療をはじめるときに信頼関係をまず築く必要があり、その信頼のことをラポールと呼んだんだ。ただの表面的なものじゃなくて、無意識の潜在意識のレベルでの信頼関係だ。恋愛工学では、女が男のことを信頼して心を開いている状態のことだ。イエスセットのほうも、そのうち基本的な心理学のフレームワークを教えてやるから、そんなものがあると思っておけばいい。とにかく会話では、女がイエスとこたえる質問や、イエスと自然とうなずくような他愛もない言葉をたくさん織り交ぜるのはとてもいいということだ」

「わかりました。イエスと言わせることですね」

「イエス！　それで、最初の脈ありサインが、俺が株式投資してると言ったときに、恵子が、儲かる株を教えてって言っただろ？　女が自分から会話をはずませようとしている、それ自体がまずは脈ありサインのひとつだ。さらに、彼女の声のトーンが明るくなった。目がキラキラと輝いた。3つもサインが出ていた」

「なるほど」

「そこで、俺はすかさず、知っててもお前らに教えるわけないだろ、と**ディス**った」

「ディスる？」

「ディスるというのは、ディスリスペクト、つまり蔑《さげす》むという意味だが、恋愛工学では、ギリギリ笑える範囲で相手を馬鹿にしたり、からかったり、失礼なことを言って、恋愛対象として相手に興味がないように振る舞うことだ」

「そんなことしていいんですか⁉」

「女は、ひものおもちゃと戯《たわむ》れる子猫みたいなものなんだ」と永沢さんは続けた。「ひもを子猫の目の前でぶら下げて動かしてやると、それをつかもうと夢中になる。しかし、そのひもを放して、子猫の目の前に置いてやると、とうとうつかんだにもかかわらず、動かなくなったひもにはもはや興味がないんだ。女が脈ありサインを出してきているということは、ひものおもちゃをつかまえようとしている子猫と同じなんだ。こっちがすぐにこたえてしまっては、ひもをつかんだ子猫と同じになってしまう」

「なるほど、そういう意図があったんですね」

「そのあと、恵子が甘えた声を出したから、俺はあれは確かに脈ありサインだったことを確信した。そして、それに適切な方法で対応したんだ」

「あのフォトショ修正のジョークにつながっていくんですね。あれもその、ディスるのとほめるのをいっしょにやって、恵子の前でひもを動かし続ける狙いだったんですか。それにしてもあんなジョークよく思いつきましたね」

「いや、思いついたんじゃない。肌がきれいな女に『それCG？』と言ったり、妙にメイクがバッチリ決まってる女に『それフォトショ修正？』と聞いて笑いを取る**ルーティーン**を使ったまでだよ」

「ルーティーン？」

「ルーティーンというのは、女に話しかけたり、会話をはずませたりするときに、繰り返し使う台本のことだ。繰り返し使うということで、毎回使うデートコース全体のことをルーティーンと呼ぶこともあるが、基本的にはナンパの台本のことだな」

「魔法の口説き文句ですか？」

「魔法なんてものは存在しない。しかし、女とうまくいく確率が高まる、よくできたルーティーンは存在する」

　僕は興味津々で、永沢さんの話に聞き入った。

「今日は、いきなり多くのことを教えすぎたな。これだけのことを考えながら女と会話するなんて、いまのお前には不可能だ。とりあえず、俺が言ったことは全部忘れろ。お前に必要なことは、根拠のない自信を持って、女に話しかけるガッツだけだ」

「そうですね。僕も頭が爆発しそうでしたよ。こんなに頭を使ったのは、弁理士資格の試験のとき以来ですよ！　ところで、なんで美人の愛子じゃなくて、春奈とばかり話してたんですか？」

「だから、いまのお前に必要なのは、ガッツだけだって言っただろ。まずは、あそこのリストバンドを付けたふたり組に話しかけてこい」

「どうやって話しかければいいですか？」

「このパブにどうやって行けばいいか、聞いてこい。女に道を聞くのは、ナンパの最も基本的なルーティーンだ」


道を聞くぐらいとても簡単なことだと思った。しかし、いざ聞こうとすると足が動かない。僕はそのパブにどうやって行けばいいのか知っている。知っているのに、知らないふりをして聞くのは、別の目的があるのにそれを隠しているみたいで、後ろめたいというか、恥ずかしい。わずか数秒間のうちに、僕がいま彼女たちに声をかけない理由が、次々と頭に浮かんできた。僕が道端で固まっていると、ふたりはどんどん遠くへ歩いて行く。

「そんなところで突っ立ってて、まるで地蔵みたいだな」

「で、でも、道を知ってるのに、わざわざ聞くなんて、おかしくないですか？」

「いいわけはいいから、とにかく聞いてこいよ。これは業務命令だ」永沢さんは語気を強めた。

しょうがない。これは業務命令で、会社で上司から命令されているんだ。そう考えると、道を聞くぐらいどうってことないという気がしてくる。最初に話しかけようとしたふたり組は、すでにどこかに行ってしまった。僕は別のふたり組を見つけ、歩いて近づいた。ふたりともOLっぽい。

「すいません」と僕は話しかけた。「街コンに参加している方ですか？」

「はい、そうですけど」

「あのう、ここのパブに行ってみたいんですけど、どうやって行ったらいいか、も、もしよろしかったら、道を教えてもらえませんか？」

僕はかなりわかりやすく書いてある地図を見せながら聞いた。

「私たちがさっきいたところだよね」ともうひとりの子が言うと、「そこの角を曲がって、ちょっと歩いたところにありますよ」と最初に声をかけたほうの子がこたえてくれた。

「あ、ありがとうございます。行ってみます」

「はい、それでは、私たちはあっちのお店に行ってみます」

ふたりが僕たちの会話を聞き取れないぐらい離れていくと、永沢さんが「おいおい」とあきれたように言った。「本当に道を聞いただけじゃないか」

「えっ、道を聞いただけじゃダメなんですか？」

「当たり前だろ！」と永沢さんが怒った。「連絡先を聞くなり、次の店にいっしょに行こうと誘うなりしないとダメだろ」

「すっ、すいません」

「わたなべ、あそこのふたり組かわいくないか？」永沢さんが目で指し示した方向に、リストバンドを付けたふたり組がいた。ひとりは紺色のふわっとしたスカートに白い水玉模様のシャツにメガネをかけていて、もうひとりは縞模様のワンピースにカーディガン。この街コンで見たなかでは、確かにふたりとも一番かわいかった。

「わかりました。今度はしっかりとやります」

「期待してるぞ」

そう言って永沢さんは僕の背中を押した。


「あっ、あの、すいません。ここのパブはどうやって行けばいいかわかりますか？」

「えっと、そこの角を曲がってちょっと歩いたところじゃないですか？」メガネの美人が教えてくれた。

「こっ、これからどちらに行きますか？」

「私たちは、この居酒屋に行ってみようかな」

　メガネの美人が地図を指す。

　永沢さんが「そこは俺たちが最初にいたところじゃないか」と言うと、「料理はおいしかったですか？」とワンピースの美人が聞いてきた。

「枝豆と唐揚げと大根サラダだけだったけど、ビールはうまいよ」と永沢さんがこたえた。

「どこのお店に行ってきたんですか？」と僕が聞くと、「私たちはあっちの居酒屋から来ました」とメガネのほうが言った。

「そこは、料理はおいしかった？」僕はまた聞いた。

「いまいちだった」とメガネの美人がこたえた。「冷めた焼き鳥と玉子焼きみたいなのとサラダだけ」

「グルメ街コンという割には、料理がいまいちですよね」と僕が言う。

　そこに永沢さんが会話に入ってきた。「ふたりともかわいいから、もうデートとかいっぱい誘われたでしょ。最初のお店とここに歩いて来るまでに」

　ワンピースの美人が笑って、否定も肯定もしなかった。

「でもさ、デートって、わざわざ予定を空けて、好きになるかどうかわからない男と待ち合わせして、2時間もいっしょにテーブルをはさんで向き合わなきゃいけなくて、ちょっと面倒くさいと思わない？」

ワンピースの美人は笑いながら聞いている。

「だったらさ」と永沢さんが提案する。「これからすぐにデートするってのはどう？　20分間だけ」

永沢さんは腕時計を見た。「いま、3時35分だな。そこの角を曲がってちょっと歩いたところにパブがあるんだ。そこで3時37分に待ち合わせなんてどう？」

「え〜、う〜ん、でも、私たちあっちのお店に行こうかな」ワンピースの子はすぐにはオッケーしなかった。

「まだ、ふたりだけで酒を飲むのはちょっと早いかもな。俺も慎重なほうだから」と永沢さんが言った。「だったら、最初はみんなで会うってのはどう？　グループデート。俺、ひとり友だち連れてくるから、そっちも友だちひとり連れてきなよ」

「ハハハ。わかったわ」ワンピースの美人がとうとう了承した。

「じゃあ、3時40分に、そこのパブで」

僕たちはこうして、今日一番の美人ふたり組と、待ち合わせることになった。

20分間だけのグループデートだ。

「かんぱーい！」

1分後、パブに到着した僕たちは、さっそくビールで乾杯をした。

ふたりが僕たちの仕事を聞いてきた。僕たちも仕事や名前を質問した。そして、ふたりはどうやって知り合ったのか聞いて、僕もどうやって永沢さんと知り合ったのかを話した。それによってわかった情報は、（1）メガネのほうの名前は真希で、仕事は自動車ディーラー店の受付。（2）ワンピースのほうの名前は理香子で、宝石店の店員。（3）ふたりとも短大卒で、学生時代にファミレスのバイトでいっしょになってからの友だち、ということだ。

街コンでは、お互いの仕事の紹介で10分間ぐらいは簡単に会話ができるということがわかってきた。さらに、どうやってふたりは知り合ったのか話していると、簡単に次の10分間ぐらいが過ぎていく。そうした会話から、相手の女の子との話題をふくらませるものが見つかる。

「いまどんな車が売れてるの？」僕は自動車ディーラーで働いている真希に聞いた。

「そうね。やっぱりまだハイブリッドが人気かな」

「僕は昔、回生ブレーキに関する特許に関わっていたことがあったんだ。回生ブレーキって知ってる？　ブレーキをかけてるときに、バッテリーを充電するんだよ」

「そういうのは営業の人が説明するんだよね」

「ブレーキをかけるってことは、それまで走っていた自動車を止めるってことだよね」

「ふーん」と真希。

「鉄の塊が走ってるってことは大きなエネルギーがある。それでエネルギーというのは必ず保存されて、形が変わるだけで失われることはないんだ」

「へえ、そうなの」

「ふつうにブレーキをかけると、それは回っているホイールをはさんだ摩擦熱なんかで、熱に変わって外に逃げていくんだけど、回生ブレーキはそこで車の勢いを利用して、発電機を回して、バッテリーを充電するんだよ」

「なるほど、よくわからないけど、なんかすごそうね。そういえば回生ブレーキって、うちの営業の人が言ってたかも。わたなべ君って、なんでも知ってるんだね」

「こいつは本当に物知りなんだよ。まじめにつきあうなら、わたなべみたいなやつがいいんじゃないかな」永沢さんが言った。

「ハハハ」と理香子が笑った。真希はニヤニヤしている。

永沢さんが時計を見た。「もう、3時59分じゃないか。あっという間に時間が経《た》つな。約束どおり、20分間のグループデートはこれでお終いだ」

「えっ、本当に20分間だけなの？」と理香子が聞き返す。

「俺たちはもう行かないといけない。短い時間だったけど、楽しかったよ」

「しょうがないなあ」理香子は名残惜しそうだ。

「じゃあ、行こうか。わたなべ」

「ところで、またグループデートとかしませんか？　連絡先を交換しましょう」僕がそう言って、みんなでＬＩＮＥ　ＩＤの交換をした。

僕はこうして、永沢さんの助けを借りながらも、女の子に話しかけ、会話をして、そして連絡先を聞く、という一連のプロセスをやり遂げた。アルコールも手伝い、自信が湧いてくる気がした。

パブにふたりを残して、僕と永沢さんはまた道路に出てきた。

「ちゃんと女と会話できるじゃないか」

「僕も童貞じゃないですから、それぐらいできますよ。次も、僕が女の子のふたり組に話しかけて、いっしょに飲む話をつけてくるんで、見ていてください」

「おう」と永沢さんがうなずく。「ところで、回生ブレーキの話はしないほうがいい」

「すっ、すいません。つい夢中で」

「まあ、そんな細かいことは気にするな。いい感じだよ。さて、次もわたなべのお手並み拝見といくか」

「任せてください」

「その前に、女に話しかけるときにとても役に立つテクノロジーを、ひとつ教えてやろう」

「何ですか？」

「これから何度も使うことになるから、覚えておけ。**タイムコンストレイントメソッド**、時間制限法だ」

「教えてください！」

「女に話しかけるときに、嘘でもいいから、『これからちょっと用事があって20分しかないんだけど』と言ったり、『5時から仕事があって、もう行かないといけないんだけど』と言ったりして、こっちが立ち去る時間をなるべく早く知らせるんだ。つまり、これからはじまる会話にこちらから時間制限をつける」

「そんなことをすると、何かいいことがあるんですか？」

「女は知らない男に話しかけられると、ここで相手にしたら、ずっとしつこくつきまとわれるんじゃないかって心配するんだよ。その不安を、こっちから取り除いてやることによって、ナンパの成功確率が上がるんだ」

「なるほど！」

「さらに、こうやって忙しい男を演出すると、お前は重要な人物だったり、人気者なんだと、相手の女に錯覚させる効果もある」

「それで女の子の食いつきもよくなるわけですね」

「ナンパというのは、こういうテクノロジーの応用でぜんぜん結果がちがってくるんだ。さっきの20分間デートルーティーンも、タイムコンストレイントメソッドが応用されている」

「ナンパは科学なんですね」僕が感心しながら言うと、永沢さんは静かにうなずいた。

　周りを見回すと、また、リストバンドを付けたふたり組がいた。さっきの真希と理香子には見劣りするが、それでもふたりともかわいかった。年齢は30歳は超えていそうな感じだ。ひとりは紺色のスカートに、肩のところがヒラヒラしている白いブラウス。もうひとりの子は、ベージュのやはりヒラヒラしたワンピースを着ていた。ふたりとも肩ぐらいまでの長さの黒髪だった。なんとなく雰囲気が似ている。

　僕はふたりのほうに歩いて行って、「すいません」と話しかけた。「街コンに来てるんですよね？　僕たちもなんです」

「はい、そうですよ」と白いブラウスの子がこたえた。

「僕たち、仕事でもうすぐ帰らないといけないんですけど、もしよかったら、ちょっといっしょに飲んだりしませんか？」

「いいですよ」

「よかった！」と僕は思わず喜びの声をあげた。「どこのお店に行きましょうか？」

「私たち、このインド料理屋さんに行こうと思ってたんですけど」とベージュのワンピースの子が地図を見ながらこたえる。

「ここだと、そこの角を曲がったところですね。じゃあ、いっしょに行きましょう」

永沢さんは僕にウィンクすると、肩をポンと叩いた。


インド料理屋に着くと、僕たちはビールを注文して、お互いに自己紹介をした。白いブラウスの子は、名前は理恵で歯科衛生士。ベージュのワンピースの子の名前は真由美で、化粧品会社の事務をしているとのことだ。ふたりは中学のときの同級生らしい。

僕がどうやって永沢さんと知り合ったのか、本日4回目の説明をしていると、店員がマイクを持って話しはじめた。

「東京駅グルメ街コンは間もなく終了となります。本日、二次会がありまして、場所は地図に書いてある会場が貸し切りになっております。男性はひとり3500円、女性はひとり5

00円です。席に限りがございますから、お早めに会場に行ってください。それでは本日はお忙しい中、本当にありがとうございました」

「二次会行きますか？」と僕が聞くと、歯科衛生士の理恵は「どうしよっかなぁ」とこたえた。

僕は、彼女たちといっしょに二次会に行きたそうな表情を浮かべながら、永沢さんのほうを見た。

「すいません」と永沢さんが切り出した。「俺たち、これから仕事があるんで行かないといけないんです」

ここまでふたりと仲良くなったのに、永沢さんが切り上げようとしていることを僕は恨《うら》めしく思った。

しかし、ここは従わなければいけないだろう。彼はこのナンパプロジェクトの上司なのだ。

「ＬＩＮＥとか交換しませんか？」と僕が言う。

みんな携帯を取り出し、お決まりの作業をはじめた。

僕はふたりのＬＩＮＥ　ＩＤを手に入れた。

街コン参加者同士で、飲みながらいろいろと会話したあとに連絡先を聞くことは、永沢さんに頼らなくても、それほど難しいことではなかった。

「あのふたりと飲みに行ってもよかったと思ったんですけど……」

★

「わたなべの言うとおりだ」と永沢さんはさっさと歩きながら言った。「街コンでは、最初の2時間半で、なるべくたくさんの連絡先をゲットする。そして、終了間際の30分間に、そのまま飲みに行ける相手を見つけ出して、4人で飲みに行くのが基本戦略になる」

「だったら、なぜ帰ることにしたんですか？　どうして、あのふたりを誘わなかったんですか？　それに自動車ディーラーの受付の子たちや、最初のテーブルでいっしょだった子たちに連絡して、飲みに誘うことだってできたじゃないですか」

「俺は、わたなべに単なる街コンプレイヤーで終わってほしくないんだよ。俺はもっと上を見ている。これまでの3時間はほんのウォーミングアップだ。トライアスロンの本番はこれからだよ」

「これから？」

「これまでは、ビーチの脇にあるホテルのプールで泳いでいただけなんだ。本当の大海原に漕ぎ出して行くぞ。お前はきっと、あのまま街コンの二次会に行かなくてよかった、と思うはずだ」

「これから何をはじめるんですか？」

「ストナンをしながら、銀座のナンパバーに行く」

「ストナンって、ストリートナンパですよね？　道で声をかけるんですか⁉」

「そうだ」永沢さんがあっさりとこたえた。

僕たちは、八重洲のインド料理屋から銀座のそのナンパバーまで歩いて行くことになった。道でナンパしながら、だ。

そんなことが、この僕にできるのだろうか？

はやくも緊張してきた。


「何か、ここまでで直すところはありますか？」

歩きながら、また、永沢さんに教えを請うた。

「ふたつある」と永沢さんが言った。「ひとつは簡単な技術的な問題。もうひとつは根が深いマインドの問題だ」

「ひとつ目の技術的な問題とはなんでしょうか？」

「ＬＩＮＥ ＩＤを交換するときは、いつも簡単なメッセージをその場で送れ。名前、相手に関する一言、それから簡単なメッセージ」

「具体的には、どんなメッセージを送ればいいんですか？」

「さっきの歯科衛生士の理恵の場合は、［弁理士のわたなべです。理恵さんは歯医者で働いてるんだよね？　今日は会えてうれしかった。これから帰るところだよ。］みたいなメッセージだ。本当は、ＬＩＮＥ ＩＤを交換するとき、その場で送っておくのがいいんだが、せっかくだからいま送ってみろ」

「はい、わかりました」

僕は永沢さんの言ったとおりのメッセージを、そっくりそのまま送った。

「街コンのようなイベントだと、女は1日に10人以上の男と連絡先を交換することになる。だから、相手の女に自分のことを覚えておいてもらうために、すぐにメッセージを送っておくことが重要なんだ。さらに、これがメモ代わりになるから、こっちも相手のプロファイルを思い出すのに役に立つってわけだ。今日みたいに1日に50人に声をかけようなんて日には、なおさらだ」

「なるほど、わかりました」

僕はすぐに他の子たちにもメッセージを送る。

［弁理士のわたなべです。由佳さんとまたビール飲みたいな。］

ふたり組の両方から連絡先をゲットできた場合、似たようなメッセージをふたりともに送っていいのか、という疑問が浮かんだ。

「たとえば、由佳さんと恵子さんの場合のように、ふたりは友だち同士なんですが、両方にメッセージを送ってもいいんですか？」

「それはケースバイケースだ」と永沢さんがこたえる。「シチュエーションによるし、メッセージの内容にもよる。軽いあいさつみたいな感じなら、ふたりに送ってもいい。まあ、今回は『数撃ちゃ当たる』でがんばるんだから、とにかく全員に送っておけよ」

僕は永沢さんの指示に従い、［弁理士のわたなべです。今日はいっしょに飲めて楽しかったです。これから帰るところだよ。］というまったく同じメッセージを、デザイナーの恵子、店員の理香子、事務の真由美に送った。［弁理士のわたなべです。真希さんとはいろいろ話ができて楽しかったです。とても短い時間だったので、また、お茶でもできたらうれしいです。またね。］［＜スタンプ＞］と、一番かわいかった自動車ディーラー受付の真希さんには長めのメッセージとスタンプを送っておいた。

「上出来だ」永沢さんがほめてくれた。「返信が来るのを祈ろう」

「はい、祈ります。もうひとつのマインドの問題というのは何ですか？　深刻なんですよね」

「お前は、女と話しているときに相手の目を見ていない。目を見ろ。目を合わせろ。女の目を見るのは、これから毎日練習するんだ」

確かに、僕は自分でも気がついていた。女と目が合うと、なんだか僕のこれまでのモテなかった人生を見透かされるみたいで、怖くなって、すぐに目を逸らしてしまうのだ。

「通勤電車で出会う女、コンビニやカフェの店員、カフェに来ている女、道ですれ違った女、とにかくお前が少しでも惹かれる女がいたら、そいつの目を見つめ続けろ。目が合っても逸らすな。それを今日から毎日練習するんだ」

「わかりました」僕は深くうなずいた。

「目を合わせるというのは、最も基本的な非言語コミュニケーションだ。女から目をチラチラ合わせてきたら、それはナンパしてくださいってサインなんだよ。こっちが見つめていて、何度か目が合うってのもいい脈ありサインだ。ナンパって、話しかけてからが勝負のようで、実際は話しかける前からすでにはじまっている。今日みたいなコンパの席でも、しっかりと目を見て話せる男に、女は自信を感じて、好感を持つんだ」

女と目を合わせる。

これは永沢さんに言われたとおり、毎日練習しようと思った。そのことを想像すると、毎日の通勤、ふだんの買い物、週末にカフェで本を読んだりするのが、なんだかとても楽しみに思えてきた。

僕たちはいつの間にか有楽町の辺りを歩いていた。

もう少しで銀座の数寄屋橋《すきやばし》交差点に着く。

僕は道行く女の子たちの目を見ていた。

残念ながら、ひとりも目が合わなかったけど。


「わたなべ、さっそく道を聞く**オープナー**を使おう」

「オープナー？」と僕は耳慣れない言葉を聞き返す。

「オープナーというのは、見ず知らずの女に、はじめて話しかけるときに使うルーティーンのことだ。会話をオープンさせるからオープナー」

「なるほど」と僕はうなずいた。「それでどこに行く道を聞くんですか？」

「銀座に300円バーというのがいくつかある。ビールもカクテルも一杯300円で飲める立ち飲みバーだ。そこがナンパスポットになっている。俺たちはそこでナンパをする。そして、バーに着くまでの道でも、お前はストナンを続ける」

「300円バーへの行き方を聞けってことですね？」

「そのとおり。この辺は、いろいろデパートがあって、買い物に来てる女が多い。道を聞くぐらい簡単だ」

「も、もちろんですよ」

道行くかわいい女の子に話しかけようと周りを見回した。

そして、ひとつのことに気がついた。誰もリストバンドを付けていない！

僕はまた、地蔵のように固まってしまった。


「おい、何やってるんだよ？　さっきの子、かわいかったじゃないか」

「すっ、すいません。次は必ず」

くそっ！　くやしい。

なんでこんな簡単なことができないんだ。ただ道を聞くだけじゃないか。それに僕はすでに酔っている。しかし、誰もリストバンドを付けていない。さっきまでの街コンは、ただの釣り堀だったんだ。いまから話しかける女たちは、自然の海の中を自由に泳いでいる野生の女だ。その違いが、これほどの精神的な重圧を生み出すとは……。

「これは業務命令だぞ」もたもたしていたら永沢さんが怒った。

そうだ。これは仕事だ。僕は永沢さんの命令に従う必要がある。僕は有楽町の交差点で、ショップの紙袋をぶら下げ、信号を待っているＯＬっぽい女に狙いを定めた。そして、バンジージャンプを飛ぶときみたいに、目いっぱいの勇気を出して一歩を踏み出した。

「あっ、すいません」僕は話しかける。「銀座の300円バーというのを探しているのですが、どうやって行けばいいかわかりますか？」

「わかりません。すいません」とあっさりと言われた。

「あっ、そうですか。ありがとうございます」

OLっぽい女の子はすたすたと有楽町のJRの駅のほうに歩いて行ってしまった。

永沢さんが、僕を見て笑っている。僕は自分が必死の形相だったことに気がついた。

「また、道を聞いただけだな」

「すいません。次はなんとか」

僕は交差点の向こうに、ひとり信号待ちで立っている女を見つけて、話しかけた。「あのー、ちょっといいですか」

まるで透明人間に話しかけられたみたいに、彼女はまったく反応しなかった。完全なる無視だ。これはつらい。幸いなことに信号はすぐに変わり、僕が無視された現場を目撃した人々はいなくなった。

無視されるのはかっこ悪かったが、それでも僕は何も失っていない、という当たり前のことを認識した。

数寄屋橋交差点のほうへと歩きながら、僕はまたターゲットを見つけた。

ちょうど映画館の前に、ふたり組の女の子がいた。ふたりともかなり若く見える。大学生かな？ ひとりは黒いセーターにサスペンダーが付いた格子模様のスカートを穿《は》いていて、もうひとりは青いチェックのシャツを着ている。僕は青いチェックのシャツのほうと目を合わせた。そして、話しかけた。

「すいません！」

「はい」ちょっと驚いたようにこたえた。

「銀座に300円バーというのがあると思うんですけど、どうやって行けばいいかわかりますか？」

「すいません。ちょっとわからないです」

「そうですか。ありがとうございます」

僕があきらめてその場から離れようとすると、永沢さんがとなりにやって来た。

「ふたりはなんか映画見てきたの？」

「あっ、はい」サスペンダーがうろたえる。

「どの映画を見たんですか？」

と、僕が会話に加わろうとすると、永沢さんが「ちょっと、言わないで」と彼女たちを制した。

「俺に当てさせて。俺、人の心読めるから」

ふたりの女の子は黙って永沢さんに見入っている。「俺の目をじっと見て……」

永沢さんは、いま大ヒットしているディズニー映画の名前を静かに口にした。

「えー！」とサスペンダーの女の子がとても驚いている。「どうしてわかったの？」

「だから、俺は人の心が読めるって言っただろ」

いったいどんな魔法を使ったんだ⁉

永沢さんは、瞬く間に、まったくの初対面の女の子たちとうちとけている。

「僕もその映画は見ましたよ。面白かったですよね」

「しかし、困ったな」と言って永沢さんはチラリと時計を見た。「俺たち6時半に、その300円バーってところで重要な人物と待ち合わせなんだよ。あと20分しかないよ」

「すいません。わからなくて」

サスペンダーの子が申しわけなさそうにしている。

「ふたりとも大学生？」と永沢さんが聞くと、サスペンダーの子は「はい」とこたえた。

「何、勉強してんの？」

「私たちはいちおう英文科です」

「じゃあ、英語しゃべれるんだ」

「いや、しゃべれません」

「ダメだよ。英語ぐらいちゃんと勉強しなよ。就職できないよ」

「私たち、就職決まったもん」と青いシャツの女子大生は自慢気な表情を見せた。

「大学4年生なんだ。仕事は何するの？」と僕が聞くと、青いシャツの子が食品会社で、サスペンダーの子は旅行会社に内定しているという。

僕が、就職活動について彼女たちと話していると、永沢さんが入ってきて、また、会話を切り上げようとした。

「俺たち、また、300円バーを探しに行かなきゃいけないんだけど」

「待ち合わせなんですよね」サスペンダーの子が少し残念そうに言った。

「ああ」と永沢さんがうなずいた。「とても重要な人物なんだ」

「どんな人なんですか？」

「それは企業秘密で言えない。情報が漏れたときの影響が大きすぎてね」

「えー、気になる！」

「悪いな。ところで、せっかくだから連絡先を交換しよう」

「これって、ひょっとしてナンパだったの？」

青いシャツの子が言った。

「君は、映画みたいに、俺と偶然に再会することを期待しているのか？」

永沢さんが切り返した。

「ここは奇跡を期待するよりは、やはり素直に連絡先を交換したほうがいいと思います」

僕も必死にこのナンパを成功させようとたたみかける。

「じゃあ、ＬＩＮＥ交換しようよ。私たち来年から社会人だから、いろいろ教えて」

サスペンダーの女の子がそう言って、肩掛けカバンから携帯を取り出した。

僕たちも携帯を取り出し、街コンのときみたいにＬＩＮＥ　ＩＤの交換をした。

やったあ！

「鈴木真理子って言うんだ？」と永沢さんがＬＩＮＥで出てきた名前を見て言った。

「そうです」と彼女はこたえた。「永沢圭一さん？」

「渡辺正樹さん」と青いシャツの子がつぶやく。「綾？」と僕が聞くと、彼女は「うん」とこたえた。

そして、僕はすかさず綾にメッセージを送った。［わたなべです。就職おめでとう！　今度飲みに行こうよ。］

僕のLINEメッセージを確認すると、綾はOKとスタンプを返してくれた。

「それじゃあ、また」永沢さんが手をふる。

「うん。またね」真理子も手をふる。

道で、見ず知らずの女の子に話しかけて連絡先を聞き出せたのは、人生ではじめてのことだった。

永沢さんといっしょにいると、「はじめて」がたくさん起こるようだ。

喜びがこみ上げてきた。

数寄屋橋交差点を渡り、ソニービルの前まで来た。

「どうだ。ストナンなんて簡単だろ？」

「すごいですね。ストナンっていうのは、道を聞くオープナーで話しかければいいんですね」

「道を聞くオープナーは、本屋に売られているナンパマニュアルなんかには必ず書いてある。映画『マディソン郡の橋』では、主人公のクリント・イーストウッドが、メリル・ストリープ演じる人妻をちょろまかすときに使ったオープナーでもある。冒険家でカメラマンの主人公が、橋の撮影に訪れた街で、道に迷ったふりをして、暇そうな主婦にこのオープナーを使ったんだ。彼はまんまと人妻とセックスしてタダ飯まで食っている。でも俺は、このオープナーは本当は嫌いなんだ」

「クリント・イーストウッドも使っているオープナーが、どうしてダメなんですか？」

「ストナンでの声かけには、**間接法**と**直接法**がある」

「間接法？　直接法？」

「こちらのセクシャルな意図を見せて話しかけるかどうかだ。道を聞いたり、こちらの性的な意図を隠して、別件で話しかけるのが間接法。『かわいいね』のように最初から男女の仲になる意図があることを示して声をかけるのが直接法だ」

「なるほど」と僕はうなずく。「それで、マディソン郡の橋でクリント・イーストウッドが使ったオープナーはどこに問題があるんですか？」

「道を聞くというのは、間接法の中でも最も間接的な声のかけ方だ。それゆえに無視される確率は一番低い」

「無視されないなら、いいんじゃないですか？」

「オープナーが間接法に基づいていようと、直接法に基づいていようと、最終的には男女の仲になりたいという意図を示す必要がある。だから、最初の声かけが間接的であればあるほど、そこから一気にひっくり返して、連絡先を聞いたりするのは難しくなる。実際に、直接法の場合は、無視される確率が高くなるが、いったんそれで会話が成立したら、つまりオープンに成功したら、最後まで行ける見込みはかなりあるんだ」

僕は興味深い話に聞き入った。

「しかし」と永沢さんが続けた。「このオープナーを俺が好きじゃない理由は、そこじゃない。実際に、ひっくり返すことは可能だ。古典的な道聞きルーティーンでは、まずは誰もが知っている有名な場所を聞く。さっきの300円バーは、いまのところ誰も知らなかった。ちょっとマイナーすぎるからだ。しかし、ソニービルの場所を聞けば、ほとんどの人は知っているから、ひとまず会話ができたはずだ。そこで、道を聞いたら、『ありがとうございます』と言って、いったん別れる。それから5秒ぐらい待って、後ろから追いかけていき、『すいません。さっき、道を聞いていて、じつは、すごくタイプでした……。もう二度と会えないと思って、勇気を出して……』なんていうのが、ひとつのパターンだ」

「それって、うまく行きそうじゃないですか」

「ダメだ」

「なぜですか？」

「人の善意につけ込むやり方だからだ」

永沢さんは、女をセックスの道具ぐらいにしか考えていないんじゃないか、と思っていた僕には意外な言葉だった。

「俺はナンパで人を騙したくない。親切に自分の時間を使って道を教えてくれた人に対して失礼だろ？　それが嘘だったとしたら。そして、あとでタイプだ何だといって話しかけた段階で、それが嘘だったということは相手にも必ずわかる。そんな出会い方はよくないんだよ」

「人を騙してはいけない……」僕はそうつぶやきながら、その意味を考えていた。

「だから、道聞きオープナーを使うときの約束事をひとつ覚えておいてくれ。これは本当に道を聞きたいときだけ使う。実際、俺もお前も、本当にどうやってその300円バーに行けばいいのか知らない。俺も、取引先との接待で、予約してあったディナーの時間まで少しあって、そのときに時間つぶしでタクシーで寄っただけなんだ。だから、よく場所を覚えていない」

「わかりました。それではバーへの行き方を知ってる人が見つかるまで、僕が声をかけます。ナンパじゃなくて、本当に道を聞くだけなら簡単ですよ」

「それが重要なんだ。嘘をついていないからこそ、自然に声をかけることができて、かえってナンパがうまくいくんだ。だから、本当に道がわからないときは、いつだってこのオープナーを使うんだ」

「ラジャー！」

本当に道を知りたいのだ。そう思うと、僕は気軽に女の子たちに道を聞くことができた。

「すいません。この近くに300円バーというのがあると思うんですけど、どうやって行けばいいかわかりますか？」

「すいません。わからないです」

「あっ、ありがとうございます」

こんなやりとりが3人続いた。残念ながら、それ以上の会話をすることはできなかった。

しかし、僕はめげずに、紙袋をぶら下げて有楽町の駅のほうにひとりで向かっていく、20代半ばぐらいの女の子にまた話しかける。

「すいません。この近くに300円バーというのがあると思うんですけど、どうやって行けばいいかわかりますか？」

「知りません」

僕は思い切って、さっき永沢さんが言っていたルーティーンを試そうと思って、また、追いかけていった。

「あの～、すいません。じっ、じつは、タッ、タイプなんですけど。れっ、連絡先教えてくれませんか？」

「すいません。急いでいるんで」

やっぱりダメだったか。

しかし、これだけ女の子に声をかけ続けていると、不思議なことに、それほどショックを受けなかったし、落ち込みもしなかった。むしろ爽快な気分だと言ってもいいぐらいだ。

「ハッハッハッ。そうやって断られるのはゲームの一部だよ。もっと自信を持って行くんだ」永沢さんが励ましてくれた。

僕たちは三越の交差点のほうまで歩いて来た。

「それ、どうしたの？　アップルストア？」

永沢さんが、交差点でおしゃべりをしていたふたり組に話しかけた。

すぐに、街コンで見た誰よりもかわいいことに気がついた。

僕の体は硬直した。

「あっ、はい……」

「その紙袋の大きさは」と言って、永沢さんは考えている素振りを見せた。「ＭａｃＢｏｏｋ？」

「はあ」と女の子は怪訝《けげん》な表情をしている。

「俺たち、待ち合わせで、この近くの３００円バーってところに行かないといけないんだけど、どうやって行ったらいいかわかる？」

「あっ、なんか、それ聞いたことあるよ。どこだったっけ」

もうひとりのアップルストアの紙袋を持っていないほうの子が言った。彼女もとてもかわいい。

「それって、グーグルマップで検索したらすぐわかるんじゃない？」

「なるほど！」と永沢さんは大げさにうんうんとうなずいた。「さすが、マック使ってるだけあって、ＩＴリテラシーめっちゃ高いよね。その発想はなかったわ」

永沢さんに言われて、僕はグーグルマップを起ち上げた。［３００円バー］［銀座］と検索エンジンに入力すると、あっさりと目的のバーが出てきた。

「あっ、これですね」と僕が言って、グーグルマップを見せる。ここから２００メートルほど先にあるようだ。

「ここをまっすぐ行って、右に曲がったところだな」

永沢さんは、僕のｉＰｈｏｎｅを見ながらそう言うと、ふたりの女の子に礼を言った。

「俺たち、これからクライアントとの待ち合わせで、遅れそうなんで」と永沢さんは急いでいるふりをした。

僕もアップルストアの紙袋を持っていないほうの女の子の目を見つめながら「どうも、ありがとうございます」と言った。

僕と永沢さんは、グーグルマップに従いながら、バーの方向に歩きはじめた。

さっきの女の子たちも、反対側の有楽町の駅のほうに向かって歩き出している。

「はやく追いかけて行けよ」永沢さんが声の大きさを抑えながら僕に怒鳴った。「さっきのルーティーンで話しかけろよ！　いま使わなかったら、いつ使うんだよ！」

僕は一瞬たじろいだが、ここでもたもたしている時間はもちろん、ない。さっきのかわいい女の子に二度と会えないなんてことは、嫌だ。絶対に、嫌だと思った。僕はすぐにふり返って、彼女たちに追いつこうと夢中で走った。

「すいません」と僕は息を切らせながら言った。「ちょっと、待ってください」

さっき僕と目が合った女の子が立ち止まった。

「すごくタイプなんです。連絡先教えてください」

「…………」

「今度、お茶でもしませんか？」

「……。いいよ」

「本当⁉　ありがとう」僕は肩で息をしながら、自分のｉＰｈｏｎｅを握りしめた。さっき、グーグルマップを開いたｉＰｈｏｎｅだ。彼女もｉＰｈｏｎｅを取り出した。それから、僕たちはＬＩＮＥ　ＩＤを交換した。メッセージを送ることも忘れない。「わたなべです。今度お茶でもしてください。」

「連絡します」と僕は言う。

「うん、またね」と彼女は言う。

今日、一番かわいいと思った女の子、名前も知らない女の子に、僕は道で話しかけ、連絡先をゲットしたのだ！　僕の体の中から、一気にアドレナリンが噴き出た。最高のエクスタシーを感じた瞬間だった。街コンの二次会に行かなくてよかった。永沢さんの言ったとおりだ。

僕は永沢さんのところに戻ると、彼は何も言わずに右手を高く上げた。

僕も右手を上げて、永沢さんの手を叩いた。

パーン、という高い音がした。

なんとも言えない心地いい音が銀座の街に響き渡った。

勝利のハイタッチだ！

こうして僕たちは、ナンパの聖地となっている銀座のバーに、とうとうたどり着いた。それは雑居ビルの地下1階にあった。

中に入ると、まだ7時だというのに、まるで満員電車のように混んでいた。バーカウンターには行列ができている。店内にいる女の子たちは、みんなナンパされている。よく観察すると、ナンパされている女の子の近くには、さらに他の男もたくさんいて、女の子に話しかける順番を待っているようだった。

僕と永沢さんは、バーカウンターの行列に並んだ。

「こんなにみんな酔っ払ってナンパしているんだったら、ぜんぜんナンパするのは難しくないですね」と僕は言った。「これだったら僕も地蔵にならずに済みそうです！」

「出ようか」と永沢さんが言う。

「えっ、ここなら僕だってナンパできますよ」

「店内に、女が何人いる？」

「えっと、1、2、3……、10人ちょっとですか？」

「それに対して、男は何人だ？」

「うーん」と僕はバーを見渡した。「数え切れません」

「それが答えだ。こんなところでナンパするのは時間の無駄だ。もっといいところに行くぞ」

「は、はい……」

永沢さんは店を出て、タクシーを止めた。

「六本木ヒルズまで行ってください」

★

タクシーの中で永沢さんの恋愛工学の講義がはじまった。

「ナンパっていうゲームがどういうものかわかってきたか？」

「女の子に勇気を出して声をかけて、すこし会話して、怪しいやつじゃないって安心してもらって、連絡先をうまく聞き出すんですよね」

「それから？」

「次に何とかデートに誘い出して、うまく口説けばいいんですよね」

「そうだ。それがナンパというゲームの基本的な流れだ。まずは、声をかけて、会話で相手に自分の魅力をアピールする。これが最初のステップ。ここがうまくいけば、結果的に、連絡先を聞けたり、そのままいっしょに飲みに行ったりもできる。そのあとのプロセスや戦略はこれから教えてやるけど、ここまでのステージに到達するための様々なオープナーや、会話で相手を魅了するための恋愛工学のテクノロジーをいくつか教えてきたよな。実際に、お前はそれを実践して、幸運にも、いまのところうまく立ちまわっているよ。しかし、俺たちは同時にもっと大きな別のゲームをプレイしているんだ」

「別のゲーム？」

「俺たちはナンパというゲームをとおして、ひとりの女を他の競争相手と競い合っている。ライバルは他のナンパ師かもしれないし、会社の同僚や、学校の同級生の男かもしれない。彼氏や夫という場合もある。ナンパっていうのは、そいつらより俺たちといるほうが楽しいと短時間のうちに女に証明するゲームなんだよ。しかし、俺たちは、そうやって他のライバルと競い合う前に、すでに別の**メタゲーム**をプレイしているんだ」

「メタゲーム？」僕は聞き返す。

「お前、ポケモンカードのゲーム大会を知ってるか？」

「はい」

「ポケモンカードの大会では、あらかじめ決められた数のポケモンカードを持って行く。1枚ずつポケモンカードを出して、自分のポケモンと相手のポケモンがバトルする。まずは、相手のポケモンをどうやって倒すかというゲームの知識が必要なわけだ。相手のポケモンがどう進化し、どういう技を使うのか。それに対して、どう防御し、どう攻撃するのか。こうしたことを知らなければ、一つひとつのバトルでは勝てない」

「そのポケモンバトルが、ナンパで、どうやって女の子に話しかけて、どうやって会話して、連絡先を聞き出して……、というプロセスに対応するわけですね」

「しかし」と永沢さんが続ける。「ポケモン同士のバトルでは、相性がある。ピカチュウみたいな電気タイプのポケモンの技は、水タイプのポケモンに強い。水タイプは炎タイプに強い、といった具合だ」

「なるほど」僕は聞き入った。

「大会のトレンドで、どういうタイプのポケモンが多く参加するのかを読めれば、戦いを有利に進める自分のチームを用意できるんだ。つまり、ポケモン同士のバトルの前に、大会のトレンドを読み、一番勝率が高いポケモンメンバーを構成できるかどうかで勝負の大部分が決まる。これがメタゲームだ」

「ああ、そういうことか」と僕は感心した。「ナンパでは話しかけた女の子をどうこうするという以前に、すでにどういう場所でどういうふうにナンパをするのか、そこでいかに自分たちを有利な状況にするのか、というゲームがはじまっているんですね」

「そのとおり」と言って、永沢さんは蔑むような口調で続けた。「あの銀座の３００円バーにいた男たちは、すでにこのメタゲームで負けてたってわけだよ」

「そんな明らかなメタゲームに、なぜ彼らは敗北するんですか？」

「それは、彼らが心の弱い人間だからだよ。ここはナンパしていいナンパスポットですよ、と権威のある誰かに言われて、実際に他のみんながナンパしているのを確認して、それではじめてナンパができるんだ。だが、そんな場所はすでにレッドオーシャンもいいところで、ナンパできても、セックスなんてできやしないんだ。本当の恋愛プレイヤーは、みんながナンパしないような場所でナンパするんだ」


気がつくと、タクシーはすでに六本木ヒルズに着いていた。

永沢さんがタクシー代を払ってくれた。

「今週は、ヨーロッパのアーティストが森美術館に出展していて、ヒルズの広場のイルミネーションがすごくきれいになっているらしい」

僕たちは、バーの脇にあるエスカレータを上って、六本木ヒルズ森タワーの前の広場に出た。

大きな蜘蛛《くも》のオブジェがあり、その周りが眩《まばゆ》いばかりにキラキラしている。

年頃のふたり組の女たちで溢れている。ナンパしている男たちはひとりもいない。

さっきの男ばかりのバーと比べたら、ここは妖精たちが暮らす楽園のようだった。

「俺たちはメタゲームをプレイしていることを、いつも忘れちゃいけない」永沢さんはそう言うと、すたすたとふたり組のほうに歩いて行って、ナンパをはじめた。

「あっ、写真、撮りましょうか？」

25歳ぐらいの女の子が、イルミネーションをバックに写真を撮っていた。このふたりも、街コンで出会ったどの子たちよりもかわいかった。

「えっ、ありがとうございます。お願いします。ここを押すだけです」とひとりの女の子が永沢さんに自分のスマホを渡して、友だちのところに駆けて行った。

「撮るよ。笑って」と言って、永沢さんはカシャッとスマホ画面のシャッターを押した。

「もう1枚。うん、かわいいよ」

「あっ、ありがとうございます」

「うまく撮れてた？」

ふたりはスマホで写真を確認している。「バッチリです。ありがとうございます」

「どこから来たの？」永沢さんが聞く。

「金沢です」

白いシャツの胸の間を斜めに横切るように、ちょっと大きいカバンをたすき掛けにしている女の子がこたえた。

「私は東京に住んでるんだけど、この子が金沢から訪ねてきて、今日はヒルズに遊びに来たんです」こっちの子は黒のショートパンツにデニムのジャケットを着ている。

「へえ、金沢のどの辺？　金沢って寿司がおいしいよね」と永沢さんが話をつなぐ。

彼女たちは金沢の高校時代の同級生で、ひとりが大学で東京に出てきて、そのまま東京でＯＬをしている。そして、たすき掛けのカバンで胸を色っぽく引き立てているほうが金沢で自営業をしている両親のところで働いていることがわかった。僕たちの仕事やどこに住んでいるかという話もした。10分やそこらの立ち話だ。永沢さんが金沢から来た子と仲良く話して、僕は東京のＯＬと話していた。

「今度、金沢に行ったときに連絡するよ」

「え～、本当に来るの？」

「もちろん。連絡先教えて」

永沢さんはスマホを取り出し、当たり前のように連絡先を交換した。

僕も東京のＯＬに、「連絡先、教えてくれる？」と聞く。「いいよ」

あっさりとＬＩＮＥ　ＩＤをゲットできた。

「伊藤詩織さん？」

「うん」と詩織さんはうなずいた。「えっと、わたなべ君？」

「ところで、会社ってどこの駅なの？」

「私は浜松町だよ」

「そうなの？」と僕は少し驚く。「僕は田町だからとなりじゃん」

「近いね」

「じゃあ、今度、ランチでもしない？　ランチの時間って抜けられる？」

「うん、大丈夫」

「オッケー！　また、連絡するね」

僕たちは知らないふたりの女の子に話しかけ、すんなりと連絡先をゲットしたのだ。すぐに僕はメッセージを送ることを忘れなかった。文面を永沢さんにチェックしてもらうと、不必要に長い文がカットされ、短いメッセージに加工された。僕は、それをそのまま送信した。

「職場がとなりの駅なんて偶然だね！　今度ランチしようよ。」

「＜スタンプ＞」

「わたなべ、さっきのはいいよ」

「どこがよかったんですか？」

「連絡先を聞いたあと、会話を続けようとしただろ」

「はい」

「電話番号やLINE IDをゲットしたあとに、すぐに立ち去ると、女は手当たり次第のナンパで、連絡先ゲットが目的だったんだ、と思いがっかりする。だから、連絡先をゲットしたあとに、しばらく会話するのはとてもいいことなんだ。ナンパも、ビリヤードのブレイクショットやゴルフのスイングといっしょで、フォロースルーが重要なんだよ」

「なるほど。フォロースルーですか……」

「さらに、今回は、あのOLの勤務先がたまたまお前の勤務先と近かった。そして、すかさずランチの約束を取りつけた。これもいい」

「ありがとうございます」

「もう、写真オープナーの使い方はわかったよな？　さっそく試してみろよ」

　僕はさっそく辺りを見渡すと、また、ヒルズのイルミネーションを背景に、携帯で写真を撮り合っているふたり組を見つけた。

「よかったら、写真撮りましょうか？」

「あっ、本当ですか？」友だちの写真を撮っていた女の子が僕に携帯を渡してくれた。

カシャッ、カシャッ、と僕は何枚かの写真を撮った。

「ちょっと見てください。大丈夫ですか？」

「上手に撮れています。ありがとうございます」

「ふたりはどこから来たんですか？」

僕が聞くと、さっきと同じように女の子たちは喜んで会話をしてくれた。

ふたりとも埼玉から来ていて、僕に携帯を渡したほうの女の子は名前は加奈で、会社を辞めてから看護師の学校に通っているという。もうひとりのほうは名前は順子で建設会社で事務をしているとのことだった。連絡先も難なくゲットした。

僕たちは彼女たちと別れると、またターゲットを探して歩きはじめた。


「こんなに簡単でいいんですか？」

「連絡先を聞き出しただけだぞ。喜ぶのは早いよ」と永沢さんは僕をいさめた。「どうして、女の子たちがあんなに簡単に会話してくれて、連絡先を教えてくれるかわかるか？」

「なんか特別な理由でもあるんですか？」

「写真オープナーというのは、ふたつの理由で極めてパワフルなんだ」

「ふたつの理由？」

「ひとつ目はとても自然な流れの中で話しかけられること。女はナンパで出会うことがいいことだと思っていない。映画のような自然な出会いを求めているんだ。写真オープナーは、たまたま近くを通りかかった男が、親切心からごく自然に話しかけているように見えるんだ。そして、もうひとつの理由は、**返報性の原理**だ」

「返報性の原理？」僕は聞き返す。

「人は他人から何らかの施しを受けた場合に、お返しをしなければいけないという感情を抱く。それが返報性の原理。実際に、写真を撮ってもらって何らかの恩義を感じているはずだ。そこからいきなり会話することを拒否するのは非常に難しい。連絡先を聞かれても、断りにくくなるんだ」

「なるほど。それですごくパワフルなオープナーなんですね」

「しかし、欠点もある。何かわかるか？」

「それは、写真を撮ろうとしている女の子にしか使えないことですよね？　つまり、使えるシチュエーションがとても限られている」

「そのとおりだ。こうやって、それぞれのオープナーはどういうシチュエーションで使えるのか、なぜそれがワークするのか、ということをしっかりと理解することが重要なんだ」

「なるほど」

「それじゃあ、写真オープナーが使えない状況で、どうやって声をかける？」

「道を聞くオープナーですか？」

「さっき言っただろ。そのオープナーは本当に道を聞きたいときだけに使えって。あらゆるシチュエーションで使えるオープナーを教えてやるよ」

「ぜひ、教えてください！」

「こんばんはオープナー」

「何を言えばいいんですか？」

「こんばんは」と永沢さんが言った。「たったそれだけ」

「えっ、そんなんでいいんですか？」

「お前は、今日すでにたくさんの女に声をかけて、実際に多くの連絡先をゲットしてきた。お前のテンションは最高に上がっているはずだ」

「そうですね。何だか興奮して、すごく力が湧いてきているんですよ」

「ナンパでは、そのテンションが一番重要なんだよ。テンションが上がっていれば、はっきり言ってしまえば、オープナーは何でもいい。『こんばんは』の一言で女の足を止めて、会話をはじめられるはずだ。さっそく試してみろ」

僕はまた、街コンに参加していれば、相当にかわいいほうだと思われるふたり組を見つけた。六本木通りのほうに向かって歩いている。20代後半ぐらいの年齢だ。

「こんばんは！」僕は横から話しかけた。

「あー、びっくりした」

レースのカーディガンを羽織った女の子が驚いてこっちを見た。

「はじめまして。僕、わたなべです」

「えっ、なんですか？」

彼女は歩みを止めない。

「こんばんは！」

会話がオープンしているのに、なぜか僕はもう一回こんばんはオープナーを発した。混乱している。

「なんか、この人おかしいね」

もうひとりのショートパンツにパーカーを着た女の子が笑っている。

「ぶっちゃけた話、俺たちナンパなんですけど」永沢さんも加わった。「ふたりともかわいいね」

「いいです、いいです、そういうの。私たちもう行きますから」

パーカーの子はそう言って、僕たちから離れていこうとする。

「俺たち、ちょっとミーティングがキャンセルになって時間ができちゃって……。ふだんナンパとか絶対にしないんだけど、ふたりともきれいだったから。せっかくだからお茶でもしない？」

「いいです、いいです。ごめんなさい」

「どこから来たの？」

永沢さんを無視して女の子たちは歩き続ける。

「この近くに、すげーオシャレなカフェがあるんだけどさ。ちょっとだけ寄ってかない？俺たち金持ちだから、場合によっては、そのカフェ代全部おごりでいいから。俺たちのおごり」

「どこのカフェ？」

パーカーの女の子が口を開いた。

永沢さんがドヤ顔を見せ、一言発した。

「スターバックス」

僕が最初に話しかけたほうの子がちょっと笑った。

永沢さんはとうとうふたり組の足を止めさせた。

「ちょっとだけ話しない？」

「うーん、しょうがないなぁ。でもちょっとだけだよ」

スタバに着くと4人がけのテーブルが運良く空いていた。「何がいい？」

「私はアイスラテのトール」

「あっ、私も」

「わたなべは？　俺が買ってくるよ」

「僕もアイスラテのトールでお願いします」

「オッケー」

永沢さんはカウンターに並ぶ。僕はテーブルで女の子ふたりと座っている。さっきまでまったく知らなかったふたりの女の子といっしょに、コーヒーを飲むことになるなんて！　僕の人生はどうなってしまったというんだ。僕はまた、喜びを嚙みしめた。

「ふたりはどんな仕事してるんですか？　僕は弁理士をしています」

「弁理士って何？」とパーカーの子が聞く。

僕が弁理士という仕事について説明していると、永沢さんがトレーにアイスラテを4つ載せて戻ってきた。

そこからの話の展開は、街コンと同じだった。街コンでのトレーニングが活きていたのだ。名前はレースのカーディガンが沙英で、パーカーが優子。沙英が有楽町にあるデパートの化粧品売場の店員、優子が携帯電話のショップ店員をしているという。

それからLINE IDを交換した。さっき永沢さんにほめられたとおりに、僕はしばらく会話を続けた。

「僕、沙英さんのデパートに会いに行こっかな」

「え～、来なくていいよ」

「じゃあ、俺たちそろそろ行くわ」永沢さんが切り出した。「短い時間だったけど、いっしょにおいしいカフェラテ飲めてすごく楽しかった」

彼女たちと別れてからメッセージを送るために永沢さんに相談すると、**ダブルバインド**というちょっとしたテクニックを教えてくれた。

「わたなべだよ。本当に今度、デパートに行こうと思ってる。いいよね？　もし困るんだったら、お茶かディナーでもいいけど、どうする？」

最初のデパートのほうにイエスとこたえれば、デパートでまた再会することになる。ノーとこたえても、今度はデートしなければいけない。つまり、どうこたえても、また会うということにしかならない問いになっているのだ。これが、ダブルバインドと呼ばれるものだ。

六本木ヒルズの広場を、僕と永沢さんはまだ徘徊していた。

僕のこんばんはオープナーは、まるで機関銃から発射される弾丸のように次々とターゲットに浴びせられた。写真オープナーは精巧なホーミングミサイルのように狙った獲物を確実に仕留めていく。

1組目と2組目のこんばんはオープナーは、残念ながらターゲットを外した。まずは、無視され、かすりもせず。次の1発も相手にちょっとしたかすり傷を負わせただけだった。

「すいません、急いでいます」と一言しゃべってくれたものの、会話はオープンできず。3組目へのこんばんはオープナーは、相手の女の子たちを立ち止まらせることができ、ちょっと会話ができたものの連絡先まではゲットならず。永沢さんは、僕を鍛えるためなのか、あまりサポートしてくれない。最低限の会話に参加するだけだ。

ついに4組目のターゲットに、僕の写真オープナーが命中した。専門学校生のふたり組で、スマホでイルミネーションの写真を撮っているところに僕が話しかけた。

「よかったら、撮りましょうか？」

そのあとはほんの2、3分話しただけだったが、僕がＬＩＮＥ　ＩＤの交換を提案すると彼女たちはまったく抵抗を示さなかった。写真オープナーは本当にパワフルで、永沢さんの最初のナンパと合わせると、これで3発目だが、すべて命中している。

5組目、6組目のターゲットを僕のこんばんはオープナーが外したあと、とうとう7組目のターゲットにこんばんはオープナーが当たって、歩いているふたり組の足を止めることができた。しかし、連絡先を聞くと、断られてしまった。

六本木ヒルズに来てから、最初の数組で、立て続けにすべて連絡先ゲットできたのは、ビギナーズラックと永沢さんのサポートのおかげだったのだろう。やはりストナンはそれほど楽じゃない。しかし、声をずっとかけていたら、ハイな気分になってきた。断られるのは怖くない。意外といい気分だ。

★

「いいペースじゃないか」永沢さんが僕をねぎらう。「いま9時半だ。そろそろバーに行って、ひと息つこう」

「そうですね。冷たいビールを飲みたいです」

僕たちはヒルズの蜘蛛のオブジェの広場から、六本木通りのほうにエスカレータを下りた。

そして、バーに入る。僕が永沢さんを見つけた、あの運命のバーだ。

それほど混んでいなかったけれど、女の子は10人ぐらいはいた。男も同じぐらいいた。銀座の300円バーに比べれば、はるかにバランスが取れていた。僕たちはバーカウンターでビールを2杯注文した。

待っているとき、永沢さんは僕たちのとなりで飲んでいたふたり組の女の子のひとりに、まるで息をするかのように話しかけた。

「何飲んでるの？」

「カシスオレンジです」花がらのワンピースを着た女の子がこたえた。ショートカットがよく似合っている。

「そんなかわいいカクテル飲んでるけど、本当は週3回は六本木に遊びに来て、男を漁《あさ》ってんだろ？」

「ひっどーい！」ショートカットの子が怒った。「私たちって、すごい真面目なんですよ」

永沢さんが不敵な笑みを浮かべていると、僕たちのビールが出てきた。グラスを触るとすごく冷えていた。

「乾杯！」

今日は、たくさん歩いて、たくさんしゃべったから、よく冷えたビールが本当においしかった。

「こちら、友だちのわたなべ」

永沢さんが僕を紹介してくれた。

「わっ、わたなべです」

もうひとりの女の子のグラスに、僕のグラスを軽くぶつけた。細身のパンツにピタッとしたTシャツを着ている。髪は肩ぐらいまで。

永沢さんはショートカットの子と会話を楽しんでいる。

「何飲んでるの？」

僕は永沢さんのオープナーを真似して、Tシャツの子と会話をはじめた。

「カルーアミルクです」

「それって、おっ、おいしい？」そう言ったあと、僕はなんだか冴えないことを言ってしまったと後悔した。永沢さんみたいに、女の人を楽しませながら会話するのはなかなか難しい。

しかし、意外にもいい展開になった。

「おいしいよ。飲んでみる？」

Tシャツを着た女の子が思いもかけないことを言ってきた。突然訪れた、今日はじめての間接キスのチャンスに、僕は緊張と興奮を同時に味わっていた。

「うん、飲ませて」僕はカルーアミルクをすすった。甘くて飲みやすかった。「とても、おいしいです！」

「ハハハ。おかしな人ね」

「よく、こういうバーに来るんですか？」

「今日は、友だちと飲んでて、ちょっと飲み足りなくてね」

「会社の同僚？　あっ、わかった、大学のときの同級生？」

「ブー！　高校の同級生」と彼女は言った。「ふたりは？」

僕は今日何回したかわからない、僕と永沢さんがどうやって知り合ったのか、という話をした。そして、彼女たちの仕事も聞き出した。ピタッとしたTシャツを着ているほうは、アパレル関係の会社で事務の仕事をしていて、永沢さんがしゃべっているほうは看護師だった。

永沢さんが、僕たちの横でショートカットの看護師と何かゲームをはじめている。

「これは簡単なゲームだ」と永沢さんが言う。「俺は5回質問する。5回とも嘘をこたえれば、君の勝ち。1回でも本当の答えを言ったら君の負けだ。負けたほうがテキーラを一気飲みする。いいね？」

「5回とも嘘を言えばいいんでしょ？」

「そうだ」

「簡単じゃない」

「簡単だよ。じゃあ、君の名前は?」

「ローラ!」

「よし、それは嘘っぽいね」と永沢さんは感心した。「じゃあ、君の職業は?」

「警察官!」

「けっこう、やるね。ひょっとして、このゲームやったことある?」

「う〜ん」とローラはよく考えている。「わかったわ。ここで『ない』って言わせて、引っかけようとしてるんでしょ? はい、このゲームやったことあるわ。本当はないけどね。その手には引っかかりませんよ」

「まいったな」永沢さんは手のひらを上に向けて肩をすくめた。「大体の子は、ここで引っかかるんだけど。警察官のローラは頭がいいな。これは俺の負けになりそうだ」

「テキーラ一気飲みしてもらうわよ」

「わかった、わかったよ。そういえば、次、何問目だっけ?」

「4問目よ」とローラははっきりと言う。「あとふたつで、あなたの負けよ」

「はい。君の負け」と永沢さんが笑いながら言った。「テキーラ一気飲みよろしく」

「えっ、なんで?」

「何問目かって、本当のこと言っただろ」

「えっ、あっ、そうか。くやしー！」

「あっ、テキーラショット4杯ください」永沢さんはバーテンに言った。

この人の引き出しにはいったいどれだけのルーティーンが詰まっているのだろう。僕としゃべっていたセクシーなTシャツの女の子も、永沢さんの鮮やかな**5つの質問ルーティーン**を見て、いっしょに笑っている。テキーラのショットが4杯、三日月の形に切られたライムといっしょに出てきた。永沢さんが全部払ってくれた。

「えっ、僕たちもいっしょに飲むんですか？　負けたのはローラですよ」

「そんなことはどうだっていいじゃないか。君も飲むよね。名前は？」

永沢さんは僕のとなりのTシャツの女の子に話しかけた。

「本当の名前を言っていいの？」

「もちろん」と永沢さん。「俺はいつでも真実を知りたい」

「香織」

「はい、これは香織の分」

永沢さんはテキーラのショットを一杯渡した。

僕もショットを手に取った。ローラも。

「乾杯！」

4つのショットグラスを合わせてから、みんな一気に喉に流し込んだ。それからみんなでライムをかじった。このふたりの女の子は僕たちの名前を知らず、僕たちはひとりの嘘の名前と、もうひとりの本当の名前を知っているだけだった。それでも、バーの薄暗い照明とテンポの速い音楽、そして強いアルコールのせいで、僕たちの心の距離も身体の物理的な距離もグッと縮まった。

僕と香織は、肩が触れ合うような距離で会話をしていた。気がつくと、永沢さんとローラが僕たちのとなりでキスをしていた。すぐにそのキスは舌をからませるものに変わっていた。彼女のほうが積極的に見える。ローラが手を永沢さんの腰に回して抱きつこうとしたとき、永沢さんはその手を払いのけて、すこし距離を取った。「ちょっと、これは早すぎないか。俺たちまだ会ったばかりだろ」

ローラは目をうるっとさせながら永沢さんを見つめている。

「俺たち、待ち合わせしてて、あと10分ぐらいで行かないといけないんだ」

この局面でタイムコンストレイントメソッドが繰り出されたことに、僕は驚き、そして感心した。

「えっ、そうなの？」

「ちょっと用事があってね。どうしたら、また会えるかな？」

「ＬＩＮＥやってる？」

「もちろん」と永沢さんは言った。それから、ローラとＬＩＮＥを交換するために、携帯を取り出した。「西野由美子？」

「そうよ」と彼女はこたえた。「いい名前でしょ。永沢圭一さんね」

僕も、香織の連絡先を聞かなければ。

「連絡先教えてよ」

「渡辺正樹君？」

「そうだよ。香織はいまどこに住んでるの？」

「中野だよ」

「僕は品川のほうに住んでるから、どっか行くとしたら新宿かな？」

「なに、もうデートすることになってるの？」

「ちょっとご飯でも食べに行きたいな、と思って」

「ふーん」

僕は沈黙を利用して、永沢さんみたいにキスしようとした。僕が顔を近づけると、香織はサッとよけた。

「あー、ダメダメ！」

残念ながら、永沢さんのようにはうまくいかなかった。

しかし、香織は笑っていて、それほど嫌われてはいないようだ。

「俺たち、もう行かないといけないから」

「うん、またね」と由美子が言って、また永沢さんとキスした。

僕たちはバーから出て、六本木交差点のほうに向かって歩きはじめた。

★

「永沢さん、すごいですよ！　あのローラ、じゃなくて由美子って子と、会ってあんなにすぐにキスしてるなんて！」

「あいつの目が、いますぐキスしてくれって言ってたからな」

「僕もあんなことやってみたいです」

「心配するな。このペースで行けば、そんな日はすぐに来るさ」

「本当ですか？　ところで、あのまま彼女といっしょにいたら、そのままお持ち帰りできたんじゃないんですか？」

「それはどうかな。しかし、その可能性は低くもない。イチローがヒットを打つ確率よりは高いだろうな。確かに、あの場面での正しいアクションは、まずはもっと落ち着いた別のバーやカフェなんかに彼女たちを連れ出すことだ。そこで親密になれば、家に呼べただろうな」

「なぜそうしなかったんですか？」

「それはこれからもっと楽しくなるからだよ。あれぐらいの女にトラップされるよりは、これからのオポチュニティに賭けたんだ。ほら、そこにオポチュニティが来たぜ」

永沢さんはそう言うと、六本木交差点の手前のドラッグストアの前に立っているふたり組の女のほうを見た。ふたりとも20歳ぐらいでかなり若い感じだ。片方は金髪で、もう片方も明るい茶髪をしていた。ふたりとも挑発的なミニスカートを穿いている。

「さあ、わたなべのオープナーを見せてもらおうか」


「こんばんは！」

ふたりは無視している。どうやら信号が青になるのを待っているようだった。

「こんばんは！」僕はこんばんはオープナーを繰り返す。すると、金髪のほうが口を開いた。

「私たち、あんたたちみたいなおっさんにナンパなんかされないのよ。あっち行ってよ」

今日はこれまで何度も無視されたけど、こんなふうに罵《のの》しられたのははじめてだった。20歳やそこらの小娘の言葉が、まるで鈍器になって僕の頭をぶっ叩いたように感じた。ビギナーズラックで何度かナンパがうまく行って、調子に乗っていた僕の自信は木っ端微塵に砕け散った。ドラッグストアの客、タクシーを待っている人、六本木交差点を行き交う人々が僕たちを笑っているようだった。

「すいません」僕は弱々しく言って、その場から逃げ出そうとした。

そのとき、永沢さんが話しはじめた。

「いま、君のことが少しわかった。しゃべる前に、瞳が下を向いてから、左に逸れた」

「それで？」金髪はうざったそうに言った。

「聞きたい？」

「聞いてやってもいいよ」

「君は、運動感覚的な人だってことだ」

「ん？」

「つまり、感情で生きるタイプだ」

「そうだよ」金髪の表情が少し明るくなった。

「もっと、別のこともわかった。多分、君も気がついてないこと。でも、その前にそれが合っているのかどうか確かめたい。5秒で終わる簡単なテストだ」

「5秒ならいいよ」

「何か数字をひとつパッと思い浮かべてくれ」と言って、永沢さんは金髪の子を見つめた。「それを俺が一発で当てたら、俺は君の重要な何かに気がついている、ということの証明になる」

「いいよ」と金髪の子が言ったとき、彼女の瞳が下を向いてから左に逸れた。「そんなの当たるわけないじゃない」

永沢さんは、今日はじめてメガネを外した。

「俺の目を見て」

金髪の子は永沢さんの目を見た。

「7だろ?」

「え〜!」さっきまで僕たちを蔑んでいた金髪の子は口に手を当てて、心底驚いている。

「なんでわかったの?」

「えっ、本当、マジ、マジ?」

となりの茶髪の女もびっくりしている。

「やっぱりね」と永沢さんは何か意味ありげにつぶやいた。「これで俺の直感は確信に変わった。ひとつわかったことがあるんだ」

「もう、そしてまた青になりそうだった。もう、
金髪が驚いている。

「最近、誰か大切な人と別れたね。恋人とか親友とか」

「えっ、なんでわかったの？」また、金髪が驚いている。

気がつくと、信号は青になり、また、赤になって、そしてまた青になりそうだった。もう、
ふたりとも信号のことなど気にしていない。

「最初に会ったときに、いろいろ見えたんだ。だから、伝えないといけないと思って」

「私、最近ね」と彼女は話しはじめた。「彼と別れたの」

「やっぱりね。彼とちょっとしたきっかけで喧嘩して、口論になって……」

「そう！」と彼女が叫ぶ。「喧嘩して、それっきりなんだよ。なんでわかったの？」

「嘘でしょ？」

となりの茶髪がまた驚きながらふたりを見ている。

「君はそんなかっこうして、強気なふりをしているけど、本当は繊細で、傷つきやすい女の
子だよね」

「うん、そうだよ」

永沢さんは時計をチラッと見た。「俺たち待ち合わせで、もう行かないといけない」

「どこに行くの？」

「ちょっと大事なクライアントとのミーティングでね」永沢さんは、またタイムコンストレイントメソッドを使った。「君たちはこれからどこに行くの？」

「私たちはいままでふたりで飲んでたんだけど、そろそろ帰ろうかな、どうしようかな、みたいな感じ」

「帰ったほうがいいよ」と永沢さんが忠告した。「六本木をふらふらしていても、変な男に引っかかるだけだ」

「あなたは何でもお見通しみたいだから、言うとおりにしたほうがよさそうね」と金髪の子が言うと、茶髪のほうもうなずいている。

「いい子だ」と永沢さんが言った。「俺たちももうすこしで行かないといけない。あと、これから君に素敵なことが起こるはずだ」

「えっ、何？　教えてよ！」

「ちょっとそれは話すと長くなるんだ。ごめんよ。でも素敵なことだから、楽しみに待っていればいいさ」

「え〜、知りたい。どうすれば教えてくれる？」

「ごめん、本当に俺たち行かないといけないんだ」と永沢さんは言った。それから、僕に目で合図して、ふたりから立ち去る。

僕たちは歩きはじめた。

「ねえ、連絡先教えてよ」

後ろからさっきの金髪の子の声が聞こえた。

★

僕たちはさらにナンパを続けた。

しかし、道を歩いていたキャバ嬢っぽい子にこんばんはオープナーを仕掛けるものの完全なる無視で撃沈。いかにも六本木のクラブなんかで遊んでそうな露出の多いキャミソールのふたり組に話しかけるも、こちらもまったく足を止められなかった。

永沢さんは、僕が声をかけていても助けてくれなかった。

今度こそ本当にひと息つくため、僕たちは六本木交差点の近くのカフェに入った。

アイスのラテを注文した。

「しかし、20歳やそこらのビッチと、あんなふうにすぐにうちとけてしまうなんて、永沢さんって、本当にすごいですね」

「わたなべ、ひとつ言っておくことがある」と永沢さんは言った。「お前もふくめて、多くのモテない男が、無視したり、ひどいことを言ったりする若い女のことをビッチと呼ぶ。本当は自分が相手にされないからむかついてるだけなんだが。世の中にビッチなんて存在しないんだ。彼女たちは、じつは、ただシャイだったり自信がなかったりするだけで、心をいったん開いてやれば、一途でとてもやさしかったりするもんだ。だから、これからは誰もビッチと言うんじゃない。わかったな」

僕は神妙な面持ちで永沢さんの注意にうなずきながら、イソップ童話の『酸っぱいぶどう』の話を思い出した。

キツネがたわわに実った瑞々《みずみず》しいぶどうを見つける。食べようとして跳び上がるが、ぶどうはみな高いところに生《な》っていて、届かない。何度跳んでも届かず、キツネは悔しさで、「どうせこんなぶどうは、酸っぱくて不味いだろう」と捨て台詞を残して去ってしまう。

ビッチは、酸っぱいぶどうなんだ。本当は甘くて瑞々しい。

「作戦会議をしよう」と永沢さんが言った。

「はい」と僕はうなずく。

「いま10時半だ。今日のメインイベントのクラブには、まだ、早すぎる。クラブには11時50分ぐらいに行くことにしよう。それまでに、今日連絡先をゲットした女たちのレビューとフォローアップ、これからのプランについてディスカッションしよう」

「わかりました」

「まずは今日連絡先をゲットした女たちをリストアップだ」

「はい」と僕は言って、iPhoneを取り出し、LINEアプリを起動させた。

由佳
中西恵子
Maki
理香子
Rie Yamashita
まゆみ
綾
Rumiko
伊藤詩織
かなぽん
Junko Shibata
Sae
小池優子
さき
めぐみ
Kaorii!
Rio
Airi

永沢さんはカバンからノートを取り出し、1枚やぶって僕に渡した。「これに、連絡先をゲットした女たちに関するデータをすべて書き出すんだ」

項目は［出会った場所］［仕事］［ルックス（下の下〜上の上の9段階）］［年齢］［メモ］でいいという。こういう仕事は得意だった。

「任せてください」

名前	場所	仕事	ルックス	年齢	メモ
由佳	街コン	ネット広告 事務	上の下	20代後半	茶髪 柏
中西恵子	〃	ネット広告 デザイナー	上の下	〃	黒髪 木場
真希	〃	自動車ディーラー 受付	上の上	〃	メガネ
理香子	〃	宝石店 店員	上の下	〃	
理恵	〃	歯科衛生士	上の下	30代前半	
真由美	〃	化粧品会社 事務	上の下	〃	
綾	有楽町	女子大生	上の中	21歳	食品会社就職
留美子	銀座	?	上の上	20代前半	アップルストア帰り
伊藤詩織	ヒルズ	浜松町の会社 OL	上の中	20代中盤	金沢出身
加奈	〃	看護師学校学生	上の中	〃	
順子	〃	建設会社 事務	上の中	〃	
沙英	〃	化粧品売り場 店員	上の中	20代後半	
小池優子	〃	携帯ショップ 店員	上の中	〃	
早紀	〃	専門学校生	上の中	20歳ぐらい	
恵	〃	〃	上の中	〃	
香織	六本木バー	アパレル会社 事務	上の上	20代中盤	中野
りお	六本木	フリーター	上の中	20歳ぐらい	金髪
あいり	〃	〃	上の中	〃	茶髪

僕はLINEの表示名、送ったメッセージの時刻などを手がかりに、一人ひとりのことを思い出しながら、ときに永沢さんの助けを借りて、表に一つひとつの項目をていねいに、そして素早く書き込んでいく。

完成させるのに、30分もかからなかった。

永沢さんは僕が作った表を見て、ふっと笑う。

それから、ペンですらすらと直していった。ルックスの項目が大幅に修正された。

「俺にとってルックスというのは女の魅力の一部にすぎない」と永沢さんは言った。「単にルックスがよければ何でもいい、と言っているわけじゃない。しかし、わたなべ」

「なんでしょうか？」

「女のモテ度には、ルックスが重大な影響を及ぼしている。そして、女同士のコミュニティでも、その人間関係において、ルックスがやはり大きな影響を与えている。その結果、女のルックスのレベルにより、その女の性格や恋愛観のかなりの部分が決まってくる。俺たちが使う最適な恋愛戦略も異なってくる」

「なるほど」と僕はうなずく。「だからこそ、客観的に女のルックスを評価しなければいけ

名前	場所	仕事	ルックス	年齢	メモ
由佳	街コン	ネット広告 事務	~~中の下~~ 中の下	20代後半	茶髪 柏
中西恵子	〃	ネット広告 デザイナー	~~中の下~~ 中の中	〃	黒髪 木場
真希	〃	自動車ディーラー 受付	~~中の上~~ 中の上	〃	メガネ
理香子	〃	宝石店 店員	~~中の下~~ 中の上	〃	
理恵	〃	歯科衛生士	~~中の下~~ 中の下	30代前半	
真由美	〃	化粧品会社 事務	~~中の下~~ 中の中	〃	
綾	有楽町	女子大生	~~中の中~~ 中の中	21歳	食品会社就職
留美子	銀座	?	~~中の上~~ 上の下	20代前半	アップルストア帰り
伊藤詩織	ヒルズ	浜松町の会社 OL	~~中の中~~ 中の上	20代中盤	金沢出身
加奈	〃	看護師学校学生	~~中の中~~ 中の中	〃	
順子	〃	建設会社 事務	~~中の中~~ 中の中	〃	
沙英	〃	化粧品売り場 店員	~~中の中~~ 中の上	20代後半	
小池優子	〃	携帯ショップ 店員	~~中の中~~ 中の中	〃	
早紀	〃	専門学校生	~~中の中~~ 中の中	20歳ぐらい	
恵	〃	〃	~~中の中~~ 中の中	〃	
香織	六本木バー	アパレル会社 事務	~~中の上~~ 中の上	20代中盤	中野
りお	六本木	フリーター	~~中の中~~ 中の上	20歳ぐらい	金髪
あいり	〃	〃	~~中の中~~ 中の中	〃	茶髪

ないわけですね」

「そうだ。そして……」

「そして？」

「恋愛工学は『中の上』以上の女に対してのものだ」

「えっ」と僕は驚いた。「と、いうことは、このリストの中で、すでに半分以上が対象外ということなんですか⁉」

「残念ながらそういうことになる」

「そ、そんな……」僕は肩を落とした。「こんなにたくさん集めたのに、半分以上が……」

「しかし」と永沢さんが言った。「わたなべはまだビギナーだ。恋愛工学を学びはじめたばかりで、練習のためにも、最初は量をこなすことが大切だ」

僕は永沢さんの言葉を聞いて、すこし明るい気持ちになった。

「今回に限り、特別に中の中まで**プレイレンジ**を広げてもいいことにする」

「ありがとうございます。しかし、それでも……」

「それでも何だ？」

「由佳さんと理恵さんが……。ああ、なんてことだ。こんな、こんな僕に、連絡先まで教えてくれた女性《ひと》たちなのに……」

「わたなべ、お前はやさしい男だ」永沢さんが言った。「しかし、俺たちは全員を幸せにすることはできないんだ。俺たちは仕事もしなければいけない。1日は24時間しかなく、1週間は7日間しかない。そして金だって無駄に使うわけにはいかない」

僕は今回のスクリーニングで、漏れることになってしまったふたりとの思い出を、目蓋《まぶた》のスクリーンに映し出し、心の中でつぶやいた。

ありがとう、そして、さようなら。

「おいおい」永沢さんは心配そうに僕を見た。「この全員を、お前がベストを尽くしてデートに誘ったとして、いったい何人ぐらいに会えると思ってるんだ？」

「えっと、全部で18人の連絡先をゲットしたから……、そうですね半分の9人ぐらいですか？」

「いまのところ、何人からお前にお誘いの連絡が来てる？」

「ゼロですけど」と僕はこたえた。「それが何か？」

永沢さんは黙って携帯を取り出し、LINEアプリを開いて、僕に見せた。そこには、(^^)みたいな顔文字がたくさんあって、ハートマークが入ったスタンプもちりばめられながら、[今度飲みに行きましょう]とか[遊びに連れて行ってください]みたいなメッセージが、何人かの女から送られてきていた。永沢さんはそのすべてを既読スルーしていた。既読にすらしないものもあった。

「LINEを交換するときに、最初にお前の簡単な自己紹介なんか送ってただろ。それに対するリプライはないのか？」

「それだったら、スタンプだけのがいくつか」と僕はこたえて、LINEのアプリを開く。

「えっと、真由美さんと伊藤詩織さんと沙英さんから来てます」

「会えるのは多分ひとりかふたりだろうな。ひょっとしたらゼロもありえる。運がよければ3人ぐらいかな」

「そんなもんなんですか？　こんなに連絡先ゲットしたのに⁉」

「そうだ。わたなべのいまの実力からしたらな」

「ところで、あの中で一番かわいい子でも『上の下』なんですか？」

「そうだな」

「じゃあ、いったい『上の中』や『上の上』はどんな美人なんですか？」

「あそこのテーブルにふたりで座ってる子がいるだろ？　こっち側の白いワンピース着てる子だ。黒髪で歳は24歳ぐらい」

「あっ、わかりました」と僕は言った。「ありゃ、確かにすごい美人ですね。顔はもちろんですが、ふくらはぎなんかもとてもセクシーですね」

「あの子が『上の中』ぐらいだ。俺はさっきからチャンスを窺っている。さすがに、カフェでひとりであのテーブルに歩いて行って話しかけるわけにはいかない。席を立ってから、なんらかの即興のオープナーで話しかける。その瞬間のインスピレーションを待っているんだ」

永沢さんはメガネを外した。まったく雰囲気が変わった。僕はゴクリと唾を飲み込む。しばらくすると、その上の中のかわいい子が席を立って、少し混んでいるトイレの前に並んだ。それを確認してから永沢さんは静かに立ち上がり、彼女の後ろに並ぶ。まるで映画『トップガン』のドッグファイトで、後ろに回った戦闘機が敵機をロックオンするみたいだ。

「週末の六本木は混んでますね」永沢さんが話しかけた。

「あ、はい。そうですね」と美女（上の中）がこたえる。

「ここのトイレって男女で分かれてないんだ」

「そうみたいです」

彼女がトイレに入った。そして、2、3分で出てきた。そのとき、永沢さんと一瞬目が合ったように感じられた。永沢さんも、何事もなかったかのようにトイレに入った。その間に上の中の美女は、いっしょに来ていた友だちの席に戻り、バッグを抱えてから、ふたりで外に出て行こうとしている。

トイレから出てきた永沢さんが歩いて追いかけていった。そして、カフェの入り口あたりで立ち止まっていた彼女に話しかけた。

時おり彼女は笑顔を見せているが、僕の席からは何をしゃべっているかは聞こえない。しばらくして、永沢さんとその美女が携帯を取り出しているのが見えた。連絡先を交換しているみたいだ。彼女は永沢さんに手を振りながらどこかに歩いていった。

永沢さんが席に戻って来る。

僕は右手を大きく上げる。まるで空母の甲板でドッグファイトを終えた味方の戦闘機を待つときのように。

永沢さんが僕の手を叩く。

店内に、パーン、という高い音が響いた。

勝利のハイタッチだ！

「よし、クラブに行こう」

★

僕は永沢さんに連れられてとうとう六本木のクラブに着いた。

そこは六本木交差点から青山のほうにすこし歩いた路地裏にあった。入り口にはすでに数人の客が並んでいる。いかつい黒人の店員に身分証明書の提示を求められ、簡単にボディチェックをされた。レセプションでひとり3500円払い、ドリンクチケットを2枚もらう。手首にはバンドを巻く。街コンみたいだ。永沢さんはコインロッカーに荷物を入れた。

地下1階のバーにやって来た。

暗い空間には大音響のダンスミュージックが響き渡り、レーザー光線が飛び交っていた。上から吊るされたスクリーンには、音楽に合わせたヴィジュアルエフェクトや、アーティストのプロモーションビデオが映し出されている。中央のダンスフロアでリズムに合わせて何人かの男女が踊っている。バーカウンターではイケメンのバーテンたちが、手際よく客の注文にこたえていた。僕はその非日常の雰囲気に、すっかり飲み込まれてしまい、極度に緊張していた。

「今日のメインイベントだ。さあ、楽しもう！」と永沢さんが言って、ドリンクを注文した。

音楽が鳴り響いているバーカウンターでは、大声を出さないと、注文が通らない。

「乾杯！」

僕たちはジントニックのグラスをぶつけた。永沢さんはさっそく近くでカクテルを飲んでいた女の子に話しかけた。

肩が出ている赤のワンピースを着ている。上の下だ。

もうひとりの子は、黒のワンピース。こっちは中の上。

「そのネイルどうしたの？　かわいいね」永沢さんが言った。

「ありがとう！」

「それって、本物の爪？」

「これは付け爪よ」

「なんだ、本物じゃないんだ」と永沢さんはがっかりした表情を見せた。「ところで、その長くてきれいな髪の毛も、やっぱりかつら？」

「これは本物よ。本物に決まってるじゃない」と赤のワンピースを着ている美女は怒っている。「私はモデルの仕事もちょっとやってるんだから」

永沢さんは彼女の顔をじっと見て、ちょっと間をおいた。「あ〜、手のモデル？　付け爪の宣伝の」

「ちがうよ。ちゃんとした読者モデルだよ。有名なファッション誌に載ったこともあるんだよ」

「ふーん」

永沢さんはすごくきれいな女の子に、なぜか失礼なことを言い続けていた。

僕ももうひとりの女の子に何か話さなければ。

バーカウンターの前に立っている彼女の横に移動した。

「何飲んでるの？」

「モスコミュール」

そこで会話が止まってしまって、次の言葉が出てこない。僕は慣れないクラブで緊張を解きほぐすためにジントニックを一気に飲み干した。それからバーテンにもう1杯ジントニックを注文した。

「名前は？」

「真央」

「僕は渡辺正樹です。はじめまして」

「はじめまして」

となりでは、永沢さんとモデルの女の子が音楽に合わせて踊りはじめていた。さっきまで失礼なことを言われ続けていた彼女は、楽しそうに笑っている。

僕がうまく会話を盛り上げられずにいると、永沢さんが「テキーラで乾杯しよう」と言って、テキーラショットを4杯注文した。僕たちはグラスをひとつずつ手に取った。

「チアーズ！」

4人で一気に飲み干した。

「俺、君が何考えてるか当てるマジックができるんだけど」

永沢さんが、真央に話しかけた。

「え〜、本当？」

「パッ、と数字をひとつ思い浮かべて」と永沢さんが言った。「俺の目を見て」

「本当にわかるの？」

「わかった」

「なに？」

「7だろ？」

「えー、すごい！　なんでわかったの？」

「だから言っただろ。俺は、君の心が読めるって」

永沢さんが、さっきここのクラブに来る前に、金髪の女の子に披露した数当てマジックがまた成功した。いったいどんな仕掛けがあるんだ。単純に考えれば、0〜9の10個の数字当てが2回連続で当たる確率は100分の1だ。僕はテキーラで酔っ払った頭で、かろうじてそんな計算をしていた。それから永沢さんは真央ともっと親密に話しはじめた。

「わたなべ君だっけ。仕事は何してるの？」

セクシーな赤のワンピースに身を包んだモデルの子が僕に話しかけてきた。

「べ、弁理士です」

「それって、弁護士の仲間？」

これは街コンで何度もした会話のパターンだ。僕は弁理士の仕事内容をがんばって説明した。その間、永沢さんは真央の腰に手を回して、真央も永沢さんにベタベタしていた。永沢さんはなんでこんなにすぐに女の子と仲良くなれるんだ。

「俺たち、ちょっと友だちを捜しに行かないといけないんだけど」と永沢さんが、また時間制限をかける。「また、ふたりに会いたいな。どうやって連絡すればいい？」

「LINEの交換しようよ」モデルの子が携帯を取り出した。

永沢さんも携帯を取り出し、ふたりと連絡先を交換した。僕もそれに乗じてふたりのLINE IDをゲットした。

モデルの子の名前は紗季だった。

僕は学生のときに1回だけ知り合いが主催したダンスパーティーのチケットを買わされてクラブに行ったことがあった。そのときは知り合いとすこし話して、隅っこのほうでひとり虚《むな》しくビールを飲んですぐに帰ってしまった。クラブに来たのは人生で2回目だ。それが永沢さんのおかげで、最初に話しかけた女の子たちの連絡先をゲットしてしまった。しかも、モデルだ。読者モデルとはいえ、モデルと話したのも生まれてはじめてだった。

永沢さんは真央と軽くキスした。それから、モデルの紗季と、また、仲良く話しはじめた。僕は真央と話した。

「こういうクラブとかよく来るの？」

「来ないよ。今日で2回目」

「本当？ 僕も2回目だよ。今度、いっしょに飲みに行きたいな」

「うん、連絡して」

永沢さんがそろそろ行くぞ、と目で僕に合図した。僕は、永沢さんのタイムコンストレイントメソッドに従う。

「またね」

「うん」

真央が手を振ってくれた。

僕たちは、上の階に行くエレベータを待っていた。

永沢さんが言うには、地下1階が一番大きいダンスフロアで、上の階にもちょっと違ったカテゴリーの音楽が流れているバーやダンスフロアがあるそうだ。

白人の若い女の子のふたり組もエレベータを待っている。片方はブロンドでスラッとしていてモデルみたいだ。もう片方は、赤っぽい髪の毛で、ちょっとぽっちゃりしていたが、デブというほどではなく、十分かわいかった。

“Hi! Having fun?（楽しんでる？）”永沢さんは英語でも変わらず、いつものように声をかけた。

“Yeah, why not?（うん、もちろんよ）”ブロンドのモデル風の女の子がこたえた。

“Good! Where do you come from?（いいね！　どこから来たの？）”そう永沢さんが言うと、待っていたエレベータの扉が開いた。僕たちは4人で中に入った。

“We come from Germany.（私たちドイツから来たの）”ぽっちゃりしている子がこたえた。

“Oh really? Oh my god! To tell you the truth, I'd never have any relationships with German women.（それって、本当？　なんてこった。じつは、俺はドイツ人の子とは関係を持たないことにしてるんだ）”永沢さんがちょっとがっかりしたような顔をして言った。

“Why!? What's wrong with Germany?（どうして？　ドイツの何が悪いって言うのよ？）”モデル風の子がちょっと怒りながら言った。

“It's a very long story. Actually, one of my ex-girlfriends was a German, and we loved each other so much.（それはとても長い話なんだ。じつは元カノがドイツ人で、俺たちは愛し合っていたんだが）”

“Then?（それで？）”

“Sorry, I don't want to recall it... It's really heartbreaking...（ごめん。思い出したくない。それはとても胸が痛い思い出だからね）”

“OK, but, it's nothing to do with nationality.（でも、それって国籍は別に関係ないじゃない）”

エレベータは３階に到着して扉が開いた。

“Well, you may be right. By the way, how about having some drinks with us?（確かに、君の言うとおりかもしれない。ところで、俺たちといっしょに飲まない？）”

こうして僕たちはふたりの外国人の女の子のナンパに成功した。僕のＴＯＥＩＣ６５０点の英語力では残念ながら何か気が利いたことを言えたわけではないが、永沢さんたちが何をしゃべっているかは理解できた。ドイツ人の英語は教科書的でとても聞き取りやすかった。

永沢さんはいつもちょっとした会話のやりとりで、男がナンパした女の子の気を必死で引こうとしているんじゃなくて、むしろ女の子のほうがいろいろとアピールしたり、説得したりして永沢さんに気に入られようとがんばらなければいけないと思い込ませてしまう。まるで魔法のようだった。

永沢さんがドリンクを4杯買ってくれて、僕たちは乾杯した。

“Cheers!（乾杯！）”

僕は、フィリピン人女子大生とスカイプでしゃべれる格安のインターネット英会話で練習した英語を披露する。“Uh-huh”を多用して、聞いているふりをしながら、なんとかお互いの自己紹介をやり遂げた。

ふたりとも女子大生で法律を勉強しているという。休暇で日本に旅行に来たらしい。名前はモデル風のブロンドがエリスで、ぽっちゃりの赤毛がアンナ。女子大生と言っても、休学して働いたあと、また、大学に戻ったので、ふたりとも僕と似たような歳みたいだ。永沢さんはかわいいほうのエリスと楽しそうにしゃべっている。

永沢さんは、また、いつものように連絡先を交換しようとした。しかし、ふたりともＬＩＮＥをやっていなかった。どうやらドイツではＬＩＮＥはそれほど流行っていないみたいだ。永沢さんは代わりにＷｈａｔｓＡｐｐでふたりと連絡先を交換した。僕はＷｈａｔｓＡｐｐをインストールしていなかったので焦ったが、その場で無事にインストールすることができて、ふたりと連絡先を交換した。

僕はこうして人生ではじめて外国人の女の子のナンパに成功したのだ。とは言っても、最初から最後まで永沢さん頼みではあったのだけれど。

"You know, Anna, I am a patent attorney in Japan. So, we can talk about laws, Japan, and many things sometimes. I would like to see you again.（アンナ、僕は弁理士だから、法律の話をしたりできるし、日本の話とかいろいろできるよ。また、君に会いたいな）"

"Sure. We will see each other, soon.（もちろんよ。また、会えるわ）"アンナが言った。

"We gotta go now. We have to find one of our friends. See you soon.（ちょっと、俺たち友だちを捜しに行かないといけないんだ。また、すぐ会おう）"永沢さんが、またタイムコンストレイントメソッドを使って次のターゲットに移ろうとしている。

"OK. See you soon.（わかったわ。またね）"

"It's really nice meeting you.（会えてすごくうれしかった）"

"You, too.（私も）"アンナはそう言うと、なんとハグしてくれた。人生はじめての女の子からのハグである。彼女の胸が僕の胸に当たった。それは温かく柔らかかった。そして、とてもいい匂いがした。

僕はすでにアンナに恋をしていた。

クラブってこんなに楽しいところなのか！

それから僕と永沢さんは階段で3階から1階ずつ下に降りていった。僕は途中で何人かの女の子に声をかけたが、無視されたり、「私たち友だちのところに行かないといけないの」などとあしらわれてうまくいかなかった。それでも僕のテンションはまったく下がらなかった。僕はアンナの胸の感触をまだしっかりと覚えていたからだ。匂いまでも。

「圭一！　圭一じゃない」

また、地下1階に戻ってくると、突然すごい美女が永沢さんに話しかけてきた。キラキラ光る白いドレスがゴージャスだ。顔も文句なしに上の上！

「おう、真奈美」

「相変わらず、こんなところで遊んでるのね。あなたは」

「おいおい」永沢さんがあきれたような素振りを見せた。「それは、こっちのセリフだぞ」

「誰、そっちのかわいい坊やは？　圭一、あんたついに男にも手を出したの？」

「紹介するよ。こいつは、弁理士のわたなべ。最近、いっしょに仕事をする機会があってね」

僕は軽くお辞儀をした。「はじめまして。渡辺正樹です」

「ふーん、あなたがわたなべ君ね。この男には気をつけたほうがいいわよ」

「おいおい、俺は何も彼を煮て食おうとしてるわけじゃないぞ」

「圭一、今夜空いてる？」

「さあ、どうかな」と永沢さんは言った。

「今夜、お家に遊びに行っていい？」美女が臆面もなく言った。「私、ちょっといまスポンサーのおえらい方の接待なんだけど、あと30分ぐらいで何とか抜け出すわ」

「終わったら電話してくれよ」

「うん、する」

彼女はそれからダンスフロアの上にあるＶＩＰルームにつながっている特別な階段を颯爽《さっそう》と上って行った。

「永沢さん、さっきのすごい美人は誰なんですか？」

「お前知らないのか？　彼女はそこそこ有名なモデルだぞ。ちょっと、昔つきあってたんだ。いまじゃ、ただの友だちだけどな。まあ、たまに飯食って、お互いに気が向いたら寝るみたいな関係だよ」

「モデルのセックスフレンドがいるんですか？　それもあんなすごい美人の⁉」

「別に大して驚くことじゃないだろ。そんなこと」

「彼女ぐらいの美女だったら、すごいお金持ちとかにたくさん言い寄られてますよね。なんでそんな人が、永沢さんのセックスフレンドになってるんですか？」

「お前は、女のことが何にもわかっちゃいないな」永沢さんは少しあきれたように言った。

「そういう金持ち連中は、女の扱い方がわかっちゃいないんだよ。1本10万円もするシャンパンをポンポン開けたり、高いジュエリーをプレゼントすれば女に好かれると思っているみたいだけど、大間違いなんだ。そんなことしても、金がなけりゃ女に相手にされないレベルの低い男だって、女に思われるだけなんだけどな」

「だから、女の扱い方がわかっている男に抱かれに来るわけですか？」

「そういうことだ。お前もそのうち、そんな男になれるさ。俺だってなれたんだからな」

「永沢さん、僕がんばりますよ！」

「そういうわけで、俺はもう時間がない。お前のラストスパートを見せてくれよ」

「はい！」

「もっと、テキーラ飲むか？」

「飲ませてください！」

「よし、俺のおごりだから、誰か乾杯する女を連れてこい」

「イエッサー！」

僕は近くにいた女の子の3人組に話しかける。

「楽しいね！」

「うん」そのうちのひとりがうなずいた。

「テキーラいっしょに飲もうよ！」

「おごってくれるの？」

「もちろん！」

簡単に話がまとまった。

すでに永沢さんがテキーラショットを10杯ほど用意していた。

僕たち5人はグラスをひとつずつ持った。

「乾杯！」

みんなでグラスを合わせてから一気に飲み干して、ライムをかじった。音楽がガンガン鳴り響いている。僕はリズムに合わせて身体を揺する。永沢さんがひとりの女の子とキスしていた。僕は誰かと手をつないでいる。

2杯目のテキーラを喉に流し込む。身体が音楽の中に溶けていくようだ。僕はものすごくハイテンションになって、いろんな子に声をかけた。無視されたり、笑われたり、とても楽しい。

気がつくと、永沢さんがさっきのモデルといっしょにいた。

「渡辺。俺たちはもう出るけど、お前はひとりでもうちょっとがんばれ。あと10人以上にひとりで声をかけてみろ」

「はい、わかりました」僕は自信を持ってこたえた。「永沢さん、今日は本当にありがとうございました」

「明日の午後、俺の家に来い」

「わかりました。ところで、家はどこでしたっけ？」

「住所をメールしておく」

「わかりました」

「チャオ」

第3章　はじめてのデート

目覚めると、北品川のワンルームマンションだった。僕の自宅だ。喉がひどく渇いている。冷蔵庫からミネラルウォーターのペットボトルを取り出し、一気にゴクゴクと飲んだ。

昨日は永沢さんと六本木のクラブに行って、テキーラを飲みまくったのだ。信じられないほどたくさんの女に声をかけ、これまでの人生で女から教えてもらったすべての連絡先の数を上回る連絡先を1日でゲットした、はずだ。あれは夢だったのか？　実際に、六本木のクラブでの記憶があまりない。どうやって僕の家までたどり着いたのか、まったく覚えていない。

僕はベッドの脇に置いてある携帯を見つけた。もし、あれがすべて夢だったら、そこには女の連絡先が何も入っていないはずだ。LINEアプリを開くと、信じられない数の女の子たちのアイコンが表示された。何人かからは、メッセージが届いている。

夢じゃなかった！

時計を見るとすでに正午を過ぎていた。永沢さんからのメッセージも届いていた。「3時に来い」と一言だけ。次のメッセージには、ただ住所が書かれていた。六本木一丁目にあるマンションだった。僕はすぐに返事を書いた。昨日会った女たちへは書かなかった。何を書いたらいいか、永沢さんに聞いてからにしよう、と思ったからだ。
ジーンズのポケットには、連絡先をゲットした女たちに関する紙片が折りたたまれて入っていた。六本木のカフェで永沢さんと作ったやつだ。そのメモと携帯に入っている連絡先を照合した。メモには書いていないが、携帯に入っている連絡先は、六本木のクラブでゲットしたものだと思われる。

紗季
真央
斉藤美和

Anna
Elise

このうち4人は、どうやって連絡先を聞き出したのか思い出せた。しかし、斉藤美和に関しては、ぼんやりとどんな感じの女だったかは覚えているものの、細かいことはほとんど思い出せない。

何度かメッセージがやりとりされていた。

(1:15　わたなべ)［わたなべです。今度、飲みに行きましょう！］
(1:16　斉藤美和)［いこう！］
(1:17　斉藤美和)［＜スタンプ＞］
(2:01　わたなべ)［＜スタンプ＞］
(2:18　わたなべ)［どこにいるの？］
(2:26　斉藤美和)［もう外に出てタクシーひろうところだよ。］
(2:26　わたなべ)［いっしょに帰りたかった。］
(2:29　斉藤美和)［ありがとう。またね。Goodby!］
(2:29　斉藤美和)［＜スタンプ＞］
(2:30　わたなべ)［またねー。］
(2:30　わたなべ)［＜スタンプ＞］

近所のラーメン屋で昼食をとりながら、昨日のナンパで連絡先をゲットした女の子たちについて、状況をよく思い出しながらおさらいした。

時計を見ると、午後2時を過ぎている。

永沢さんの家がある六本木一丁目まで行くには、そろそろ出発したほうがいいだろう。電車で行くのはかなり大回りなので、都営バスで白金台《しろかねだい》まで行って、そこから南北線で行くことにする。

僕はラーメン屋を出て、バス停に向かった。

★

永沢さんのマンションは泉ガーデンの近くにあった。とても高級そうなマンションだ。ただのサラリーマンだと思っていたら、永沢さんってけっこう金持ちなんだ。

インターホンを鳴らすと、永沢さんと女の人の声が聞こえた。しばらくすると、玄関が開いて、すごい美人が出てきた。昨日、クラブで永沢さんといっしょに帰った有名モデルの石川真奈美だった。あのときは誰かわからなかったが、間違いない。テレビで何度か見たことがある。

「あら、わたなべ君。あんたたち本当に仲がいいのね」

「昨夜はどうも。また、お会いできてうれしいです」

「心配しないで。私はもう行くから」と真奈美が言った。「あんたたち男同士の話があるんでしょ?」

「そんなもんねえよ」

永沢さんは僕の前でモデルの真奈美と軽くキスした。

「それじゃあ」

永沢さんは彼女をエレベータホールまで送って、また戻って来た。

「作戦会議だ」

リビングの大きな窓からは六本木ヒルズが見えた。キッチンの脇の棚には水槽があり、熱帯魚が泳いでいる。壁際の面積の大部分を占める本棚には、たくさんの本。白を基調としたかっこいいリビングだ。

「永沢さん、熱帯魚なんて飼ってるんですね?」僕は水槽の前まで来た。「僕も子供のころ実家で飼ってましたよ。これはイエローグラスグッピーですね?」

「くわしいな。昔、投資していたバイオ企業が、グッピーを使った遺伝の実験をしていて、あまったやつをもらったんだ」

「そうなんですか。部屋の中に生き物がいると癒やされますね」

「こいつらは、最初にうちに来たグッピーたちの子孫で、もう5、6代目かな。グッピーの世界では、どういうオスがモテるかわかるか？」

「えっ、グッピーにも、モテるオスと、モテないオスがいるんですか？」

「人間同様に、雌雄が分かれている生物では、ほぼ例外なく、オスが熾烈《しれつ》なメス獲得競争を戦っているんだ。グッピーの世界でも当然のようにモテるオスと、非モテのオスがいる」

「それは大変ですね……」

「『利己的な遺伝子』は読んだことあるか？」

「聞いたことぐらいはあります」

「リチャード・ドーキンスの『利己的な遺伝子』には、これから恋愛工学を学び実践していくうえで重要なコンセプトが書いてある。時間ができたら読んでおけ」

「はい。そこの本棚にありますか？　貸してもらえませんか？」

「馬鹿野郎！」と永沢さんが怒った。「本は自分で買うんだよ。自分で金を出して買うから頭に入るんだ」

「は、はい。すいません。すぐに自分で買っておきます」

「生物というのは遺伝子の乗り物にすぎない」永沢さんが話しはじめた。「遺伝子が自分をなるべくたくさん複製するために生物の体をデザインし、操縦している、というのが利己的な遺伝子の考え方だ。よりうまく自分を複製できる個体を作れる性質を持った遺伝子が、自然淘汰を経て増殖していくことになる。結果的には、生物はあたかも遺伝子が自分を複製するためのマシンのように振る舞う、というわけだ。ダーウィンの進化論を、遺伝子という概念を中心にして書き直したものだ」

「すいません。なんだか難しすぎます」

「具体的に考えれば簡単だ。お前みたいな男は、なぜチャンスがあれば女とセックスしたい、という強い性欲があると思う？」

「それは子孫を残すためですよね」

「じゃあ、なぜ女の性欲は、男の性欲とずいぶん違うんだ？　もし、女もお前みたいに不特定多数の異性とセックスしたいといつも思っていたら、話は簡単じゃないか。なぜ、お前は簡単に女とセックスできないんだ？」

「確かに。不思議ですね」

「ここに１００人の男と、１００人の女がいるとしよう。性欲がなくチャンスがあってもセックスしない男が50人いて、性欲が強くて常にセックスのことばかり考えている男が50人いたとしたら、どちらがより多くの子孫を残すんだ？」

「そりゃ、もちろん常にセックスのことばかり考えている男のほうですよね」

「そうだ。常にセックスのチャンスを窺《うかが》い、それをものにする能力がある男がより多くの子孫を残し、そうでない男は子孫を残せない。こうして世代を重ねるごとに、チャンスがあってもセックスしない、できない男の遺伝子はどんどん数を減らし、セックスのことばかり考えている男の遺伝子は、たくさんの子供を通して増殖していくわけだ。最後には、性欲の薄い男しか作れない遺伝子は絶滅する。こうした性淘汰の結果、生き残った子孫が俺たちなわけだ」

「なるほど。自然淘汰によって、性欲の強い男だけが生き残り、そうでない男は滅びたんですね」

「ところが、女のほうは話がそう単純じゃない。女は受精してから、胎児を子宮で育て、母乳を子供に与える期間もあるから、男のように行き当たりばったり、とにかくなるべくたくさんセックスする、というのがいい繁殖戦略にはならない。生涯に産んで育てられる子供の数が限られているし、育てるのが大変だから、生き残れる確率が低い子供や、生き残って成人しても繁殖に失敗するような非モテの子供は産みたくないんだ」

「変な男とセックスして、妊娠するわけにはいかないということですね」

「そうだ。だから、限られた子供を産めるチャンスを最大限に活かせるように、相手の男を注意深く選ぶ性質が女には備わったんだ」

「なるほど」と僕はうなずいた。「女は相手の男を選ぶのに注意深くなるわけか」

「そうだ。それではどういう男が選ばれると思う？」

「強い子供を作れる遺伝子を提供できる男じゃないですか」

「他には？」

「子育てをいっしょにする父親なら、子供の生存確率は上がりますね」

「そのとおりだ。逆に言えば、女は男に妊娠させられ、捨てられると困ったことになる。女はセックスで、生物学的には男よりはるかに大きなリスクを負うことになる。だからこそ、女はセックスに慎重にならなければいけない」

「なるほど」と僕はまたうなずいた。「女を簡単に裏切らない、強い男がモテるってわけですね」

「つまり、女が男に求めているのは、将来多数の女を獲得して繁殖に成功するモテる息子になるいい遺伝子を持った“Good《グッド》 Genes《ジーン》”の男か、子育てに協力的な“Good《グッド》 Dad《ダッド》”の男なんだ。“Good Genes”はウイルスや病原菌に負けない強い免疫力を持ち、女を惹きつけるルックスや生存競争を勝ち抜ける肉体的な強さとスマートさを持った男ということになる。“Good Dad”の資質というのは簡単に女を裏切らず、子育てに協力的な男だ。権力を持っていて子供を庇護《ひご》できる男もそうだ。現代社会で言えば、“Good Genes”はイケメンのことで、

"Good Dad" の資質に結びついているのは男の金と地位だろう」

「身もふたもないことを言えば、イケメンで金があれば女にモテるわけですね」僕はため息をついた。「当たり前か……」

「いや、話はそう単純じゃない。ひとりの女に一途であり続ける "Good Dad" と、多数の女と繁殖に成功する能力である "Good Genes" は、そもそも相反する性質になる。つまり、何もしなくても女にモテる "Good Genes" というのは、その定義からして "Good Dad" ではいられないわけだ」

「そうか。イケメンは浮気をしますからね」

「だから、女はこの両者のあいだで揺れ動き、女の男の好みというのは多様で、複雑になるんだ。それに対して、男は単純で、若くてきれいな女、つまり妊娠しやすく子供をたくさん産めそうな女とセックスしたいだけだ」

「女は子育てへの協力を期待できる誠実な "Good Dad" か、強くて美しい子供を産める "Good Genes" かを選ばなければいけないわけか」

「じつは、女は両方を選ぶことが可能で、それが女の性欲や男の好みを、さらに複雑なものにしている」

「どうやって "Good Dad" と "Good Genes" の両方を選べるんですか?」

「オシドリ夫婦というように、鳥類の多くは、人間と同じように一夫一妻でつがいを作る。オスが巣を作ったり、ヒナを育てるのに協力するからだ。そこで、本当にオシドリ夫婦は、仲の良い信頼し合っている夫婦かどうかを調べるために、生物学者がオスの精管を切って、精子が出ないようにする手術をしてみたんだ。この場合、メスは卵を産んでヒナを孵《かえ》すことができると思うか？」

「パイプカットしていたら……」僕はすこし考えてからこたえた。「精子がないんだからヒナは孵らないですよね」

「生物学者たちが発見したことは、それでもヒナが孵り続けるということだ。なぜだかわかるか？」

「精管が元に戻った、とかですか？」

「いいや、浮気だ。メスは、必死に巣を守ろうとしてくれている自分のパートナーの目を盗んで、ちゃっかりといい精子を提供できるオスと交尾していたんだよ」

「鳥の夫婦もすごいんですね」

「それと同じことが、人間でも起こりえるし、少なくとも女にはそうした本能があるということだ。つまり、誠実で、決して裏切らない“Good Dad”を確保して、こっそり別の男と浮気をし、“Good Genes”の遺伝子を取り込むわけだ。こうした女の浮気は“Good Dad”

にしてみたら、進化生物学的には、極めて大きな損害になる」

「そりゃ、そうですよね。生まれてきた子が、妻が浮気してできた他人の子で、それをずっと育てるなんて……」

「だから、“Good Dad”の男に浮気が見つかったら、女は捨てられてしまう可能性が高い。そこで女は、浮気を決してバレないようにしないといけないわけだ。こうして、女はふだんからちょくちょく小さな嘘をついたり、気まぐれになったりするという性質を獲得したわけだ」

「なぜ、女がちょくちょく嘘をついたり、気まぐれになったら、浮気はバレないんですか？」

「男の浮気は、急に服装に気を使いはじめたり、帰りが遅くなったりして、行動パターンが変わるからすぐにバレる。一方で、女の浮気はなかなかバレない。それはふだんから小さな嘘をついたり、気まぐれな行動をしているから、いざ本番の浮気となっても、外から見た行動パターンが変わらないからだ。女は女同士でよく旅行に行ったりするが、こうしておけば、いざ他の男と旅行に行っても、簡単にパートナーにバレないし、ふだんから気まぐれだから、言い訳もそのときだけ不自然になったりはしない」

「女の行動の裏側にはそんな理由があったのか……」

「女心と秋の空なんてことわざがあるように、女心はわからないものだと思われているが、じつは女心の一つひとつが生物学的にはとても合理的に設計されているわけだ。利己的な遺伝子の観点から見ると」

「しかし、女にモテるためには、イケメンで金持ちじゃなきゃいけないってことだったら、僕に勝ち目はないってことじゃないですか」僕は再びため息をついた。

「ハハハ。心配するな」と永沢さんが笑う。「女が相手の男の“Good Dad”や“Good Genes”としての資質を見るときに、預金残高や確定申告書を見たりするわけじゃない。“Good Genes”と言ったって、何がいい遺伝子かを客観的に評価できるわけじゃない。実際のところ、女の評価は、男の立ち振る舞い方や、他の女の評価に影響されて、大きく変わるんだ。女にうまくアピールする方法は、恋愛工学で研究され尽くされている」

「どうやって立ち振る舞えば、女から“Good Dad”や“Good Genes”としての資質が高い、と評価されるんですか？」

「そのヒントはこのグッピーが教えてくれている」永沢さんは水槽の中を覗き込んだ。「グッピーのオスはただ精子を出すだけで、子育ては一切しない。つまり、グッピーのオスのモテは、“Good Genes”であるかどうかだけ。“Good Dad”はまったく考慮されない。グッピーのメスは、オスの身体の発色や尾ひれの長さ、模様のパターンなどにより交尾するべきかどうかを選別するわけだ。これらの外見の特徴で、メスは相手のオスの遺伝的な資質を見抜こうとする」

「つまり、グッピーのオスがモテるかどうかは、生まれた瞬間に決まってしまうわけですね。残酷な世界ですね。しかし、グッピーのメスも人間の女も、どうして外見なんかにそんなに拘《こだわ》るんですか？　やっぱり中身じゃないですか」

「たとえば、孔雀のオスの羽は、感染症にやられて病気になると、きれいに長く伸ばせない。つまり、孔雀では、長くて美しい羽は、ウイルスや病原菌に打ち勝つ強い免疫力があることの証明になるんだ。グッピーのオスの尾ひれも同じような理由で、メスにアピールするために美しい色彩と形状に進化したのかもしれない。人間のオスのルックスも、何らかのウイルスや病原菌に対する免疫力に関係していた可能性がある。人類の生存を一番脅かしていたのは、長らく病原菌やウイルスだったからな」

「でも、やっぱり、それだったら人間の男も、生まれつきモテが決まってしまうんじゃないですか？」

「ところが、だ」永沢さんは僕を見た。「人間社会に比べれば、はるかに単純な世界で生きているグッピーでさえ、モテはルックスだけでは決まらないんだ」

「そうなんですか？」

「ドガトキンという生物学者がとても興味深い実験をした。ひとつの水槽を透明な仕切りで3つに分割して、真ん中のメスに見えるように、両方のサイドに別々にオスを入れる」

「真ん中にグッピーのメスで、その両どなりにグッピーのオスが1匹ずつですね」

「次に、片方のオスのところに別のメスを入れて交尾させる。水槽が3つのスペースに区切られていて、それぞれにお互いが見えるから、片方のオスはひとりぼっちで、もう片方のオスはしょっちゅうメスと交尾しているのが真ん中のメスに見えるわけだ」

「水槽が3つに分かれていて、一番左にはオス1匹、真ん中にはメスが1匹、一番右には別のオスとメスが入っていて交尾しているわけですね」

「次に、3つに分けられた水槽の一番右で、交尾していたメスを取り除く。それから、隔離されていた左のオスと、真ん中のメスと、さっきまで交尾していたオスの3匹がいっしょに泳げるように仕切りをすべて外す。そうすると、他のメスと交尾しているところを見せたオスは、真ん中でそれを見ていたメスに、交尾の相手として選ばれる確率が圧倒的に高いことがわかったんだ。ひとりぼっちだったオスは敬遠されてしまう」

「モテるやつはもっとモテて、非モテはもっと非モテになるんですか？」

「そういうことだ」

「厳しいな……、まるで人間社会と同じじゃないか」

「さらに続きがある。もともとヒレの大きさや発色具合なんかで遺伝的な資質に優劣のあるオスでも比べてみる。人間の男で言えば、イケメンとブサメンみたいなもんだ。何の情報もなければ、グッピーのメスはイケメンのオスと交尾する。しかし、ブサメンのオスが他のメスと交尾しているのを何回も見せられると、今度はブサメンのほうと交尾したがるんだよ」

「そうなんですか！」僕は驚いた。「グッピーでさえ、客観的なルックスよりも、他のメスにモテているオスのほうがモテるというわけなんですか？」

「グッピーだけじゃない。生物学者たちは、メダカでもモテるオスがモテるという現象を確認した。また、鳥類でも、キジやウズラなどで、オスは単にモテるからモテる、という現象が確認されている。これは人間の恋愛にも極めて重要な示唆を与えている。つまり、イケメンや金持ちより、単に他の女にモテている男がモテる、という恐ろしい事実だ。これが**モテスパイラル現象**と言われるものだ」

「モテているからモテる。なるほど。しかし、それじゃあどんどん格差が広がる一方ですね」

「こうしたグッピーやメダカ、キジやウズラの研究は、女の前で俺たち男がどう振る舞えばいいか、というのをじつに明確に教えてくれているんだ。つまり、俺たちは女の前では、自分は女にモテモテで、セックスなんかいくらでもやりたいだけやれている、という顔をしてなきゃいけないってことなんだよ」

「じゃあ、あなたを愛している、僕にはあなたしかいないんだ、みたいな一途な想いや行動は、すべて裏目に出るってことですか？」

永沢さんが僕の顔を見て笑った。

「お前、なかなか飲み込みが早いな。そのとおり。それが**非モテコミット**と呼ばれる現象だよ。他にセックスさせてくれる女がいないから、たまたまちょっとでもやさしくしてくれて、うまくいきそうな女にすぐに夢中になってしまう。もうその女しかいない、と思い込む。女は男のそんな一途な想いを、心底嫌うんだよ」

「そうだったのか！　だから、僕はいままでモテてこなかったんだ。そして、どう見てもいけ好かない男たちが、あんなにモテていたわけか……」

「進化生物学の講義はひとまずこれでお終いだ。さっそく実践演習に戻ろう」

「はい！」

「昨日、連絡先をゲットした女をデートに誘い出すぞ」

★

リビングのテーブルの上に、1枚の表と、僕のスマートフォンを置いた。

「こんなにたくさんの女の人たちと、いったいどうやって話せばいいんですか？」

「心配するな」と永沢さんは言った。「お前が好むと好まざるとにかかわらず、50人以上の女に声をかけたって、すぐに可能性のある女は2、3人に絞られてしまう」

「ひとりもうまくいかない可能性もあるということですね」

「もちろん」永沢さんがさも当然のように言い切った。「しかし、統計学的なアプローチである**スタティスティカル・アービトラージ戦略**の素晴らしいところは、これだけたくさんの女に同時にアプローチすれば、少なくともひとりとうまくいく確率は、かなりあるということだ」

「ヒットレシオはゼロより大きい数なのだから、そのスタティスティカル・アービトラージ戦略で数を撃ち続ければ、必ずいつかはセックスできるわけですね」

「そうだ。仮に連絡先をゲットできた女とお前がうまくいく確率が20回に1回、つまり、ヒットレシオが5％だとすると、このリストの全員にアタックした場合、少なくともそのうちのひとりと最後までいける確率は何％になる？」

僕はスマートフォンに付いている関数電卓を使って計算をはじめた。この場合は、全員に失敗する確率を計算して、1からそれを引いてやればいい。一人ひとりで失敗する可能性は

95％だ。つまりほとんど失敗する。しかし、今回僕が連絡先をゲットした女は、なんと23人にもなる。まずは、０・９５を23回掛け合わせる。31％だ。１、つまり１００％からこれを引いてやると、１００％－31％＝69％になる。このリストを手に入れた僕は、誰かとセックスできる可能性はかなり高い。

「69％ですか？　しかし、これからアプローチするのは、この表で『中の中』より上の女の人だけ、ですよね？　そうするとこの23人の確率計算から、何人か減らさなければいけませんね」

「今回は、めんどうだから、全員にアタックしてみるか。恋愛工学のテストをするための実験台だよ」

「実験台？」僕は聞き返した。「彼女たちだって、みんな温かい血が流れている人間ですよ。実験台なんてひどいじゃないですか。僕は彼女たちを傷つけたくありません」

「傷つける？」永沢さんはふっと冷たい笑いを浮かべた。「お前、調子に乗るなよ。お前が女を傷つけるだって？　お前に女を傷つけることなんてできない。たとえ、傷つけようとしたってな」

僕がその意味をあまり理解できずにいると、永沢さんはさらに続けた。「女は、女ってだけで価値があるんだ。他の動物を見ても、一部の強いオスが、大多数のメスを独占している。

多くのオスは、まったくメスの愛情を得ることなく、生きて、そして死んでいくんだ。人間も同様だ。若い女っていうだけで、これまでにたくさんの男からアプローチされているはずだ。だから、お前みたいな並の若い男と、その辺の若い女を比べると、女のほうが圧倒的に恋愛経験が多く、あざとい。いまのお前が、どれだけがんばったとしても、彼女たちを傷つけることなんてできないさ。大人と子供がケンカするようなものなんだ。安心して、全力で向かっていけばいい」

「わかりました」と僕はうなずいた。「それでは、どのように進めましょうか？」

「まずはグループでくくれ」

「グループというのは？」

「たとえば、この表で由佳と恵子は、街コンでいっしょに出会ったふたりだ。このようにお互いに知り合いの女同士をくくっていくんだ」

僕は、クラブで出会った女も、すべてメモに書き出した。それから永沢さんに言われたとおりに、グループ分けした。結局23人の女の子たちは、15組のグループに分けられた。

（由佳、恵子）（真希、理香子）（理恵、真由美）（綾）（留美子）（伊藤詩織）（加奈）（順子）

（沙英、優子）（香織）（早紀、恵）（りお、あいり）（紗季、真央）（アンナ、エリス）（斉藤

美和）

次に、永沢さんは、それぞれのグループから好きなほうを○で囲むように指示した。ペアになっているのは8組だから、2の8乗を計算すると256になる。つまり、いま僕は256通りの未来の中から、たったひとつの運命を選ぼうとしているわけだ。しかし、この作業をやりはじめると、迷うことはなかった。というのも、同じグループのふたりと連絡先を交換するとき、それまでによくしゃべって仲良くなっているのはたいていひとりだけだったからだ。もうひとりは永沢さんのほうばかり向いていて、4人で連絡先を交換する流れになったとき、いちおう僕にも社交辞令として連絡先を教えてくれているだけ、という状況だった。僕は、由佳、真希に丸を打つ。理恵と真由美では迷ったが、ここは単にかわいいほうを選んだ。真由美に○。次に、沙英、恵、あいり、真央、アンナに○を打つ。

（由佳、恵子）（真希、理香子）（理恵、真由美）（綾）（留美子）（伊藤詩織）（加奈）（順子）（沙英、優子）（香織）（早紀、恵）（りお、あいり）（紗季、真央）（アンナ、エリス）（斉藤美和）

結局、全部で15人になり、それぞれにメッセージを送ることになった。15人だと、仮にアタックして最後までいく確率が5%だとすると、全員に失敗する確率は、0・95の15乗で46%にもなる。100%からこの46%を引けば、少なくともひとりとセックスできる確率は54%だ。五分五分をすこし上回る程度だ。厳しい戦いになるかもしれない、と僕は思った。

これから送るメッセージは、永沢さんと相談して決めた。そして、一人ひとりに、コピペを使って送った。六本木ヒルズで知り合った伊藤詩織と、クラブで知り合ったアンナ以外は、すべて同じメッセージだ。

伊藤詩織には次のメッセージを送った。

[今週、浜松町でランチしたいな。明日の月曜日か、火曜日のランチは空いてる?]

アンナには次のメッセージを送った。

[Hi Anna! How about having a cup of tea together? Let me show you some nice places in Japan.]

(アンナ、元気? 今度、お茶でもしない? 日本の楽しいところにいろいろ連れていきたい)

他の全員には、次のメッセージを送った。

[元気？　今日は何してるの？　ビールのおいしいお店を知ってるんだけど、いっしょに行きたいな。]

日本人用は完全にコピペだったので、名前すら書き換えなくてもよかった。伊藤詩織とは、すでにナンパしたときにランチをしようという話になっていたし、僕の簡単な自己紹介のメッセージに、スタンプで返事が来ていたので、その続きだ。アンナに対しても、永沢さんが考えたメッセージは、とても短かった。おかげで、13＋1＋1人全員に送るのに、10分もかからなかった。

「返事が来ることを祈ろう」と永沢さんが言った。

僕たちがコーヒーを飲んでいると、ふたりから、ほぼ同時に返事が来た。

真由美（街コン）と斉藤美和（クラブ）からだ。

（16:05 真由美）[元気だよ。今日はお買いものしてる。わたなべ君はなにしてるの？]

（16:07 斉藤美和）［昨日、クラブで会った人だっけ？　弁理士の人？］

「思ったより、いいじゃないか」と永沢さんは満足気な顔をした。「お前が垂らした釣り針のエサを、魚がつっついている状態だよ」

「なるほど」と僕はうなずく。「どうやって、返信しましょうか？」

「鉄は熱いうちに打て、だ。速攻で**アポ**ろう」

「アポる？」僕は耳慣れない言葉を聞き返した。

「アポイントメントを取る。つまり、女とふたりで会う約束を取り付けることを『アポる』と言うんだ」

「なるほど」

僕は永沢さんの言うとおりに、また、メッセージを書いた。

（16:14 わたなべ）［今日は、ずっと本を読んでた。真由美さんは、どこで買い物してるの？］

（16:15 わたなべ）［そうだよ！　弁理士のわたなべだよ。美和さんは、昨日はちゃんと帰れた？」

真由美さんから、すぐに返事が来た。

（16:16 真由美）［銀座］

また、僕は永沢さんに次にどう返すべきか聞いた。

「真由美がエサに食いついてる。うまくシャクれば針にかかるぞ」

僕は、針が真由美さんの口に入っていることを祈りながら、釣り竿を一気にシャクった。

（16:23 わたなべ）［今日のディナーは空いてる？ 買い物のあとで、なんかおいしいものでも食べにいかない？］

斉藤美和にもメッセージを書いた。

（16:23 わたなべ）［明日か火曜日の夜は空いてない？ ちょっと行ってみたいレストラン

がああるんだけど、つきあってくれない？」

真由美から返事が来た。

（16:35 真由美）「うーん。でも、明日は朝から仕事なんだよね。」

永沢さんが「もうひと押しだ」と言って、また、魔法のメッセージを教えてくれた。

（16:36 わたなべ）「ちょうどよかった。僕も明日は朝から仕事で、今日は早く寝ないといけないんだ。軽くビールでも飲まない？」

（16:40 真由美）「いいよ。」

また、永沢さんに言われるままにメッセージを送った。

（16:45 わたなべ）「6時ぐらいに品川駅に来れる？　予約しておく。」

（16:45 真由美）「うん、ありがとう。ＪＲの改札出たところでいい？」

(16:46 わたなべ)［オッケー。6時に品川駅のJRの改札の前で待ち合わせしよう。］
(16:47 真由美)［＜スタンプ＞］

「フィッシュオン！」

永沢さんが、僕に手を差し出した。

「ありがとうございます！」

しっかりと握手をした。

僕は永沢さんがオススメする、天王洲《てんのうず》アイルのほうにある水辺のレストランを予約した。

それからデートの作戦を練る。

「デートプランには、常にセックスから逆算された合理性が必要だ」と永沢さんが言った。

「逆算された合理性？」

「簡単に言えば、その日のうちに、スムーズにベッドの上まで女を運ぶための合理的なロジスティクスのことだよ」

「しかし、まだ、今回は最初の食事なんで、そのまま駅に送っていくだけですよね？」

「お前は、馬鹿か？　最初のデートが一番セックスできるんだ」

「そ、そんなことしていいんですか？」

「いいか。絶対に、最後はお前の家に誘え。そのために、わざわざお前の家に近いレストランを取ったんだ」

「わかりました」

★

10月の最初の日曜日、午後５時50分。

僕は、品川駅のＪＲ改札口の前に立っていた。

昨日、僕は50人以上の女に声をかけた。そして、翌日の今日は、さっそくそのうちのひとりとデートをしているのだ。僕はこの現実にすこしとまどっていた。

真由美さんが10分ぐらい遅れてきた。

ヒラヒラとしたシャツに、ピッタリとしたジーンズを穿《は》いている。買い物袋をふたつぶら下げていた。

「ごめん、ごめん。ちょっと遅れちゃった」

「うん、ぜんぜん大丈夫。来てくれただけですごくうれしいです。お腹空いてますか？」

「空いてる」

僕は永沢さんに教えられたとおりに、天王洲アイルのほうの運河にあるリバーサイドのレストランにタクシーで移動した。1000円もしなかった。北品川の僕の家からも歩いて20分ぐらいの距離だ。このレストランに来るのは僕ははじめてだった。水辺にあるとてもオシャレなレストランだ。品川の高層ビル群も見渡せ、とてもいい眺めだ。もっと早く来ておけばよかった、と思った。

「ここのお店は、地ビールがおいしいらしいんですけど、飲みます？」

「へえ、じゃあ、それもらおうかな」

僕たちは、ビールで乾杯した。

運ばれてきた料理を食べながら、僕は街コンで話したようなことをまた繰り返ししゃべっていた。緊張を紛らわせるために、ビールをゴクゴクと飲んだ。僕は会話が途切れないようにしようと、彼女に次々と質問をしていた。

「真由美さんは、いま何歳ですか？」

「そういうことは、ふつうは女の人に聞かないものだよ」

「すいません。真由美さんの出身地は？」

「私は、東京育ちだよ。わたなべ君は？」

「僕は静岡出身です。真由美さんは、毎日どういう業務をしているんですか？」

「エクセルでいろいろとデータの入力したり、営業の人たちの資料を作るのを手伝ったりとか、いろいろやってるよ」

「なるほど。僕は、クライアントのメーカーに頼まれた発明を、特許庁に出願する正式な書類にする仕事をしています。そのときにすこしでもクライアントの特許の範囲が広くなるようにしたり、特許審査官に認められやすいように書いていかないといけないんです。こちらで図表を作ったりすることもあります。こうやって、メーカーの研究者やエンジニアの最新の発明に毎日関わっているんですよ」

「へえ、そうなんだ。弁理士なんて仕事があるのね」

「弁理士というのは、一般にはあまりよく知られていませんが、ものすごく難関資格なんですよ。弁護士と同じぐらい難しいとも言われていて、僕が資格を取った年の合格率は、たったの6%です。最近は弁理士の数がどんどん増えてきて、昔ほどではありませんが、これだけの難関資格なんで、年収も悪くありませんよ」

「ふーん」

アルコールが回ってきて、僕はさらにしゃべり続けた。適度な満腹感が心地いい。真由美さんはよく見るとけっこうかわいい。ヒラヒラのシャツからちょっと見える胸の谷間が色っぽい。こんなふうに、女の人とふたりでオシャレなレストランでお酒を飲むのはすごく楽しいな。

「お腹いっぱいになりました？　まだ、何か食べますか？」

「お腹いっぱい。パスタもスペアリブもおいしかったね」

「デザートは？」

「うーん、食べたいけど。でも、太っちゃうし、もういいや」

会計をウエイターに頼み、僕がクレジットカードで支払いを済ませた。真由美さんは、払おうとする素振りをすこしも見せなかった。僕は、永沢さんからの指令をどうやって実行するか考えていた。

「そろそろ出ましょうか」僕はそう言って、レストランから出た。

運河の側を歩きながら、どうやって家に誘おうか考えていた。かなり飲んでいても、これからそんなことを言わなければいけないと思うと、とても緊張してくる。

「私、品川駅なんだけど、ここでタクシーを拾おうかな」

「えっ。品川駅なら、この橋を渡って歩いて行けますよ。すっ、すこし歩きませんか？」

それから数分間歩き、ふたつ目の橋を渡ったところで、とうとう切り出した。

「あのう……。ここを左に曲がって、ちょっと歩いて行くと、僕の家なんですけど。ちょ、ちょっとだけ、寄って行きませんか？」

「私、明日の仕事早いから帰るわ」

「そっ、そうですか」

真由美さんは、そのまま早歩きになって、ひとりでタクシーを止めようとしている。

「もうすこし歩けば品川駅に着きますよ」

「ごめんなさい。すぐに帰りたいの」

彼女はタクシーに乗り込んだ。

僕はひとり取り残されてしまった。やっぱり、そんなに甘くない、と思った。しかし、永沢さんの教えどおりに、とにかく家に誘うことはできた。これまでの僕には、まったく考えられないような大胆な行動をしたのだ。結果はついてこなかったけれども、とてもすがすがしい気分だった。


これまでのお礼と今夜の報告をするために、永沢さんに電話した。

「もしもし、わたなべです」

「おう、どうだった？」

「いちおう、最後に誘ってみたんですけど、帰られてしまいました」

「それで、お前は何かを失ったか？」

「ディナー代は失いましたが……」僕はすこし考えてから言った。「それ以外は、まったく何も失っていません」

「そうだ。お前は何も失っていない。ナンパはフリーランチなんだよ」

「そのとおりですね」

「断られて、傷ついたか？」

「それが意外にもすがすがしい気分なんですよ」

「いい答えだ」と永沢さんは言った。「他にも会えそうな女がいるだろ。そいつらでがんばれよ」

「はい」と僕は大きな声で返事をした。「永沢さんは、すごくお忙しい方なのに、こんなに時間を取ってもらって、本当に、本当にありがとうございました」

「おいおい、まだ結果が出てないぞ。とにかく、今夜中にアポれるだけアポって、今週のスケジュールを埋めろ」

「はい、わかりました」

「俺は火曜日のブレックファーストが空いてる。7時半に、いっしょに朝飯食うか？」

「はい、ごいっしょさせてください！」

僕は自宅にひとりで帰ることになった。何も失っていないどころか、何か大きなものを得たような気がした。それが何なのかは、まだよくわからなかったけれども。

何にせよ、僕はこれからとても重要なミッションをやり遂げなければいけない。メッセージを送って、なるべくたくさんの女とアポを取るのだ。僕は歩きながら、携帯を使ってその任務を遂行しようとしていた。

まずは、真由美さんにフォローアップのメッセージを送る。

(20:39　わたなべ) [今日は、とても楽しかったです。また、会いたいです。]

クラブで出会った斉藤美和と、街コンの由佳さんからメッセージが届いていたので返事を書いた。

(18:21　斉藤美和) [うん、タクシーで帰ったよ。]

(20:42　わたなべ) [僕は、飲みすぎて、どうやって帰ったか覚えてない (笑)。今度、ご飯でも食べに行こうよ。]

(20:19 由佳) [うん、ご飯でも食べにいきましょう。]
(20:43 わたなべ) [それじゃあ、今週の水曜日か木曜日か金曜日の夜は空いてますか?]

帰宅して、シャワーから出ると、ランチに誘っていた詩織さんから最高の返事が来ていた。

(22:03 伊藤詩織) [ランチ行こう! 火曜日の1時ぐらいは? お昼時は混むから、私はいつもこれぐらいの時間にランチしてるんだけど、大丈夫?]
(22:25 わたなべ) [大丈夫! 火曜日に、浜松町でいっしょにランチ食べましょう。また、連絡します。おやすみなさい。]

斉藤美和と由佳からもすぐに返事が来た。

(22:45 斉藤美和) [今週はちょっと仕事がバタバタしてるの。]
(22:48 わたなべ) [お仕事がんばって。でも、会いたいです。]
(23:02 由佳) [木曜日は空いてるよ。]

(23:03　わたなべ)［じゃあ、木曜日にディナーに行こう。予約しておくね。おやすみなさい。］
(23:05　由佳)［おやすみ。］

土曜日に人生はじめての本格的なナンパをした僕は、日曜日にさっそくひとりの女とデートした。すでに火曜日のランチと、木曜日のディナーの予定を取り付けた。全員、ちがう女だ。そして、火曜日の朝ごはんでは、永沢さんに会える。最高のアドバイスを聞けるはずだ。

僕の人生は、突如としてリア充になったのだ！

★

「どうやって、家に誘ったんだ？」

永沢さんはフレンチトーストを食べながら言った。

「散歩しながら、ちょっと、家に寄って行かない、と言っただけですけど」僕は一昨日のことを思い出しながらこたえた。「すぐに断られてしまいました……」

「お前、素質あるよ」と永沢さんは言った。「結局のところ、女にモテるかどうかって、ビールを一杯飲み干したあとに、臆面もなく『セックスさせてくれ』と言えるかどうかなんだよ。言えないやつは、いつまで経《た》ってもダメだ。その一言が言えるやつは、最初はたくさん断られて、すこしばかり恥をかくだろうが、そのうち女を惹きつけるための自分なりのコツがわかってくるんだ。俺は、多数の女に同時にアプローチする方法論や、一人ひとりの女とうまくいく確率を引き上げる技術論は教えることができても、そういうガッツは教えることができないからな」

「ありがとうございます。なんだか希望が湧いてきました」

「それで、他の女はどうなった？」

「今日さっそく、浜松町のOLとランチします」

僕は、LINEでふたりで店を決めたときのやり取りを永沢さんに見せた。

永沢さんは、それを見て満足そうな笑みを浮かべた。それから日曜日のデートの詳細を僕に聞いた。「ところで、日曜日のディナーで、お前がどういうことをしゃべって、彼女の反応はどうだったのか、くわしく聞かせてくれ」

僕は包み隠さずすべてを話した。思ったより、饒舌《じょうぜつ》にしゃべれたこと、僕がちゃんとした仕事をしていることをアピールしたこと、そして、帰ろうとする彼女を引き止めて、品川の運河沿いでいっしょに散歩をしたこと、最後に家に誘ったこと。

「やっぱりな」と永沢さんが言った。「それじゃあ、いつまで経ってもセックスできないぞ」

「何がいけなかったんでしょうか？」

「ふたりで会うところまで行ったら、次にやらないといけないことは**ラポール**を築くことだ」

「ラポール……、信頼関係のことでしたっけ？」

「ラポールというのは、もともとは心理療法の用語だ。セラピストが患者の心の問題を治療するためには、患者がセラピストを深く信頼し、心を開くことが必要条件になる。表面的なものではなく、潜在意識レベルでの信頼関係のことだ。これがラポールだ。セラピストは、患者とラポールを形成したあとに、好ましい状況に誘導していく。この誘導のことを**リーディング**という」

「ラポールを形成して、リーディングするわけですか」

「そうだ。こうしたセラピストが使う心理療法のプロセスは、恋愛工学にそのまま応用できる」

「そうなんですか？」

「デートというプロセスは、女とラポールを築き、セックスへとリーディングしていく行為に他ならないんだ」

「なるほど」僕は深くうなずいた。

「だから、デートでは、まずはラポールを形成することが目的になる」

「しかし、具体的にはどうやってラポールを築いたらいいんですか?」

「その前に、お前は女との会話で、最悪なことをひとつしている」

「なんですか?」

「まるで尋問のようにつまらない質問を続けただろ?」

「確かに……。歳を聞いたり、出身地や業務内容を矢継ぎ早に質問していました。ああ、これでは尋問だ」

「いいか。女につまらない質問はするな。お前に興味を持ってもらい、むしろ、女につまらない質問をさせるんだ」

「はい、わかりました」

「そして、デートでの会話では、聞き役に回ったほうがいい。女にしゃべらせたほうがいいんだ」

「僕は必死でしゃべりすぎたわけか……」

「世の中には、自分がしゃべるより、人の話を聞くほうが好きだという人間はいない。もしいたら、セラピストやカウンセラーはみんな失業してしまうだろう。しゃべるのが苦手という人もいるが、それは人前で話したり、仕事で話したりしなければいけないときのことだ。安心して心を開ける相手に、自分の話を聞いてほしいという欲求をみんな持っている。特に女はおしゃべりだ。デートでは彼女たちのおしゃべりの欲求を引き出してやるんだ」

「とにかく、聞き役に回って、たくさんしゃべってもらえばいいんですね？」

「ケースバイケースだが、いまのお前にとっては、イエスだ。彼女たちの話を熱心に聞きながら、ラポールを形成していく」

「どうやって話を聞いて、ラポールを作ればいいんですか？」

「まずは共通の体験を探しながら、会話をはじめる。たとえば、子供のときの遊びや、好きな料理や、趣味だとか、お気に入りの音楽や映画なんかだ。共通の知人の話でもいい。両親が共働きで同じような子供時代だったとか、出身地が近いとか、ふたりとも聴いたり見たりした音楽とか映画とか、なんでもいいんだ。どんな相手でも、共通の体験というものがひとつやふたつは見つかるものだ。ラポール形成のために重要なことは、女にまずは安心感を与えることなんだ」

「共通の体験があると、安心感を与えられるんですね」

「人間の脳は、よくわかっている状態を安全、よくわからない状態を危険、と感じるようにできている。そして、人間は自分の体験から類推してしか物事を理解できない。共通点があって、自分と似ている体験がいくつかあることに気がつくと、女はお前のことをよくわかっている、と思いはじめる。こうしてよくわかっているお前といっしょにいても、安全だと信じるようになる」

「まずは、共通の体験を探しながら会話を進めればいいのか」

僕はノートをカバンから取り出した。「ノートを取ってもいいですか？」

「もちろんだ」と永沢さんがこたえた。「ここまでは心理学的なテクニックでも何でもない。どこにでも書いてある、簡単な会話の方法だ」

「そうなんですね」と僕はうなずいた。

「これから心理学の強力なテクニックを5つ教える。**ペーシング**、**ミラーリング**、**バックトラック**、**イエスセット**、それから最後の重要な必殺技だ」

「5つのテクニックですか。まずは、ひとつ目のペーシングというのは？」

「女の話すスピードに合わせて、自分も同じスピードで話すことだ。話の中身も女の関心があることに合わせていく」

「相手にペースを合わせるという意味ですね」

僕はノートにメモを取った。

「そうだ。5歳の子供と話すときは、子供と同じようなスピードでゆっくりと話し、簡単な言葉を使い、相手の興味があることを話すだろ？　それと同じだ。相手の女に合わせるんだ。スピードも内容も」

「なるほど」またノートに書き込んでいく。

「そして、ペーシングするときは、話すスピードや声の調子、会話の内容だけでなく、仕草などの身体的な動作もミラーリングする」

「ミラーリング？」

「ミラーリングとは相手の動作を鏡のように真似ることだ。相手がグラスを触ったら、自分も触る。相手がバターを取ったら、自分も取る。こうしてふたりの動作パターンを同調させる。もちろん、あまりにも真似しすぎて、変な人に思われてもいけない。会話でペーシングしながら、さりげなくミラーリングすることにより、身体的にもリズムを同期《シンクロナイズ》させていく。ミラーリングはこのように簡単なテクニックだが、達人になると、呼吸のタイミングや心臓の鼓動まで相手に合わせられるようになる。ここまで行くと、文字どおりに、女と息がピッタリ合うわけだ」

「なるほど。それはすごいですね」

「まあ、そこまではできなくてもいい。ちょっとした仕草を真似たり、話すスピードを合わせるぐらいで十分だ」

「わかりました」

「それから、会話にはバックトラックを効果的に取り入れる。バックトラックとは、簡単に言えばオウム返しのことだ。相手が言ったことを繰り返す」

「相手が言ったことを繰り返す？」

「いま、お前がやったのがまさにバックトラックだ」と永沢さんが言った。「たとえば、ワインの赤と白でどちらが好きなのか話していて、女が『白が好き』と答えたとする。それからお前はそれを繰り返す。どう繰り返すかわかるか？」

「『白が好きなんですね』ですか？」

「そのとおり。女が『私は週末によく読書してる』と言ったら、お前は何と言えばいい？」

「『よく読書してるんですね』ですか？」

「正解」と永沢さんは言った。「バックトラックは簡単だろ。会話を途切れさせないために、わざわざ自慢話をしたり、いろんな話題を必死に考えなくたっていいんだ。オウム返しするだけだからな」

「オウム返しするだけですね」

「そうだ」

「そうですね」

「ハハハ」と永沢さんが笑った。「言葉のキャッチボールができてるみたいだろ?」

「ハハハ」と僕も笑った。「確かに言葉のキャッチボールみたいだ」

「その調子で、4つ目のテクニック、イエスセットもマスターしよう」と永沢さんが説明をはじめた。「イエスセットというのは、女にとにかく何回も会話の中でイエスと言わせることだ」

「具体的には、どうやって言わせればいいんですか?」

「確実にイエスと言うような差し障りのないことを、会話に織り交ぜればいい。たとえば、『今日はいい天気だね』と言えば、相手は『はい(イエス)、そうですね』とこたえる。何か例文を考えてみろ」

「『髪の毛茶色に染めてるんですね』みたいな感じですか? たとえば、相手の女が茶髪だったとして」

「そうだ。そして、バックトラックは、このイエスセットにも使える。さっきの例だと、女が『私は白ワインが好きです』とこたえて、お前は『白が好きなんですね』とバックトラックした。そのあとには、次の文が彼女の心のなかで続くんだ」

「『はい(イエス)、白が好きです』という文が、会話で省略されたわけですね」

僕は感心した。

「女が恋に落ちてセックスしたあとに、相手の男とどういうことを話していたか、心理学者がアンケート調査したら、何を話したかなんてぜんぜん覚えちゃいなかったんだ。要するに、会話というのものは、内容よりも、こういうことのほうが重要なんだよ」

「なるほど」と僕はうなずく。

「他の動物だって、人間と同じようにオスとメスが出会い、恋に落ちて、交尾している。でも、あいつらは、人間みたいに言葉を持っちゃいない。そして、人間の恋愛も、動物の恋愛も、本能レベルでは似たようなものだ。つまり、言葉を交わしているようで、もっと別の情報のやり取りをしているわけだ。そうした原始的なコミュニケーションによって、女は恋に落ちたり、落ちなかったりしているんだよ」

僕はノートに、永沢さんから教えてもらったことをまとめた。

「ものすごく勉強になりました。ありがとうございます」

「俺は、もう行かないといけない」と言って永沢さんは席を立った。「今日のランチは、相手の女の話をふんふんと聞いて、次のディナーの約束を取りつけろ」

「がんばります！」僕は大きな声で返事をした。

「グッドラック」

「すいません。まだ、5つ目の必殺技を教えてもらってないんですが」

「それは今度、教えてやるよ」

と、言って永沢さんは伝票を持って、行ってしまった。

まるで千夜一夜物語のシェヘラザードの話のように、いいところで講義が終わってしまい、続きがとても気になった。

★

10月の最初の火曜日。秋の日差しが並木の上で踊るように輝いていた。
僕は浜松町の約束のレストランの前で、詩織さんを待っていた。
(12:55　わたなべ) [レストランの前に着いたよ。]
(12:58　伊藤詩織) [いま、出るところ。]
白のブラウスを着た詩織さんが、手に財布を持って歩いて来るのが見えた。
「今日はいい天気ですね」
午前中は仕事をするふりをしながら、永沢さんの講義を復習していたのだ。そして、僕はこのセリフを最初に言うと決めていた。

「そうだね。いい天気だね」

狙いどおりに、詩織さんは、文頭のイエスが省略された肯定文で返してきた。イエスセットがひとつ積み上げられた。

「いい天気だね。気分がいいね」と僕が言う。

「そうだね」と詩織さんも続いた。

バックトラックを使って言葉のキャッチボールをしながら、イエスセットをさらに積み重ねる。

僕たちは店員に案内されて、カウンターの席にとなり同士で座った。

「わたしは、日替わりピザにしようかな」

「ここのピザはおいしい？」

「うん、おいしいよ」

「へえ、おいしいんだ。じゃあ、僕もピザにする」

詩織さんがコップに入った水を飲む。

僕もいっしょにコップの水を飲む。

ミラーリングをしてみた。

「会社はここから近いの？」

「うん、すぐそこだよ」詩織さんが言う。

「すぐそこなんだ」僕はバックトラックした。

「うん」詩織さんがこたえた。「わたなべ君も、好きな時間に昼休みが取れるの？」

「そうだね。僕の仕事はひとりで完結しているものが多いから、大体は自由に昼休みが取れるね」

「わたなべ君は、弁理士の仕事してるんだっけ？」

「そうだよ。クライアントの発明を特許にして権利化していく仕事。詩織さんは何してるんだっけ？」

「わたしは、システム会社で事務してるよ」

「へえ、どんな事務？」

「うちは、小さい会社だから何でもさせられてるよ。トラブルシューティングとか、マニュアル作ったりとか、データ打ち込んだりとか……」

「へえ、すごいね。でも、けっこう大変じゃない？」

「そうだよ。大変だよ。何でもやらされちゃって。昨日なんて、夕方の5時に、明日までにこのマニュアルを作っておかないといけない、なんて言われて、結局、終わったのは夜の10

時だよ。女の子に、そんなに夜遅くまで残業させるなんて本当に最悪な会社だよね。もう、絶対に辞めてやろうと思っちゃった」

「大変だね。夜遅くまでがんばったね」

「大変だよ」

「そうかなあ」

「でも、それは詩織さんが信頼されてるから、いろんな仕事を任されるんだよ」

「そうだよ。詩織さんは、がんばって仕事してるんだね。あっ、このピザすごくおいしいね」

「そうでしょ。ここのピザはおいしいんだよ」

「うん。ここのピザ、おいしい」

「うん」

「そういえば、詩織さんは金沢出身だっけ？」

「そうだよ。わたなべ君は静岡だっけ？」

「金沢と静岡ってちょっと似てると思わない？」

「どうして？」

永沢さんに教えてもらったように、僕はふたりの共通の体験を探そうとしていた。ちょっと無理やりだけど。

「両方とも、温泉があって、海があって。魚もおいしいじゃない。なんかすごく似てない？」

「そうだね。去年、友だちと伊豆に行ったよ」

　思いがけず共通の体験が見つかって、安堵した。僕の地元は浜松なので、同じ静岡県でも近くはないが、伊豆の熱海《あたみ》には行ったことがあった。「僕も熱海は、行ったことあるよ。駅前の商店街で食べたしらす丼がおいしかった。温泉は入った？」

「うん。友だちと温泉に入って、キンメの煮付けとかおいしかったな」

「キンメもおいしいよね。静岡県民はキンメをしょっちゅう食べるんだよ」

「そうなんだ。金沢はね、ズワイガニがおいしいんだよ」

「おいしそうだね」

「金沢だと、すごく安く売ってるの」

「へえ。東京だと高級な食べ物だけどね」

「そうだよね」

「熱海の他は、伊豆はどこに行ったの？」

「熱海から、電車で下田まで行って、そこからバスで西伊豆まで行ったよ」

「西伊豆のほうは行ったことがないなあ。よかった？」

「うん。すごくよかったよ。西伊豆の漁師さんがやってる民宿に泊まったんだけど、新鮮なお魚をすごく安く食べれたの」

「へえ、行ってみたいな」

それから僕たちは、ピザを食べながら、地元のことや東京に出てきて驚いたことなんかを話した。ふたりの共通の体験がいくつも見つかって、ぐっと親密さが増してきたように思った。ランチの時間はあっという間に過ぎていった。

「あっ、わたし、もう行かないと」

「うん。僕が払っておくよ」

「いいよ、いいよ。割り勘にしよう」と詩織さんが言って、千円札を出した。

「じゃあ、今度、僕にビールでもおごらせて」

我ながら、なかなかいい切り返しができた。

「うん」

詩織さんは、実質的に次のデートの誘いにイエスと言った。

「今週の土曜日とか空いてる？　ご飯食べに行かない？」

「いいよ」

「じゃあ、そうしよう。また、連絡するね」

「うん。またね」

永沢さんの朝の会話講座は、驚くほど効果があった。

あんなにすごい講義は、大学に通った4年間でも、一度も受けたことがなかった。

(14:11　わたなべ)［今日はランチ楽しかったよ。土曜日のレストランは予約しておくね。］
(14:49　伊藤詩織)［ありがとう！］
(14:49　伊藤詩織)［＜スタンプ＞］

★

日曜日にデートした真由美さんからは、何の返事も来なかった。

その他の女からも、まったく返事が来なかった。

永沢さんが言ったように、あんなにたくさんの女に話しかけて、連絡先をゲットしたのに、たったの3日間で、可能性が残っている女は3人に絞られてしまった。50人以上の女に話しかけて、23人の連絡先をゲットした。そして、3日目にして、その連絡先のほとんどは死んでしまったのだ。なかなか厳しい減衰率である。

生き残った3人は、由佳さん、詩織さん、そして、斉藤美和だ。偶然にも、彼女たちは、街コン、ストリート、クラブと別々の場所で出会っていた。各分野から1問ずつで、神様が僕に与えた入試問題みたいだった。

(19:51 わたなべ)［明後日は、19時ぐらいに品川駅に来れる？］
(20:22 由佳)［その日は、はやく会社終わるはずだから大丈夫だよ。］
(20:29 わたなべ)［じゃあ、19：30に予約しておく。］
(20:57 由佳)［ありがとう！　楽しみ。］
(20:58 由佳)［＜スタンプ＞］

(19:27 わたなべ)［まだ、お仕事がんばってる？］
(19:39 伊藤詩織)［うん(T_T)］
(19:41 わたなべ)［大変だね〜。がんばって。］

クラブで出会った、斉藤美和にもメッセージを送っておいた。

(22:48 わたなべ)［今週は、まだバタバタしてる？　おやすみなさい。］

ひょっとしたら、真由美さんも復活するかもしれないと思い、僕はスタンプを送っておいた。

(22:59　わたなべ)［＜スタンプ＞］

★

木曜日の午後7時半、僕はまた品川駅で女の人と待ち合わせていた。

待ち合わせの時間をすこし過ぎてから、茶髪の由佳さんが現れた。はじめての街コンで、最初に出会った女の子だ。今日は、ワンピースの上に茶色のジャケットを羽織っている。

「お腹空いた？」

「うん」と由佳さんがこたえた。

「レストラン予約しておいたよ。タクシーで行こう」

このルートを使うのは2回目なので、僕も慣れたものだ。タクシーに乗り込むと、5分ぐらいで、日曜日と同じレストランに着いた。

「ここのレストランは、店内で地ビールを作ってるんだよ」

「へえ、そうなんだ」

「ビール好き？」

「うん、好きだよ」

「じゃあ、ビール飲もうか」

「うん」

僕はイエスセットを重ねながら、とりあえずビールをふたつ注文した。

「いつも、これぐらいの時間に仕事終わるの？」

「そうだね。わたしは簡単な事務をしてるだけだからね。あと、電話番とか」

「そうなんだ」

「そうだよ」

ビールがふたつ運ばれてきて、僕たちは乾杯した。

「このビールおいしいね」と由佳さんが言った。

どうやらこのレストランが気に入ったようだ。

「おいしいよね」

「うん、おいしい」

「何が食べたい？　お肉かお魚か」

「そうだね。わたしはお肉がいいかな」

「お肉のほうが好きなんだ」

「うん、そうだね」

　順調にイエスセットが積み上げられていく。

「じゃあ、このスペアリブにしよう。すごくおいしいんだよ。あとは、マッシュポテトなんてどう？」

「ポテト好き」

「ポテト好きなんだ。僕も好きだよ」

「うん、好き」

「サラダもたのもうよ」

　僕たちは食事を注文した。無理に話題を探さなくても、自分のことを話さなくても、バックトラックやイエスセットという技術を知っているだけで、女の子との会話がうまく進むことに、僕は内心驚いていた。

「街コンって、どう思った？」

　僕はふたりの共通の体験を話題にすることにした。共通の体験がある人に対して、人は安心感を抱くのだ。

「そうね。わたしははじめて参加したんだけど、意外と面白かったな。たくさんの人と話せて。合コンよりはいいかも」

「どうして合コンよりいいと思ったの？」

「だって、合コンは、ずっと同じ人たちと2時間もしゃべらないといけないでしょ」

「そうだよね」

僕はあまり合コンに行ったことがなかったけど、とりあえず同調しておいた。

「でも、街コンは、いろんな人と話せるからね」

「そうだよね」

「あっ、このスペアリブおいしいね」

「おいしいでしょ」

「うん。わたなべ君は、いいレストランを知ってるんだね」

僕はつい、このレストランをどうして知ったのか、いままでの経緯を全部話しそうになった。永沢さんに教えてもらって、すでに先日の日曜日に使ったと言う代わりに、別のストーリーを紡ぎ上げた。かつての僕とは違う。

「永沢さんに連れてきてもらったんだ。この前、知的財産に関するリサーチプロジェクトが終わったときの打ち上げでね」

　心なしか、由佳さんの目がすこし輝いた気がした。

　どうやら、うまく僕の仕事を紹介できたみたいだ。おそらく、事細かに仕事の詳細や年収について話すより、こうしたさりげない説明のほうが、女の人には受けがいいのだろう。すべてを話さないことで、女の人が勝手にいいほうに想像してくれるのかもしれない。

「へえ、永沢さんと仲がいいんだね」

「うん。公私ともども、つきあわせてもらっているよ」

　永沢さんという共通の知人を話題にして、僕たちはさらに絆を深めていった。

「永沢さんって、投資のお仕事をしてるんだっけ？」

「そうだよ。彼はすごい人なんだよね」

「へえ、わたなべ君は弁理士なんだよね」

「うん」

　僕は、弁理士資格を取ることがいかに難しいかの解説を控えることにして、その代わり仕事に前向きに取り組んでいることを伝えた。

「いろんな発明に関われて、すごく面白いよ」

「そうなんだ。わたなべ君は仕事をがんばってるんだね」

それから、僕たちは、永沢さんの話や、街コンの話で盛り上がった。ビールを何杯も飲んで、お腹もいい具合にふくれてきた。すっかりふたりともいい気分になっていた。

「ここの運河沿いの歩道は、歩くとすごく気持ちいいんだよ」

「そうだね。いい景色だよね」

「ちょっと、歩いてみる？」

「うん」

お会計を済ませて、僕たちは外に出た。

「東京に、こんなところがあるんだ。夜風が気持ちいいね」

「うん。涼しくて、とても気持ちいいね」

僕たちは、天王洲アイルの運河沿いを歩いていた。いろいろと話しているが、僕の緊張は次第に高まっていった。自分でも何をしゃべっているのか、よくわからなかった。

そして、とうとう、僕は永沢さんに言われたとおりに、勇気を出して切り出した。

「もうちょっと、飲まない？」

「そうだね。まだ、そんなに遅くないし」

思ったより、いい返事が返ってきた。もうひと押しだ。

「僕の家、この近くなんだけど、もし、よかったら、家で飲まない？」

由佳さんが、ちょっと驚いたような表情をした。

「えっ？　わたなべ君って、そういう人なの？」

やばい！　嫌われてしまったかもしれない。僕はとっさにいいわけを口走った。

「ちがうよ、ちがうよ。もうちょっといっしょにいたかっただけ」

「ふーん」

「ちょっとだけ、家に、寄っていかない？」

よし、何とか取り繕えたようだ。あとすこし。

「本当にちょっとだけ？」

「うん、ちょっとだけ」

「ちょっとだけなら、いっかー」

★

昨日、5時間もかけてピカピカに掃除しておいた僕の部屋に、とうとう由佳さんが到着した。

「へえ、男の子の部屋にしてはずいぶんときれいだね」

「うん、ひょっとしたら、と思って昨日大掃除をしたんだ」

由佳さんの表情が一瞬曇ったような気がした。すこし引いている。僕はまた馬鹿なことを言ってしまったと後悔した。

「ふーん」

由佳さんが、僕の部屋をキョロキョロと見回している。

「よかったら、何か飲みますか？　ビールとかワインとか。カクテルも作れますよ」

僕は昨日、量販店で買いそろえておいた酒のコレクションを見せて言った。

「ありがとう。でも、私、柏で、終電が早いから、そんなに飲まなくてもいいや。お水ある？」

「ちょっと待って。用意する」

由佳さんは、僕のベッドの上に座っている。と言っても、この小さなマンションには、落ち着いて座れる場所がそこしかないから、特別な意味はないのかもしれないが。

僕はウィスキーをグラス一杯ストレートで飲み干してから、さらにもう一杯ロックを作った。酔ってしまえば、なんとか誘えると思ったからだ。

由佳さんには、よく冷えたペットボトルのミネラルウォーターを用意した。

「ありがとう」

僕はベッドで由佳さんのとなりに座った。すると由佳さんは、僕の本棚を見るために立ち上がった。

「わたなべ君は、本が好きなんだね」

「そうだね。でも、仕事に関係している本が多いけどね」

「へえ、難しい本を読んでるんだね」

由佳さんが、本をいろいろと見ている。とても、これからセックスに誘えそうな雰囲気ではない。僕はまた、ウィスキーをゴクリと飲み込んだ。

「由佳さん、ちょっとこっちに来てお話ししない？」

「うん、いいよ」

由佳さんが、また、僕のとなりに座った。

僕が彼女の手を触ろうとすると、さっと払われてしまった。この状況で、いったいどうやってセックスに誘えばいいんだ？

「そろそろ、私、帰ろっかな」

「えっ、もう帰っちゃうの？」

これで終わったのかもしれない、と僕は思った。もう逆転するのは難しそうだ。

「うん。明日も早いし。今日はありがとう」

「あっ、じゃあ、送っていきます」

「本当？　ありがとう」

こうして僕は、彼女を北品川の駅まで送っていくことになった。

結局、何もできなかった。

由佳さんを駅で見送ってから、僕はとてもやるせない気持ちになっていた。

こんな夜に迷惑かもしれないと思ったけど、永沢さんに電話することにした。


「どうした？」

永沢さんがすぐに電話に出てくれた。

「今日は、この間の街コンで会った、茶髪の由佳という子とデートしたんですけど」

「どうなった？」

「レストランではいい感じでしたが……」

「それで、家に誘えたのか？」

「はい。家にまでは誘えました」

「やるじゃないか。それで？」

「しかし、彼女は僕の家ではミネラルウォーターしか飲まず、終電のことをずっと気にしている様子で」

「結局、何もできなかったのか？」

「すいません。とてもじゃありませんが、セックスに誘えるような雰囲気ではありませんでした」

「お前は、一歩ずつ前に進んでいる。前回は、家に連れてくることはできなかったよな？でも、今回はしっかりと家にまで連れてくることができた。素晴らしい進歩じゃないか」

「ありがとうございます。今週末には、必ず良い結果をご報告できるようにがんばります」

「期待してるぞ。次も同じレストランで、同じコースなんだろ？」

「はい」

「それでいい。デートコースは毎回同じでいいんだ。そうやって繰り返し練習すれば、コースをどんどんうまく使えるようになって、自分なりのルーティーンができあがる。受験勉強といっしょだよ。何度も演習をして、ようやく身につくものだろ」

「そうですね。とにかくがんばります」

「次のゲームに向けていくつかアドバイスをしておく」

「ありがとうございます」

「この前のランチ、今日のディナーで、女との会話でどうやってラポールを築けばいいか、だいたいわかってきただろ？」

「はい。バックトラックやミラーリングを使って、ペーシングして、ふんふんと話を熱心に聞いていれば、いい雰囲気になることがわかりました」

「いいぞ。飲み込みが早い」

「ありがとうございます」

「ラポールができたら、ルックスをすこしほめたり、お前の好意を彼女に伝えていけ。女として好きだ、と」

「はい。わかりました」

「それから、レストランを出るとき、必ず手をつなげ。もし、手をつなぐのを拒否されたら、また、ラポールを作り直す。これを手をつなげるまで繰り返せ」

「はい」

「本当は、ラポールを作っている最中や、レストランを出たあとに、軽くキスできるといいんだが、それはいまのお前にはちょっと難易度が高い。だから、今回は手をつなぐだけでいい」

「手をつないだあとは、何をすればいいんでしょうか？」

「しばらく散歩して、他愛もない会話をしたあとに、こう言うんだ。『明日、返さなくちゃいけないDVDがあるんだけど、よかったらいっしょに家で見ない？』」

「DVDですね」

「そうだ。DVDを今日か、明日ちゃんと借りておけ。道聞きルーティーンでナンパしたときも、嘘をついて道を聞くよりも、本当にどこかを探しているときのほうがうまくいっただろ。DVDルーティーンも同じだ」

「はい。しかし、家に来たら、DVDを2時間も見るんですよね。けっこう遅くなってしまいますね」

「馬鹿野郎！　本当に家でDVDを見るやつがいるか」

「すいません。そうですよね。DVDはただの家に誘うための口実ですよね」

「彼女がベッドの上に座ったら、お前もとなりに座って、そのままキスして、抱きつけ」

「えー！　そんなことしていいんですか⁉」

★

金曜日は、いつもどおりに夕方に仕事が終わった。

僕は田町のビデオレンタル店に寄った。永沢さんに言われたとおりに、DVDを借りるためだ。何を借りるかずいぶんと迷ったけど、僕は恋愛映画の『タイタニック』、人間ドラマの『ショーシャンクの空に』、アクション映画の『レオン』、フランス映画の『アメリ』、アニメの『天空の城ラピュタ』を借りた。これだけのラインナップをそろえれば、全方位に対応できるはずだ。これで明日のDVD作戦の準備は万全だ。

それから、真由美さん、由佳さん、斉藤美和にメッセージを送る。たとえ、明日のデートがダメになったとしても、僕にはこれだけのバックアップがいる。その誰もが、可能性がゼロとは言い切れない。

真由美さんは、あれっきり返事が来てなかったけど、僕たちは、いっしょにディナーをした仲だ。今後セックスする可能性がゼロとは完全には言い切れない。

(20:01 わたなべ)［ぜんぜん返事をしてくれないみたいだけど、忙しいですか？ また、真由美さんとディナーに行きたいです。］

由佳さんは何と言っても、僕の家にまで来た女だ。よっぽど僕のことを気に入っていなければ、そんなことはしないだろう。ここは強気のメッセージだ。

(20:12 わたなべ) [昨日は、会えてうれしかった。今度、また家に来てDVDでも見ない?]

クラブで引っかけた斉藤美和も音信不通になっていたけど、まだまだ可能性があるはずだ。

(20:14 わたなべ) [こんばんは。なんか返事ください。]

僕は、昨日大掃除した部屋を、もう一度丹念に掃除した。特に、僕の部屋に来た由佳さんの髪の毛が落ちていないように、入念にフローリングの床を水拭きした。寝る前に、永沢さんが言ったことを何度もリハーサルした。ベッドのとなりに詩織さんが座っていると仮定して、その空想上の彼女にキスをして抱きつくリハーサルだ。

それから、彼女にメッセージを送った。

(22:33 わたなべ) [明日は、品川駅のJRの改札の前に、6時半に待ち合わせでいい?]

(22:40 伊藤詩織) [うん。おやすみ。]

(22:41　わたなべ)［おやすみなさい。］
(22:41　わたなべ)［＜スタンプ＞］

僕は、人事を尽くしてから、眠りについた。

★

10月の2回目の土曜日。

僕は品川駅の改札の前で、女の人を待っていた。

この1週間で、3回目のシチュエーションだ。

「あっ、わたなべ君、待った？」

「いま来たところだよ」

僕は待ち合わせ時間の5分前に到着し、詩織さんが約3分遅刻してきたので、合計で約8分間待ったことになるが、伏せておいた。そんなことよりも、詩織さんは上品な白いワンピースで、化粧もバッチリ決まっていて、この前のランチのときよりもかなりきれいになっていたことに驚いた。

「レストランは、ここから歩いても行けるんだけど、ちょっと遠いからタクシーで行かない？」

「うん、いいよ」

こうしてタクシーに乗るのは、もう3回目なので、僕はとても落ち着いていた。手際よく、彼女をリバーサイドのレストランまで案内する。

「わあ、きれいなレストラン」

僕は、運河がよく見える、水際のテラス席を予約しておいた。

「きれいだね。この前いっしょにいた永沢さんに連れてきてもらったんだ。この間、特許に関するリサーチのプロジェクトが終わったときの打ち上げでね」

永沢さんには教えてもらっただけで、連れてきてもらったわけではないが、僕は嘘をついた。嘘も方便というように、恋愛においてはコミュニケーションの一部だ。当たり前だけれども、今週、ここに来たのは3回目なんて言えないし、言うべきでもない。そして、木曜日に由佳さんが、目を輝かせたときと同じような感じで、僕の仕事も紹介できた。

「確か、ここは、店内で作っている地ビールがおいしかったはずなんだけど、試してみる？」

使い慣れたレストランで、僕は彼女をリードしていく。

「うん、冷たいビール飲みたい」

ひと通りの料理を注文し、ふたりで天王洲運河に映り込む品川の高層ビルを眺めていた。

「あっ、魚が跳ねたよ」

「本当？　僕は見えなかった」

「あっ、また」

「本当だ。ボラじゃないかな。こういうところで跳ねる魚は」

「へえ、そうなんだ。でも、こんな東京の汚い河の魚は食べれないよね」

「そうだね。食べたくはないね」

「でも、こんな東京の真ん中にも、ちゃんと魚がいるんだね」

しばらくすると、ビールが運ばれてきた。

「じゃあ、乾杯しよう」

「かんぱーい！」

僕たちは、冷えたビールをゴクゴクと飲んだ。

「おいしいね」

「ここのビールおいしいでしょ」

「うん、おいしい」

彼女がグラスをテーブルに置いた。僕はそれを見て、同じようにグラスをテーブルに置いた。彼女が手を膝の上に置いたので、僕も同じように膝の上に置いた。

バックトラックやミラーリングを駆使しながら、僕はラポールを築くことに神経を集中させていた。

「今週も、お仕事大変だった？」

「うん、とっても大変だった」

「詩織さんは、がんばってるんだね」

「昨日なんて、夕方の6時半から、客のトラブルシューティングだったよ。本当に金曜日の夜に、よくそんなことしてくれるわよね。こんなんじゃお嫁にいけないわ」

「それは、大変だったね」

おいしい料理を食べながら、僕は共感を示した。バックトラックを使うと、本当に熱心に耳を傾けているかのような印象を与えることができる。そのせいか、詩織さんは次から次に会社の愚痴をこぼしはじめた。現代のOLは、みんなストレスが溜まっているのかもしれない。僕はそれをふんふんと一生懸命に聞き続けた。僕は、ただ、こうして会って間もない女の子と、ふたりきりでお酒を飲みながらいっしょにいられるだけで、とても幸せだったので、愚痴を聞くのもまったく苦にならなかった。むしろ、うれしかったぐらいだ。女の子とふたりきりで、こんなに話せるなんて。

「仕事でストレスが溜まったら、たまには、こうやってパーッと飲まないとね。僕は、詩織さんの話を聞くのが好きだから、いつでもつきあうよ」

「本当？　ありがとう」

永沢さんに言われたとおりに、僕は彼女に好意を伝えた。どうやらうまくいったようだ。

「次もビール飲む？」

「私はワインがいいかな」

「赤と白は、どっちが好き？」

「私は白ワインが好き」

「白が好きなんだ」

「うん」

「じゃあ、せっかくだからボトルでたのまない？」

「えー、そんなに飲めるかな」

「大丈夫。僕も今日はパーッとたくさん飲みたいし」

僕たちは、ボトルワインを注文して、さらに飲み続けた。お腹もふくれて、ふたりとも酔っぱらってきた。

そして、僕たちは、いろいろなことを話した。ふたりとも地方出身だったが、どうして東京の大学に来たのか、東京の暮らしはどうだったのか、働きはじめて生活はどう変わったのか、これまでの恋愛遍歴、などだ。

とてもいい雰囲気だったと思う。

「デザートまだ食べれる？」

「うん。女の人は甘い物は違う胃袋に行くのよ」

「それは、なんだか牛みたいだね。牛って胃袋が4つあるらしいよ」

「なんか、ひどいたとえね」

「ごめん、ごめん」

「私はクレームブリュレ食べる」

「僕はガトーショコラにしようかな」

デザートを注文してから、僕は次の作戦を考えていた。このあとは、天王州運河の散歩コースだ。そして、レストランを出る辺りでさりげなく手をつながないといけない。それを拒否されたら、もう一度歩きながら、ラポールを作り直さないと……。

「おいしそうなクレームブリュレだね」

「うん、おいしそうだね。ちょっと一口ちょうだい」

「まだ、ダメよ。私は、このクレームブリュレの上に、薄《うっす》らと載っている焦げた部分をサクサクと崩すのが大好きなんだから」

「ああ、その飴みたいなところだよね。そこはおいしいよね」

「うん、ここが好きなの」

そう言うと、彼女はクレームブリュレの表面の焼かれてかたい部分をサクサクと崩したあとに、スプーンでひとすくいして口に入れた。

「おいしい」

「一口もらっていい?」

「うん、いまならいいよ」と言って、彼女は僕を見つめた。

その表情がたまらなくかわいかった。僕はここで、詩織さんのことをきれいだ、とか何か甘いことを言わなければいけないと思った。しかし、これまでの僕の人生では、たまに女の人と仲良くなって、いっしょに食事に行っても、すこしでも僕が性的な興味があることを示すと、ほとんどの人が去っていってしまった。それが僕にはトラウマになっていた。だから、一歩踏み込んだことは何も言えなかった。

詩織さんの前にあるクレームブリュレを僕のスプーンでひとすくいして食べた。

「うん、おいしいね。僕のガトーショコラも食べる?」

「うん、食べてみる」

「こっちも、おいしいでしょ？」

「うん、おいしいね」

デザートを食べ終わり、僕は彼女がトイレに行っている間にお会計を済ませておいた。昔、読んだ恋愛マニュアルに書いてあったことを実践してみた。そして、次のミッションは散歩で手をつなぐことだ。

「ちょっと、夜風も気持ちいいし、この辺を歩いてみない？」

昨夜のリハーサルでは、レストランを出るところでサッと手をつなぐことになっていたが、僕にはできなかった。そうすることによって、ここまでのいい雰囲気が一瞬で壊れてしまうかもしれないと恐れたからだ。僕は、手をつなぐチャンスを窺いながら、彼女のとなりを歩いた。

「この橋、ドラマで見たことあるよ」

「よくドラマのロケで使われるみたいだよ」

「へえ、そうなんだ」

「夜風が気持ちいいね」

「涼しくて気持ちいいね」

「うん」

酔っ払っているはずなのに、どうしても手をつなぐことができない。小学生の遠足のときは、誰もが女の子と手をつなぐことができたというのに、なんでそんな簡単なことができないんだろう。僕はとてもやるせない気持ちになっていたが、同時に、いまそんなことで悩んでいることを彼女に悟られてもいけない、ということにも気を配っていた。

橋を渡り終わると、また、階段があった。僕は、先に降りていき、彼女の手を取ろうとした。詩織さんに手を差し出して、つかもうとしたら、それはスルッとかわされてしまった。

また、しばらく運河沿いを歩いた。いろいろと話していたと思うが、僕は上の空だった。どうやって手をつなごうか考えていたからだ。なぜ僕は手をつなげないのか考えると、そうやって一歩踏み出すことにより、詩織さんに嫌われてしまうのを恐れていることに気がついた。

しかし、考えてみたらこれはおかしな話だ。手をつなごうとして嫌われるなら、それはそれまでということだ。このあと、仮にセックスができるとしたら、手をつなぐぐらいのことは簡単にクリアできるはずだ。逆に言えば、手をつなぐことすらできなかったら、セックスなど夢のまた夢ではないか。要するに、ここで思い切って手をつながないでも、僕には失うものは何もないのだ。だったら、勇気を出してがんばらないといけない。

詩織さんがダメでも、僕には真由美も、由佳も、斉藤美和もいた。これだけのバックアップがあれば、ひとり失敗するぐらい大したことではない。同時に複数の女に次々とアプローチしていくスタティスティカル・アービトラージ戦略は、おそらくは確率的な優位さ以上のものがあるのだろう。こうして次の女がいると思えば、目の前の女に嫌われることを恐れ、萎縮してしまうことを多少なりとも避けることができる。

また、階段があって、僕はそこを上るタイミングで、サッと彼女の手をつかんだ。あっけないほど、あっさりと成功した。そして、僕は肩の荷が下りて、また会話を楽しめるようになった。もちろん、手をつなぎながら。

「まだ9時だね」僕は時計を見て言った。

「そうだね」

「今日は、いっしょにディナーできて、こうしていっしょにきれいな水辺を歩いたり、すごく楽しかったよ」

「本当？　私も楽しかったよ」

「あのさ……」

「なに？」

「明日、返さなくちゃいけないDVDがあるんだけど、よかったらいっしょに家で見ない？」

★

カーテンの隙間から部屋に差し込んできた太陽の光で目覚めると、となりで詩織がまだ寝ていた。とてもかわいい寝顔だ。昨晩の感触が、心地いい疲労感とともに、まだ僕の下半身に残っている。夢としか思えないような幸福感が僕をやさしく包んでいる。

寝ている詩織を起こさないように、僕は静かにベッドから出る。

窓を開けると、外は神様がプレゼントしてくれたとしか思えないような快晴だった。

僕は、昨日からずっとチェックしていなかった携帯を持って、ベランダに出た。

いくつかのメッセージが届いていた。

ちょうど1週間前の日曜日に、同じレストランでデートした真由美さんから。

（18:45　真由美）［ごめんなさい。もう会えません。連絡してこないでください。］

3日前の木曜日の夜、僕の家まで来た由佳さんからも。

（20:01　由佳）［私、彼氏がいるから、やっぱりふたりでは会えません。ごめんなさい。］

音信不通になっていた斉藤美和は既読にすらなっていなかった。ブロックされたのだろう。

昨日、詩織を勇気を出して誘うときに、僕の心を支えてくれていた彼女たちは、じつはまったく支えになっていなかったことを知った。こんなメッセージを、詩織とのデートの最中に見ていたら、僕は自信を失い、精神的に崩れてしまっていただろう。携帯をもし詩織がトイレに行っている間にでも見てしまっていたら、と思うとゾッとした。

僕は太陽の光を受けて、キラキラと輝く北品川の運河を見ながら、返事を書いた。

まずは、真由美さんに。

（09:25　わたなべ）［僕も好きな人ができました。真由美さんと会えてうれしかったよ。］

次は、由佳さんに。

（09:31 わたなべ）［この間は、すごく楽しかったです。僕も好きな人ができました。会ってくれて、ありがとう。］

ちょうど、永沢さんからメッセージが届いた。

（09:39 永沢圭一）［どうだった？］

第4章　恋愛プレイヤー

半年前の10月の最初の土曜日に、僕は永沢さんに導かれ、大海原《おおうなばら》に漕ぎ出した。あのたった1日が、僕の恋愛のやり方を劇的に変えることになったのだ。いくつかの浮き沈みを経験しながら、僕は大きく成長していた。

まず住む場所が変わった。永沢さんのアドバイスに従い、六本木に引っ越した。それまで住んでいた北品川より家賃が上がるので、その分、部屋はすこし狭くなり、建物は古くなったが、地理的に有利な場所に居を構えることができた。部屋の中はリノベーションされていて、新しいフローリングと白い壁紙は清潔感があった。すこし大きなベッドと引き出しのない四本足だけの机と壁の本棚、ベッドの横に小さなテーブルを置いた。キッチンには、ふたり分の食器だけある。あとは窓際にサボテンがあって、机の上にPCがある、とてもシンプルな部屋だ。

オシャレもするようになった。永沢さんのアドバイスに従って、セレクトショップに行って、ひとそろいの服を店員にコーディネートしてもらった。髪型も、美容院でちょっとワイルドな感じにした。ワックスを付けると毛先に動きが出て、かなりイメージが変わる。しかし、遊び人には見えず、オシャレなビジネスマンという感じだ。女は誰も遊ばれたいとは思っていないのだから、遊び人風のファッションを避けるのは当然だ。

週に2、3回はスポーツジムに行き、食事にも気を使った。おかげで身体は引き締まった。スポーツジムのヒップホップのクラスと、六本木のオープン前のバーで催されるサルサ教室にも通い、クラブでも物怖《ものお》じせずに踊れるようになった。女と話すときは、目を見て話した。レストランに行けば、用がなくても、ウエイトレスと会話した。仕事も集中してやり、いつも早く終わらせて、夜に遊びに行く時間を作った。

週に3、4回は仕事帰りにバーやクラブに立ち寄り、ナンパをする。カフェやストリートでも、女に話しかける。月に1度や2度は街コンに出かける。こうして1週間に数十人の女に出会うことが日常になっていた。

ナンパするようになって変わった習慣のどれもが、ナンパ以外の人生にもよいことばかりだった。

この大航海の記念すべき最初の女となった浜松町のOL・詩織だが……。

じつは、しばらくつきあった。

あのトライアスロンの日から、ナンパの修業がはじまると思いきや、僕はまた、ひとりの女に非モテコミットしたのだ。僕にとって、彼女がすべてだった。結婚したいと思っていた。僕には彼女だけだったが、彼女は僕だけではなかった。転勤した昔の恋人とも、つかず離れずの関係を続けていたのだ。詩織が僕とつきあって1ヶ月も経たないうちに、彼女の元恋人が東京に帰ってくることになり、僕はお払い箱にされてしまった。諦めずに何度も連絡したら、また、携帯は着信拒否され、LINEもブロックされた。僕はまったく進歩していなかった。

永沢さんは、あきれていた。

これだから非モテコミットってやつは……。

だから、正確には、僕の人生がすっかり完全に変わったのは、詩織と別れてからの5ヶ月間の努力によって、だ。

もう、昔の僕ではなかった。

★

「私、好きな人には一途になりすぎちゃって、いつもそれでダメになっちゃうんだ」

シャワーから出てきた彩夏はそう言うと、テーブルの上に鏡を置いて、化粧をはじめた。それから、どれほどいまの彼のことを愛しているかということを語りはじめた。そして、自分の問題は、おそらく彼に一途すぎることなのだと確認すると、ひとりで勝手に納得した。

彼氏に対して一途であることと、昨夜クラブで出会ったばかりの僕とセックスしたことは、彼女の心の中では、おそらく何の矛盾も生じていない。このころになると、僕は女の人が言うことと実際の行動とが、いかに矛盾しているかということを理解しはじめた。問題なのは、彩夏は特殊な女というわけではなく、ほとんどの女が、言うこととやることがてんでんバラバラで、彼女たち自身、その言行不一致に気がついてさえもいないということだった。

「今日は仕事があって、オフィスに行かないといけないんだ。よかったら、駅まで送っていくよ」

彼女はチェック柄のワンピースの上に、オフホワイトのトレンチコートを羽織った。僕はいつもの細身のレザージャケットを着た。

3月の東京は、まだ肌寒い。

彼女を駅で見送ったあと、永沢さんにお礼のメッセージを書いた。

「昨晩は、また永沢さんとフィールドワークできて、うれしかったです。それとすごいパスをありがとうございました。ゴール決まりました！」

彼と六本木のクラブに繰り出すと、毎回何らかの明確な成果があった。僕ひとりや、他の男といっしょにナンパしに行くときとは、まさに桁違いの勝率だった。クラブに遊びに行くようになると、何人かの自称ナンパ師と友だちになり、たまにいっしょにナンパするようになったが、その誰もが永沢さんにははるかに及ばなかった。僕は心地よい疲労感を覚えながら、改めて永沢さんの存在の大きさを思い知った。

土曜日のオフィスに来ると、原勇太がひとり仕事をしながら僕を待っていた。街コンのパートナーだ。忙しい永沢さんは、とびきり魅力的な女が来ることがめったにない街コンにはつきあってくれない。ペアでの参加が基本の街コンに行くには、新たな相棒が必要になった。そこで事務所の後輩の勇太を誘ってみたのだ。もちろん、他の連中には内緒だ。彼は、秘密の守れる男だった。

「そろそろ行こうか」

「はい、わたなべ先輩！」

有楽町で行われた街コンでは、まるで壊れたオルゴールのように、毎回、前の女たちとすこしだけ違う、ほとんど同じ話をした。どこから来たの？　ちょっと待って、当てるから。どんな仕事してるの？　連絡先交換しようよ……。

僕と勇太は、主催者に席を決められる時間帯で、まずは4人の連絡先をゲットした。

香世、家事手伝い、20代中盤、Bクラス
夏美、OL、20代中盤、Bクラス
早苗、OL、アラサー、Bクラス
修子、OL、アラサー、Bクラス

彼女たちに最初のアプローチをする権利は、すべて勇太に譲ることにした。これぐらいの女たちなら、いまの僕には間に合っていたからだ。勇太はさっそく携帯で彼女たちにメッセージを送っている。僕はクラブやストリートでナンパできるようになると、誰でも簡単に女と話せる街コンでは、力を持て余すようになった。

このころは、中の中や中の上というような9段階のルックス格付けシステムは細かすぎるので、S、A、B、Cの4段階の評価システムのほうを頻繁に使うようになっていた。

S、上の上〜上の中
（偏差値：68以上）

A、上の下〜中の上の上位
（偏差値：67－60）

B、中の上の下位〜中の下の上位
（偏差値：59－50）

C、中の下の下位〜下の下
（偏差値：49以下）

女の周りにいる人間の態度は、その女のルックスに応じて変わってくる。人格というものは、遺伝と環境の複雑な相互作用の中で作られる。これまでの周りの男たちの態度、つまり環境が人格形成に大きく関わってくるため、女のルックスによって、有効な恋愛工学上の戦略も変わってくるのだ。永沢さんはSクラス専門だったが、僕の相手はほとんどがBクラスだった。街コンに来ている女の大半は、Bクラスのカテゴリーに入る。

街コンの本番はフリータイムだ。この時間帯から話しかける相手を選ぶことができる。僕と勇太はフリータイムで何人かの女の連絡先をゲットしたあと、これから二次会にいっしょに行けそうな女を探した。

「勇太、あのふたり組よくないか？」

「かわいいですね」

「ここは僕が行く。援護してくれ」

「わかりました」

僕はしっかりとひとりの女と目を合わせてから、歩いて行き、そして話しかけた。

「やあ、僕たちここの店に行くところなんだけど、よかったらいっしょに行かない？」

「うーん、どうしようかな……」ふたり組のひとりのBクラスの女が迷っている素振りを見せた。

「わたしたち、あっちのお店に行こうとしてて……」

こっちの女は限りなくAに近いBだ。

「ここで会ったのも何かの縁ですし、いっしょに行きましょう」と勇太が説得を試みる。

「それじゃあ、10分だけいっしょにビールでも飲まない？　そっちのお店で」

僕はタイムコンストレイントメソッドを使って押してみた。

「わかった。じゃあ、10分だけね」

こうして、あっさりと狙いのふたり組をつかまえた。

店に着いて、テーブルに座ると、僕たちはいつものように安い酒で乾杯し、他の女とほとんど同じようなことを話した。ふたりともおそらく20代後半で、ＯＬをしていた。名前は奈菜（B^+）と仁美（B^-）だった。

しばらく飲んでいると、僕たち4人はかなり酔っ払ってきた。もはや僕の興味は、連絡先をゲットして何とか別の日にデートに誘い出すのではなく、奈菜をこのままどこかに連れ出すことに移っていた。

「せっかくお酒が飲み放題なんで、みんなで山手線ゲームでもしませんか？」

勇太はよくできた後輩だ。

「え〜、学生みたい」仁美が口では拒絶しながらも、すこしうれしそうにしているのを僕は見逃さなかった。ここは考える時間を与えずに、すぐさま山手線ゲームをはじめてしまうのが正しい戦略だ。

「はい、勇太からはじまる♪　イェイ！　山手線ゲーム♪」僕はギアチェンジしてテンションを上げた。「イェイ！　お題は？」

「じゃあ、魚の名前！」

勇太がお題を決定し、僕はパンパンと手を叩く。

日本有数の漁港がいくつもある宮城県出身の勇太と、静岡県出身の僕が、魚の名前で負けるわけはない。僕たちは、獲物をまんまと罠の近くにおびき出すことに成功した。

「いわし！」勇太が言う。

「たーい」僕が言う。

「ひらめ」仁美が言う。

奈菜の番だ。彼女はすこし考えてから言った。

「イルカ」

その瞬間、僕と勇太は笑みを浮かべた。

「はい、奈菜ちゃん、ビール一気飲み！」

勇太が喜びの雄叫《おたけ》びをあげる。

プランどおりだ。

「え～、なんで？」

「だって、イルカは哺乳類で、魚じゃないから」

勇太が雄弁に解説する。彼は頭のいい男だ。

東京出身の彼女が、イルカを魚だと思うのも無理はない。

僕はビールのグラスを彼女に渡した。

「はい、飲んで！」

テーブルがとても楽しい雰囲気になってきた。


奈菜がトイレに行っているあいだに、僕たちは次のプランを始動させる。

「僕は奈菜を何とか連れ出したい。仁美のスクリーンアウトを頼む」

勇太に耳打ちした。

「任せてください、わたなべ先輩」

僕はトイレのほうに歩いて行き、奈菜が出てくるのを待ち伏せする。

「あっちは、なんかふたりでいい雰囲気になってるみたいだよ」

「そうみたいだね。わたし、なんだか酔っちゃった」

自分から酔ったと言うのは、強力な脈ありサインだ。

「なんか、邪魔するのも悪いし、そこのカウンターでふたりで飲まない？」

イルカ漁で、漁師たちがイルカを狭い入江に追い込み捕獲するときみたいに、僕は獲物を孤立させることに成功した。

カウンターでふたりで話していると、勇太と仁美がいなくなっていることに気がついた。

彼もまた、かつての僕がそうであったように急速に成長しているのだ。

「家は新宿のほうだったよね？」

「うん、そうだよ」

「僕は六本木の近くに住んでるんだけど、よかったら六本木のほうまで行かない？」

「今日は無理だよ。友だちが待ってるし」

「新宿までだったら途中だよね。ここから山手線でぐるっと回るより、近いよ」

「でも、友だちが……」

「友だちなら、勇太といっしょにどっかに行っちゃったみたいだよ」

奈菜が、後ろを振り向いてテーブルを見ると、そこには誰もいなかった。

「え～、どこ行っちゃったのかな」

「じゃあ、1杯だけ」

「1杯だけね」

「え～、どうしようかな」

「みんな、もう大人なんだから、いつもいっしょに行動する必要なんてないよ」

彼女は、携帯を取り出し、友だちにメッセージを送っている。しばらくすると、返事が来たみたいだ。

「先に帰っちゃったみたい。信じられない」

「これでふたりでいっしょに飲みに行けるね」

「しょうがないなあ」

僕たちは店を出た。

タクシーをつかまえ、六本木に向かう。


六本木ヒルズの近くのバーに到着し、僕たちはグラスワインをふたつ注文した。ここのバーは、僕の自宅連れ込みルーティーンに組み入れられている戦略拠点のひとつだ。

現代サッカーでは、前線から最終ラインまでの距離を縮め、相手にスペースを与えずにコンパクトな守備をすることが基本である。ディフェンダーは積極的に前に出てオフサイドラインを引き上げ、相手が自由に動けるスペースを制限していくのだ。

恋愛工学でも同じだった。優秀な恋愛プレイヤーは［クラブやストリートなどのナンパの場所↓アポを取って飲みに誘うレストラン↓自分の家」の3点で張られるトライアングルをコンパクトにしている。こうして女に自由に動けるスペースを与えず、考える時間も与えないままにセックスに持ち込むのだ。そして、考える時間を与えない代わりに、ベッドの上で感じる時間はたっぷりと与えてあげる。

僕たちはグラスワインで乾杯した。

「わたなべ君って、いつもこんなことしてるの？」

「そんなわけないじゃん。今日は特別だよ」

「本当？ 街コンに来たのがはじめてっていうのも、嘘でしょ？」

こうやって女がいろんな質問をはじめるのは、悪い兆候じゃない。本当にセックスするのにふさわしい男かどうかを見極めるため、テストをはじめているのだ。これも石器時代のままの女の脳に組み込まれた本能的な行動である。あとは、こうしたテストである程度の点数を叩き出せば、セックスできる。つまり、ここまで来たら、センター試験の足切りラインは超えて、記述式の二次試験を受けているようなものだ。

僕は慎重に解答用紙に答えを書き込んでいく。

「そんなことより、僕はこうして奈菜に出会えて、いまふたりでいられることがすごくうれしいよ。街コンに来てよかった」

彼女がうれしそうな表情を一瞬だけ浮かべてから、僕にボディタッチしてきた。これもかなり強い脈ありサインだ。

僕は彼女のテストの大問[1]に、完答した。

腰に手を回しても、抵抗されなかった。ラポールが形成され、いい雰囲気になっている証拠だ。

「僕は、明日の朝から仕事だから、今日は早く寝ないといけないんだ」

「へえ、大変だね」

「僕の家、この近くなんだけどちょっと寄っていかない？」

アウトコースにスライダーのボールを見せたあと、ど真ん中に直球を投げた。返事はなかったが、表情が明らかな拒絶を示してはいなかった。ワンストライク。

次のボールは変化球を投げる。

「でも、すぐに帰ってもらわないといけないけどね。明日、早いから。それでもよかったら、ちょっと家に寄ってほしいな。僕のことをもっと知ってほしいんだ」

タイムコンストレイントメソッドを応用したスクリプトだ。時間制限をこちらから設けることにより、ずっとしつこく迫られるんじゃないかという心配を取り除いてやる。

「え～、でもそんな。今日、会ったばっかりだし、家になんか行けないよ」

彼女のバットはボールに当たるが、ファールになり、これでツーストライク。

「何、想像してんの？　僕もそんな会ったばかりの女の人とセックスなんてしないよ。ちょっと、お互いにもっと知り合いたいな、と思っただけ」

人間の脳は、否定形の文章を本質的に理解できない。たとえば、いまから黄色を想像しないでください、と言っても脳の中に黄色のイメージが強く浮き上がる。セックスしない、というのは女に強くセックスの快楽をイメージさせると同時に、偽りの安心感まで与える、心理学的に計算されたテクニックだ。

「じゃあ、ちょっとだけ、おじゃましようかな」

スリーストライク！

ちょっとだけ僕の部屋にやってきた奈菜は、ベッドの上に座っていた。

「何か飲む？」と僕は切り出した。

「もう酔っ払ってるから、飲まなくていいよ」

酔わせなくても、あなたなら私を抱くことはできるわよ、と言っているようにしか聞こえなかった。

奈菜の横にピッタリと座っていた僕は、すっとキスをした。彼女は抵抗しなかった。そのまま舌がからまり合った。しかし、胸を触ろうとすると抵抗をはじめた。

「え〜、ダメだよ。そんなことしちゃ」

僕の手を払いのけようとする彼女の手には、明らかに力が入っていない。これはほとんどイエスと言っているようなものだ。

「会ったばかりの人と、こんなことできないよ」

彼女の口は、まだグダグダ言っている。

僕は、そんな彼女の口をキスでふさぐ。それからスカートの中に手を滑り込ませて、そのままパンティをずらして性器を触った。下の口は、すでにグショグショになっていた。中指を膣の中に入れ、手のひらでクリトリスをやさしくマッサージし続けた。

「いや、も、もう、やめてぇ」

濡れ濡れになった性器への愛撫を続けると、彼女は僕に抱きついてきた。そして、彼女のほうからキスをして、舌をからませてくる。彼女は抵抗することをやめて、僕に身を委ねる。

いつものパターンだ。

昨晩、永沢さんとクラブで引っかけた女と今朝もセックスをしたから、街コンの奈菜を合わせて、僕は1日にふたりの女とセックスしたことになる。1日にふたりは、はじめての経験だった。この半年間は、何らかの「はじめての経験」をいつもしていたから、特に驚く必要はない。

恋愛工学を知れば知るほど、そして、実際にたくさんの女の行動を目《ま》の当たりにすればするほど、世間に広まっている恋愛に関する常識は、すべて根本的に間違っていることを確信した。恋愛ドラマやJ-POPの歌詞、それに女の恋愛コラムニストがご親切にも、こうしたら女の子にモテますよ、と僕たちに教えてくれることの反対をするのが大体において正しかった。

そして、この現実に、僕は戸惑っていた。

僕自身は、本質的には昔と何も変わっていない。いや、昔の非モテ時代の僕のほうが、むしろ女たちにとっては遥かに利用価値も高かったはずだ。決して裏切らず、誠実にひとりの女に尽くすことしか知らないわけだから。なぜ、昔の僕を、彼女たちは愛してくれなかったのだろう。そして、恋愛をゲームのように考えるようになった僕を、彼女たちはなぜ愛するのだろう。

簡単なルーティーンで引っかかり、僕の腕に抱かれる女たちを見るたびに、僕はずいぶんと悩んだ。葛藤した。愛ってなんだろう、と。そして、愛ゆえに、僕はずっと苦しまなければいけなかった。悲しまなければいけなかった。愛深きゆえに、僕は女たちから非モテのレッテルを貼られ、軽んじられ続けたのだ。

女はやさしい男も、誠実な男も求めちゃいない。驚くことに、イケメンや金持ちといったこともさほど重要な要素ではなかった。**女は、単に他の女とセックスできている男が好きなのだ。**

人間のメスも、グッピーやメダカ、それにウズラやキジのメスたちといっしょなのだ。メスは、繁殖能力の高いオスの精子がほしい。非モテのオスとセックスしたら、繁殖能力の乏しい子供が生まれて、ご先祖様から何百万年も続いてきた遺伝子のリレーがそこで止まって滅びてしまう。非モテとのセックスは、メスにとって遺伝的な破滅を意味する。繁殖能力の高いオスの子供なら、子供の繁殖能力も高くなる確率が高い。そうしたモテる子供を通して、メスは自分の遺伝子のコピーを増やすことができる。そして、オスの繁殖能力の一番の証明は、実際に他のメスと交尾できている、という実績に他ならないのだ。

モテる男は、モテるゆえにもっとモテる。

この残酷な動物界の法則により、人間界の恋愛市場もまた、グロテスクなほどに不平等が拡大している。

女と恋愛するのに、愛など必要ないのだ。

★

4月は5人の女とセックスした。

恋愛工学に基づき、正しい方法で恋愛をするようになってからの月間レコードだった。僕のスタティスティカル・アービトラージのマシーンはフル稼働し、唸りを上げていた。勇太と行った有楽町の街コンでゲットした奈菜とは、その後も続いていた。彼女は、つきあっているわけではないが、会えばセックスする女友だちになっていた。セックスフレンド、略してセフレだ。もうひとり、同業者の人妻弁理士のセフレがいた。このふたりが、3月からの繰越で**既存**の女たち。そして**新規**の女が3人。ひとりは六本木のサルサスクールで出会ったバツイチのアラサーの久美子。スクールが終わったあとに、馴染みのバーに誘って、家に連れ込むというルーティーンがうまくキマった。残りのふたりは花見でナンパしたあゆみに佳苗《かなえ》。あゆみは、永沢さんと千鳥ヶ淵《ちどりがふち》にいっしょに花見に行ったときにナンパした。週末にカフェでふたりで会い、そのままカラオケルーティーン↓いつものイタリアンでワイン↓家、という流れ。これで花見に味をしめた僕は、仕事帰りにひとりで中目黒に出撃。女友だちとふたりで来ていた佳苗に、こんばんはオープナーを使ってひとりで話しかけ、勢いでL

INEゲット。後日、同じイタリアンでワインを飲み、家に連れ込み、無事にゴールした。2対1を切り崩したのは初となった。

5月も2ヶ月連続のレコード更新となった。

7人だ。前月からの既存の繰越は、人妻弁理士、あゆみ、奈菜の3人。新規は、なんと4人だ。5月は、月間新規レコードでもあった。毎週、違った女とセックスしたわけである。新規ひとり目は、街コンで出会ったOLの敦子。1回目のデートで、安いビストロでワインを一本空け、ルーティーンどおりに家に誘い、難なく貫いた。街コンパートナーは勇太だった。亜樹は、よく行くクラブでしょっちゅう顔を合わせる奈月の友だちだった。僕は奈月を何とかしようとしていたら、たまたまいっしょに来ていた亜樹のほうとなぜかうまくいってしまった。日曜日にカフェでデートしたあと、翌週の仕事帰りにバーで再度会い、いつものルーティーンどおりに連れ込めた。3人目は、スポーツジムで仲良くなったアラサーで自営業の友里子。たまにヒップホップエクササイズのレッスンをいっしょに受けていた女だ。帰りの時間がたまたま重なって、近くのバーに飲みに行くことになった。2軒目でいつもと同じ六本木のバーに誘い、そこからはルーティーンどおり。簡単なドリルだ。そして、サプライズは、あの由佳だった。生まれてはじめて行った街コンで出会い、その後にデートしたもののダメだった女である。急に連絡が来て、飲みに行くことになり、彼女の悩みを聞きながらラポールを形成し（何の悩みだったかは覚えていないが）、そのままいつもどおりのルーティーンで部屋に連れ込んだ。

僕はアマゾンでコンドームを1ダース買った。

12個入りのことじゃない。12箱だ。

恋愛工学の戦略はすべて統計的なアプローチである。そして、それを意識するかどうかは別にして、実際のところすべての恋愛は確率論なのだ。恋愛は確率論なんかじゃないって言うやつがいたら、そいつは独裁者か強姦魔だろう。

恋愛工学を知らない者は、単にギャンブルをする。知っている者は、計算されたリスクを取る。知らない者は、割に合わない投資をやめられない。知っている者は、割に合わないと判断すれば**ストップロス**をする。ビジネスでも投資でも、損切りできない人間から先に破産していく。恋愛も同じだ。恋愛工学では、勝率が高く、コストが安い戦略を、同時に多数実行していく。非モテコミットとフレンドシップ戦略しか能がない連中と、恋愛工学を知っているプレイヤーとでは、結果に雲泥の差が出るのは、火を見るよりも明らかだった。

女にアプローチしてセックスするためのあらゆる戦略は、とどのつまりすべて次のようなプロセスをたどることになる。

女と出会い
連絡先を交換し（その日のうちの場合は省略可）
ふたりで会い（右と同じ）
部屋に連れ込み
セックスする

まずは、**出会いエンジン**がたくさんの女と知り合う機会を作っていく。僕の主要な出会いエンジンは、（1）街コン、（2）クラブやバーでのナンパ、（3）カフェやストリート、その他のイベントでのナンパ、だった。これで1週間に20〜30人程度の新しい女との出会いが生成される。そのうちの5人ぐらいから連絡先をゲットした。そして、5人の連絡先をゲットすると、1人か2人ぐらいとは会えるものだ。そしてふたりで会って、酒を飲めば、半分ぐらいはセックスできた。つまり、恋愛工学で作られた精巧なスタティスティカル・アービトラージのマシーンは、順調に行けば、あるいは、相手を選ばなければ、毎週、新しい女とシステマティックにセックスすることを可能にするのだ。もっとも、仕事で忙しかったり、セフレとセックスするのに忙しかったり、毎週、新規の女をナンパし続けることは時間的に難しいし、また、その必要もないが。

酒を飲んで口説いているときは、永沢さんに教えてもらった心理学に基づく恋愛工学のハイテク兵器を惜しげもなく投入した。それでも女がなかなかセックスさせてくれなかったら、潔くストップロスして次の女に行く。多くの場合、相手の女が僕のことをお気に召さなければ、携帯にメッセージをいくら送っても無視されるので、わざわざストップロスする必要もなく、自動的に縁が切れた。ふたりで会ったら、とにかくセックスに誘う。ダメだったら、ストップロス。この単純な**セックストライorストップロス戦略**は、永沢さんが言うには、シンプルだが、最も強力な恋愛戦略のひとつだということだった。

恋愛工学の統計的アプローチは、僕が以前あれほど思い悩んでいた恋愛というものを、シンプルなフレームワークに落とし込んでくれた。出会いが多ければ多いほど成功の確率が高まる（試行回数）。恋愛工学に基づくテクノロジーを習得し、スキルを磨けば磨くほど、出会った女とセックスできる確率が改善される（ヒットレシオ）。

結局、スタティスティカル・アービトラージ戦略の基礎方程式は、

成功＝ヒットレシオ×試行回数

になるのだ。

麻雀やポーカーのように、恋愛も運とスキルのゲームだ。そして、それが運だけでなくスキルのゲームなら、当然だが練習すればするほどうまくなる。僕はこのゲームに熱中した。そして、スキルを磨くために、日々考え、実践した。僕には永沢さんというすごい師匠がいた。凡百のナンパ師たちとは違い、僕たちは恋愛工学という科学的なアプローチによっていた。それが、この運とスキルのゲームを勝ち抜くための僕たちのアドバンテージだった。

恋愛工学の**セックストリガー理論**によれば、女は好きな男とセックスするのではなく、セックスした男を好きになる。一度でもセックスできてしまえば、かなりの確率で女は男に惚れることになるのだ。だから、同じ女との2回目のセックスは、1回目のセックスより通常は遙かに容易だ。セックスそのものが女の恋愛感情の強力なトリガーになっているのだ。これは鳥の刷り込み現象（Imprinting《インプリンティング》）に似ている。生まれて最初に見た、動く大きな物体を親と思い込んでしまうひな鳥のように、どんな理由であれ、恋人がいないときに最初に自分の性器を貫いた男を、女は運命の相手だと思い込む習性がある。

この強力なセックストリガー効果のために、恋愛工学の戦略は、**プレセックスピリオド**（セックストリガーが引かれる前、プレSP）と**ポストセックスピリオド**（引かれた後、ポストSP）で、分かれることになる。プレSPは女が優位に進むのだが、ポストSPは男のほうに主導権が移るのだ。逆説的だが、セフレを手に入れる一番いい方法は、とにかくなんとかして1回セックスすることだ。数々のテストに合格して一度でもセックスしてしまえば、あとは何度セックスしてもタダだ。もちろん、こちらが何度も同じ女とセックスしたい、と望めばの話だが。

スタティスティカル・アービトラージ戦略をさらに拡張《エンハンス》するテクノロジーのひとつに、**ザオラルメール**がある。ザオラルとは、人気のロールプレイングゲームであるドラゴンクエストの魔法のひとつだ。同系統のより強力な魔法にザオリクがあり、こちらは100％仲間が蘇《よみがえ》るが、ザオラルは運に左右され、魔法が効いて蘇るのかどうかはやってみないとわからない。ザオラルメールというのは、一度疎遠になってしまった女に、しばらくしてから（通常は数週間）、さりげなくメールを送り、関係の復活を祈るテクノロジーだ。

また、セックスできなかった女でも、なるべく友だちとしてキープして、いっしょにクラブに遊びに行ったり、合コンなどを開催するネットワーキングに利用できることもある。こうした女を恋愛工学では**ピボット**と呼んだ。基点《ピボット》となって、他の女にアプローチできるからだ。

ザオラルやピボットは、発電技術のアナロジーを使えばよく理解できた。

火力発電所では、化石燃料を燃やして水を沸騰させ、その水蒸気の圧力でタービンを回し、発電する。しかし、最新のガスコンバインドサイクル発電では、二重に発電する系統を作ることにより、エネルギー変換効率を極限まで高めている。第一の系統では、燃料を燃やして高温高圧の燃焼ガスでガスタービンを回し発電する。しかし、燃料が持っている化学的なエネルギーの多くが電気にならず、熱として逃げてしまう。一重の系統では、この逃げていく熱エネルギーのロスはそのままだ。しかし、ガスコンバインドサイクル発電では、この熱を使って、ふたつ目の系統でも水を沸騰させ、その蒸気圧でタービンを回しもう一度発電するのだ。二重に発電する系統を作ることにより、燃料が本来持っているエネルギーの50%以上を電気エネルギーに変換することができる。通常の火力発電所の電力への変換効率は30%以下だ。ザオラルやピボットに関するテクノロジーは、恋愛の世界における、ガスコンバインドサイクル発電の第二の系統なのだ。出会い↓セックストライorストップロスのプロセスを重層化することにより、恋愛における歩留まり率（ヒットレシオ）を極限まで高める。

★

「わたなべ君、翻訳会社が送ってきた英語の明細書のチェック終わった？」

となりの席の水野友美が言った。

ひとつの案件に複数の弁理士が関わることはあまりないが、今回の海外出願は、急ぎの仕事なので僕も手伝っていた。同じ発明を外国でも出願する場合は、日本で特許を出願してから1年以内に外国にも出願しなければいけない。今回は、この1年の締め切りの直前に、クライアントがアメリカにも出願したいと言い出したので、すぐに英語の資料を作らなければいけなかったのだ。

「はい、ひと通りチェックしました」

「メールで送っておいて」

「いま、間違っていた箇所をまとめて、送りました」

水野は僕のメールに目を通す。

「ありがとう」

相変わらず、彼女はきれいだった。

「水野さん、また、研究開発に戻りたくないですか？」

その案件は、水野の古巣の会社からのものだった。彼女はかつて研究者だった。

「私、真面目なだけが取り柄だったから。研究者って、発想力が大切で、私にはそれがないなって思ったの。こうやって研究者をサポートするほうが向いてるわ」

弁理士という職業は安定していて給料も悪くないが、ひたすら書類を作り続ける仕事であり、あまり面白みはない。もちろん、科学技術と法律の両方を知っている必要があり、専門性が高く、誇りを持って仕事をすればいいのだが、やはり裏方の間接業務である。研究者やエンジニア出身の弁理士は多いが、研究開発の第一線で活躍していたら、弁理士になる選択はしないだろう。彼女も手に職をつけようと、結婚と妊娠を機に地味な仕事を選んだのだ。

僕は、つまらない質問をしてしまったことをすこし後悔した。

彼女は、翻訳された資料を入念にチェックしている。

僕は自分の仕事に戻って、淡々と書類を書き続けた。


携帯をチェックすると、奈菜からメッセージが入っていた。3ヶ月前に、街コンで会ったその日にセックスした女だ。お互いに予定がない日に、ディナーをして、毎回セックスする関係になっていた。いまふたりいるセフレのひとりだった。今日は彼女とディナーの予定だった。

［ごめんなさい。もう、わたなべ君とは会えません。］

セックストリガーが引かれていったんセフレになっても、彼女みたいな婚活中の女は、僕に結婚する気がないとわかると、去っていくことが多かった。もちろん、こっちが真剣に結婚まで考えていることを示せば、引き止められるかもしれないが、僕にはそんなめんどうなことは、まだ考えられなかった。それにもう、奈菜とのセックスには飽きてきたころだ。僕は、奈菜を引き止めることをせず、まったく返事をしなかった。

これで飲みに行ってセックスする女友だちは、ひとりを除いて全員いなくなってしまった。しかし、週末に、まとめて送っておいたザオラルメールに、そろそろ何らかの反応が来るころだろう。

6月に入ってから、新しい女とはひとりもセックスできていない。レコードを更新した5月とは打って変わって、6月はとても低調な月となりそうだ。

恋愛工学を実践しはじめる前は、27年間で2人としかセックスできなかったのに、いまでは1ヶ月も新しい女とセックスできないとひどく焦るようになった。1ヶ月の間に少なくとも2、3人の新規の女とセックスしなければいけない、と強迫観念のようなものを感じていた。厳しい月間ノルマを課せられたセールスマンみたいに。

　それができないと、負け犬になった気分だ。

　時計を見ると、もう6時だ。僕はメッセージを送る。
[今日は、18時からの水曜ミーティングに出れる？]
　すぐに返事が来た。
[出れるよ。]

★

　僕は五反田駅のホテル街の近くのいつものカフェに来た。

　ひとりの女が僕を待っている。

「待った？」

「ううん。いま着いたところだよ」

「行く？」

「うん」

僕たちは、そのカフェから歩いて5分ほどのところにあるいつものラブホに入った。

部屋に入るなり、僕たちは抱き合い、キスをはじめた。それからお互いに服を脱がし合う。彼女は30代の半ばで娘がいるとは思えない、見事な身体をしていた。肌は白く、シミひとつなかった。僕と彼女は激しく抱き合った。彼女を一度イカせてから、挿入して、僕もイッた。

男と違い、女がどうやってイクかは、かなり個人差がある。彼女の場合は、乳首を吸ってあげながら、同時にクリトリスを手で5分から10分ほど刺激し続けると、いつも絶頂を迎えた。1回イカせてから、僕は挿入する。こうしてセックスを終えてからシャワーを浴びるのがいつものパターンだった。彼女は人妻で、7時半までに家に帰る。時間があったら2回目のセックスもした。

多くの夫婦がそうであるように、彼女たちもまた、子供ができたあとはすっかりセックスレスになってしまったようだ。夫は、どうせ外に女でもいるのだろう。ひとり取り残された彼女は、性の欲望を持て余すようになった。そして、それを発散する相手として、僕を選んだのだと思う。

シャワーを浴びたあと、変な香りが残っていないかどうか入念にチェックしながら、化粧直しをしている。

「今日は、私の仕事を手伝ってくれてありがとう」

「僕も水野さんみたいな優秀な人と仕事できると、いろいろ学べて楽しいですよ」

恋愛工学を学びはじめたとき、ナンパや街コンなどで見知らぬ女ばかりにテクノロジーを使っていた。見ず知らずの女たちは、アプローチに失敗しても二度と会わなくてもいいので、恋愛工学の実験をするには打ってつけだ。しかし、恋愛工学を、同僚や昔の女友だちに使ったらどうなるだろうか、という自然な好奇心が湧き出してきた。

水野友美に夫が出張中で、子供を実家に預けていた日があった。彼女は「とっても解放された気分」と僕に言った。僕は仕事帰りに「ちょっと一杯飲みに行きませんか」と誘ってみた。彼女は快諾した。それからいくつかのルーティーンを試したら、驚くほど効いた。その日、友美は、貪《むさぼ》るようにセックスを求めてきた。

それ以来、僕と友美との秘密の関係が続いている。オフィスでは、僕たちは同僚として何食わぬ顔をしながら仕事をしている。暗号のようないくつかのメッセージのやりとりで、お互いに都合のいい日に、彼女の帰り道でちょっと寄り道して1時間ぐらいの秘密のミーティングが行われる。

★

6月の終わり、僕はまた、特許に関するリサーチ業務にかかりきりだった。

永沢さんが僕を指名して、うちの事務所に発注してくれたのだ。彼の仕事には、いつも全力で取り組んだ。細かいことまで調べぬいた。永沢さんがビジネスでうまくいくために、どんな苦労もいとわなかった。彼のおかげで、僕の人生は信じられないぐらい、いい方向に変わったのだ。仕事でベストの成果を届けることで、恩返ししたかった。

最近、ナンパのほうが低調だったのは、スランプもあるが、永沢さんに頼まれた仕事に集中したかったというのもある。

僕は、納期を前倒しでリサーチ業務を完了させ、メールで資料を送った。

しばらくすると永沢さんからメッセージが届いた。

[Good Job!]

[ありがとうございます。足りないところがあったら教えてください！]

[OK。ところで、今度また、うまいものでも食べに行くか？]

[もちろんです！]

仕事のほうは、順調だった。

時計を見ると、午後7時だった。

帰宅しようと外に出ると、大粒の雨がばたばたと降ってきた。みるみるうちに地面が黒く染まってゆく。今日は傘を持ってきてよかった。

田町の駅まで行く途中、雑居ビルの入り口で雨宿りしている女の子を見つけた。白いスカートにブルーのシャツが、じめじめした梅雨の中でせいいっぱい清涼感を出していた。教科書が入っていそうなトートバッグが、大学生っぽい。

「よかったら、傘に入りますか？」

「あっ、はい」

突然、話しかけられてすこしとまどっている。

僕はにっこりと笑って、傘に招いた。

「ありがとうございます」

僕たちは、ひとつの傘にいっしょに入って、駅まで歩くことになった。すこしでも濡れないように、僕は傘を彼女のほうに傾けてあげた。

「学生ですか？」

「あっ、はい」

「これから帰宅ですか？」

「はい」

「僕も家に帰るところです」

すぐに駅に着いた。僕は傘をたたんだ。

「あっ、ありがとうございます」と彼女は言った。

「僕は品川のほうに行くけど、どっち？」

「私は、地下鉄なんで、これで」

「ちょ、ちょっと待って」

「すいません」

僕の呼び止めも虚《むな》しく、彼女は颯爽《さっそう》と去って行った。

この恩知らずめ！

こうした失敗も、ナンパというゲームの一部だ。

★

［ごめん。今日は行けない。］

水野友美は、僕とのミーティングをキャンセルした。

7月の最初の水曜日だった。

彼女に会えないのは残念だが、デートがキャンセルされたときこそ、プレイヤーは街に飛び出すのだ。

夜の8時過ぎに帰宅すると、すぐにシャワーを浴びた。夜風が心地よかった。ワックスで髪を念入りに、無造作に乱れている自然な感じに整えた。過去にナンパが成功したときに着ていたゲンのいいTシャツを選ぶ。

今日はソロ活動。つまりひとりでナンパだ。

手持ちの女が友美ひとりになってしまい、その友美も僕から離れつつある。

僕は、また市場に新しい女を調達しに来たのだ。


まずは、六本木の自宅の近くのカフェでナンパをはじめる。大きな共同テーブルに、ひとりで勉強しているAクラスの若い女を見つけた。政治学の分厚い教科書を開いていて、すぐに大学生だとわかった。僕はラテをひとつ買って、彼女のとなりに座った。

彼女が教科書から目を離して、ちょっと息抜きするタイミングで話しかけようと、チャンスを窺《うかが》っていた。状況観察に基づくオープナーだ。

しばらくすると、彼女は教科書を読むのをやめて、スマホをいじくりはじめた。

いまだ！

「政治学の勉強しているんですか？」

「………」

彼女は僕を無視した。気まずい空気が流れる。そして、彼女は荷物をカバンの中に詰め込むと、不機嫌な表情を浮かべて席を立ち、そのまま去ってしまった。

カフェの中の人たちが、みんな僕を見て、笑っているように思えた。

今日は幸先の悪いスタートだ。


次に、僕はナンパ師の間で「肉市場《Meat Market》」と呼ばれている六本木のクラブに行くことにした。エントランスフィーが無料のこのクラブは、女のルックスはいまいちだが、簡単にヤラせてくれる女が多いというので評判だった。僕は誰でもいいから、恋愛工学のルーティーンを浴びせて、手っ取り早くセックスしたかった。新鮮な肉を求めていたのだ。

今日は女性客にはシャンパンが無料で振る舞われるレディースデーだったらしく、クラブに着くとすでにたくさんの女がいた。僕はカウンターでビールを注文しながら、となりのB

クラスの女に話しかけた。あまり好みではなかったが、1回や2回セックスするだけなら十分だ。

「ここよく来るの?」

「……………」

僕は彼女の腰に手を回すと、彼女はそれを払いのけて、逃げるようにその場を離れた。

それから、3人の女に話しかけたが、会話はぜんぜんはずまず、連絡先を聞くことさえできなかった。

体調も身だしなみも、恋愛工学のルーティーンもすべて問題ないはずなのに……。

今日はツイてない。

僕は作戦を切り替えて、知り合いの女に片っ端からメッセージを送る。

どうしても、今夜ヤラせてくれる女がひとり欲しかったのだ。

「何してるの?」「今夜会えない?」「いま六本木のバーにいるんだけど、いっしょに飲まない?」「久しぶりに会いたいな。」……

クラブでひとりで酒を飲みながら、返事を待っていたが、結局、その日は、誰とも会えなかった。

何の前触れもなく訪れた僕のスランプは、決定的なものになっていた。

恋愛工学の魔法が消えかかっているのだろうか……。

★

6月は新規の女がゼロ。7月も、まだ誰ともセックスできていない。

木曜日の夜、僕はこの前のプロジェクトの打ち上げで、永沢さんと銀座の和食屋で食事をした。

仕事の話のあと、話題はいつものように恋愛工学に移った。

「最近、うまくいかないんですよ」僕はため息をつきながら言った。「クラブやバーに行っても、オープナーがかつてないほど失敗するんです。完全にセリフを覚えて、淀みなくしゃべってるはずなのに。ザオラルメールの蘇生《そせい》率も低下しています。この1ヶ月半、新規の女はひとりも獲得できませんでした。こんなことは、永沢さんから恋愛工学を学んでから、はじめてですよ……」

「お前、何を目的に、街にナンパしに行くんだ？」

僕は永沢さんはおかしなことを聞くんだな、と思った。だって、そんなの目的はひとつじゃないか。

「目的？　そんなのセックスさせてくれる女を探しに行くことに決まってるじゃないですか。恋愛工学って、そのためのテクノロジーじゃないんですか？」

「つまり、お前は自分の快楽のために、女を探しに街に飛び出すわけか」

「女なんて、モノのように扱ったほうが、非モテコミットにならずに、モテるんじゃないんですか？」

「お前、わかってないな」

「どういうことですか？」

「恋愛プレイヤーは、人々をいい気分にするために街に出るんだ。俺たちは、出会った女を喜ばせるためにナンパしないといけない」

「でも、恋愛工学では、ほめすぎるのもよくないし、ときに相手の女をディスったりしなければいけない、と教えているじゃないですか。ひとりの女のことばかり思い続ける非モテコミットは、破滅への最短ルートだとも」

「それは違う」永沢さんは言った。「いつも男に言い寄られてる女に、ありきたりの方法でアプローチしても、喜んでくれない。あるいは、お前のことを、単に体目当てで寄ってくる、大勢の男のひとりだと思うだけだ。俺たちがときに女をあしらったり、ディスったりしなければいけないのは、そうやって彼女が俺たちに男として興味を示し、俺たちに惹かれたときに、それにこたえてほめてやるためだ。本当の意味で、女を喜ばせるためなんだ」

「本当の意味で、喜ばせるため……」

「そうだ。いい女とセックスするなんて朝飯を食うみたいなものだと思ってる、そんなレベルの高い男に自分が見初められることによって、その女は、何日もいい気分でいられるんだ。そして、彼から連絡が来なかったらどうしよう、と心配をはじめる。俺たちは、ちょっと焦《じ》らしたあとに、そんな女に連絡してやる。また会うことを提案する。こうして女に大いなる喜びを与える。最初に、ちょっと女をからかったり、ときにいたぶったりするのは、こうやって、最後には女を喜ばして、ずっと幸せな気分でいてもらうためだ」

「なるほど」

「いいか」と永沢さんは続けた。「男がいい女とセックスしたいのは当たり前のことで、わざわざ言うことでもなければ、目標にすることでもない。男に性欲があるのは、太陽が東から昇って西に沈むのと同じぐらい自明なことだからな。恋愛工学の目標は、そんなにつまらないことじゃないんだ」

「それでは、何が目標なんですか？」

「恋愛工学の目標は、女のハートに火をつけることだ。そして、俺たちに抱かれたいと渇望させること」

「抱かれたい、と思わせることが目標だったのか……」

「そうだ」と永沢さんがこたえる。「そこまで行けば、あとは適切なルーティーンで、彼女をセックスまで導いていくだけだ」

「僕は自分が気持ちよくなるために、女を利用しようとしていたのかもしれません……」

「そのとおりだ。同じことをやるにしても、発想の違いで、驚くほど結果に違いが出る。誰だって、他人に利用されたいなんて思ってないんだ」

「そうですね」

「ちょっとナンパができるようになって、何人かの女とセックスできると、すぐに勘違いしてしまう。女をまるで店の棚の上に並ぶ、お前の欲望を叶えるための商品みたいに思いはじめる。ちょっとばかりの労力、テクニック、それとデートのメシ代を払って、女の心を買おうとする」

「女は、自分をよく見せようと化粧をして、着飾っていても、決して売り物なんかじゃないんですね」

「そのとおりだ。そして、売り物なのは俺たちのほうだ。俺たちがショールームに並んでいる商品なんだよ。俺たちは、自分という商品を必死に売ろうとしている。女は、ショールームを眺めて、一番自分の欲望を叶えてくれそうな男を気まぐれに選ぶ。俺たちのような恋多きプレイヤーは、じつのところ、そうやって気まぐれな女に、選んでもらうことを待つ他ないんだよ」

「僕たちが商品なわけか……」

「そうだ。お前が選ばれる側だ。決して女を選べるわけじゃないんだ。俺たちができることは、自分という商品を好きになるチャンスを女に与えることだけだ」

「自分を好きになるチャンスを与えるだけ……」

「だから、これからは女を喜ばせるためにナンパしろ」

「わかりました」

「最後にひとつだけ大事なことを言っておく」

「何ですか？」

「俺たち自身が商品だ」

「はい」

「だから、ときには売らないという選択をしなければいけないときだってある。俺たちは商品だからこそ、絶対に自分を安売りしない」

その夜、永沢さんは予定があるらしく、すぐに帰ってしまい、僕はひとりでカフェに立ち寄った。いつも持ち歩いているノートに、教えてもらったことを忘れないうちに書き込んだ。

恋愛工学の目標は、セックスではなく女に喜んでもらうこと。そして、抱かれたいと思ってもらうこと。自分がいい気分になるためではなく、みんなをいい気分にするために街に出なければいけないこと。僕たち自身が商品で、それを選ぶのは女だということ。僕たちは決して選べない。彼女たちに、僕のことを好きになるチャンスを与えるだけ。そして、自分が商品だからこそ、決して安売りしちゃいけない……。

僕はもともとそんなに賢いほうじゃない。人よりたくさん勉強して、やっと人並みの知識を身につけることができる。

ノートにまとめ終わると、僕は女をただ喜ばせるためにひとりで街に出ることを決めた。忘れないうちに実践しようと思ったからだ。

まずは、帰りの電車でおばあさんに席を譲った。

「どうぞ座ってください」

「ありがとうございます」

とても感謝された。

いい気分だ。

それから六本木のクラブに行った。

まだ、ダンスフロアは空いていたけど、バーカウンターには着飾った25歳ぐらいの女の人がいた。肩のところが大きなリボンになっているドレスを着ている。

「その服すごくセクシーだね。とても似合ってる」

「ありがとう」

彼女はうれしそうに笑ってくれた。

今日は、これまでに身につけた恋愛工学のテクニックはすべて封印する。様々なオープナーはどれも兵器庫の奥にしまっておいた。タイムコンストレイントメソッドやディスる技術も、いまはバイバイだ。ただ、女に喜んでもらうためだけに声をかける。もちろんセックスなんてどうでもいい。

最近は、手の込んだオープナーを試しても無視されてばかりだったのに、不思議なことに、セックスのことを忘れて単に喜ばせるためだけに声をかけると誰からも拒絶されなかった。

僕はすこしでも喜ばせようと、女の人のほめるべきポイントを見つける。そして、そのことを素直に伝える。僕は、オープナーに関して何か大切なことを学んだ気がした。

5歳の男の子はみんなナンパの達人だ。電車の中であろうと、公園であろうと、どんな美人に声をかけても決して無視されることはなく、瞬く間に会話をオープンさせてしまう。彼にはセックスしてやろうという下心など微塵もなく、ただいっしょに楽しい時間を過ごしたいだけだからだ。多くの男は、成長するにつれて、そうした天才的な才能を失っていく。

その後も、何人かの女の子に声をかけた。

「その爪、どうしたの？　すごくきれいだね」

「やあ、君は木曜日だけそんなに素敵なの？　それとも毎日素敵なの？」

「こんな素敵な女性を産んで育ててくれた、君のお母さんに、ありがとうと言っておいて」

バーカウンターで飲んでいた外国人のグループに酒をおごった。

「よく日本に来てくれたね。これは僕のおごりだよ」

また、他の女たちを下心もないまま、素直にほめた。どんな女の子にも素敵なところが必ずひとつやふたつはある。

恋愛工学的には、酒をおごったり、ほめてばかりではいけないことになっている。女と話せても、下から見上げてほめてばかりじゃ、結局は舐《な》められて、セックスできない。でも、僕はセックスを目的に女に話しかけてるんじゃない。今夜は、女に喜んでもらうためだけに、ここに来たんだ。

僕が外国人のグループと楽しく騒いでいると、最初に声をかけたリボンのドレスのOLが話しかけてきた。

「私たち、もう帰るわ」

「帰ることをわざわざ教えてくれて、ありがとう。でも、そんなことされるとちょっと期待しちゃうな」

「え、何？」

「えっと、僕たちが友だちになれて、また、こうやって遊びに行ったりできたらいいな、と思ったんだ」

「じゃあ、友だちになろうよ」

「本当？　うれしい。でも、どうやって連絡すればいい？」

「LINE交換しよう」

その日、クラブで友だちになったみんなに挨拶してから、僕はひとりで帰ることにした。別に誰かを連れ出そうとがんばる必要もない。

僕はクラブを心から楽しんだ。それまでは何だかノルマに追われるセールスマンのようにナンパしていたことに気がついた。

心地よい疲労感を覚えながら、六本木の街を歩いた。明日の朝ごはんを買うために、コンビニに寄った。こんな深夜なのに、若い女の人が働いていた。名札を見ると「李《り》」と書いてある。中国人みたいだ。僕はチキンサラダとヨーグルトを買った。

「レシートはいりますか？」

「ぜひください。君との思い出にしたいから」

彼女はクスクスと笑ってくれた。

「中国から来たの？」と僕は話しかけた。

「どうしてわかったの？」

「だって、李って中国の名前でしょ」

「ハハハ。そうね」

「ねえ、今度、東京の楽しいところをいろいろと案内したいな」

李は、ちょっと戸惑っている。

僕は、さっきのレシートに僕の電話番号を書いて、それを破って彼女に渡した。それから、残りの半分のレシートの切れ端を見せて、「こっちに、李さんの連絡先も書いてよ」と言った。

コンビニ店員のナンパに成功したのは、これがはじめてだった。

僕はスランプを抜け出せそうだった。

★

週末、田町のカフェでひとりで仕事をしていると、膝上10センチぐらいの黒いフレアスカートを穿《は》いた女の子が入ってきた。髪は黒で鎖骨くらいまでの長さのストレートだ。ガーリーな花がらのトップスも似合っている。顔も、間違いなくAクラスだ。脚を見ると、とてもきれいなふくらはぎをしていた。

彼女は、アイスソイラテのトールを注文した。そして、辺りを見渡して席を探してから、たまたま空いていた僕のとなりに座った。

僕は、自分のノートPCを見るふりをしながら、彼女の行動を観察する。彼女は本を取り出して勉強をはじめた。本のタイトルは「看護師国家試験問題集」。彼女は看護師を目指している学生に違いない。僕は観察から十分すぎる情報を得ることができた。まずは、以前にも成功させた、汎用的な静的オープナーを使うことにする。僕は難しい法律資料に集中しているふりをして、ちょっと間を置いてから話しかける。

「すいません」

「はい」

Aクラスの彼女がちょっと驚いてこちらを向く。

「トイレに行きたいんですけど、すぐに戻ってくるんで、僕のパソコンちょっと見ててくれませんか？」

カフェでノートパソコンを持っているときにとなりの女に話しかける、定番のオープナーだ。そして、いま僕は本当にトイレに行きたかった。

「いいですよ」

僕は席を立ち、トイレに向かった。そして、今回は、すぐには何もせずに、彼女が席を立ちカフェを出たところで追いかけていき、直接法で話しかけるという古典的なルーティーンを使うことに決めた。ナンパという僕の都合で、彼女の勉強を邪魔したくはなかったからだ。

席に戻ってきて、僕は爽やかに言った。

「ありがとうございます」

彼女がすこし笑う。僕はまた仕事に戻る。最初のオープナーが効いているため、お互いにしっかりと意識している。

しばらくすると、彼女が問題集とノートをカバンにしまい、席を立った。戦略的地蔵になっていた僕は、何食わぬ顔をして、このときを待っていたのだ。

彼女がカフェの出口に差し掛かるところを見計らい、僕もトレーを片付けて、追いかける。

「待って！」

「えっ⁉」

「ここで話しかけないと、もう二度と会えないと思って……」

彼女は、すこし驚いた様子でこちらを見ている。

「あそこのカフェでよく勉強してるんですか？」

「はい。学校のちょうど帰り道なんで」

「帰り道なんだ」

「そうです」

「看護師の学校？」

「そうですよ。どうしてわかったんですか？」

「看護師資格の本を勉強してたから」

「見てたんですね」

「ちょっとね」

「弁護士の仕事ですか？」

「なんで？」

「裁判の資料をずっと見てたから」

「弁護士じゃないけど、法律関係の仕事だよ。僕も、オフィスが近くだから、たまにあそこで仕事したりするんだ」

「へえ、そうなんですね」

「うん、そうだよ」

僕は、彼女の目を見つめた。

「何ですか？」

彼女は沈黙に耐えきれず口を開いた。

「また、お茶でもいっしょにしませんか？」と僕は言った。「僕たち、友だちになって、たまにお茶したり、いっしょに勉強したりできたらいいなって、思ったんです」

「いいですよ」

彼女は僕の提案を承諾した。

★

7月の3度目の日曜日。僕はスランプをとうとう抜け出した。

クラブでナンパしたOLの美咲が最初の女だった。

日曜日にいつものビストロで待ち合わせて、ワインのボトルを1本空けた。それからDVDルーティーンで家に連れ込むという、教科書どおりのプレイだった。これで僕は自信を取り戻した。不思議なことに、こうしてスランプを脱出すると、なぜか急に女にモテるようになる。

恋愛市場の最もミステリアスな現象のひとつは、ナンパがうまくいって、女とセックスできると、なぜか大昔のザオラルメールに突然の返信が来たり、そんなことを一言も話していないのに周りの女が僕を見る目が変わるということだ。まるで名うてのヘッドハンターたちが、企業の中で公表されない実績を積み上げている優秀なビジネスマンを探し出すかのように、女は女にモテた実績を残した男を見つけ出していく。

同じ週の木曜日、僕は夜遅くまで仕事をがんばり、そのまま六本木のクラブにひとりで遊びに行った。平日のクラブは空いていて、女の数は少ないのだが、その分、ライバルの男も少なく、僕は過去に何度もいい思いをしていた。

その日、彼女はひとりでバーカウンターで飲んでいた。僕は話しかけ、2時間ほどふたりで飲んだ。機を見計らって家に誘ったら、すんなりとオッケーだった。

名前はフミカ。

仕事は美容師をしているとのことだった。彼女は僕の家に来て、すぐに抱き合った。翌朝また激しくセックスした。

僕は彼女をタクシー乗り場まで送った。僕は正直に、「いまは真剣につきあったりすることはできないけど、もしまた会えるなら連絡先教えて。それとも一夜限りの思い出にする？」と彼女に聞いた。フミカは「私はいつも一番じゃないとダメなの。だから思い出にするわ」と言って、最後のキスをしてくれた。彼女はタクシーにひとりで乗り込んだ。

お互いに連絡先も知らないから、偶然以外にまた出会えることはない。不思議なことに、こうやってさっと自分から去っていった女のことを、ずっと忘れることができない。彼女との情熱的な夜のことを、僕はこれから何度も思い出すことだろう。

3人目はカフェでナンパした看護学生の由依だ。彼女はまだ21歳だった。約束どおりに、土曜日にカフェでふたりで2時間ほど勉強した。それから僕は彼女をいつものダイニングバーに誘った。ビールを飲みながら、「本当に由依って子供だよな」「社会のこと舐めてない？」などと、いつもより強めにディスった。永沢さんが以前、若い女のほうがディスりは効果的だと言っていたのを思い出したからだ。そして、それは本当だった。彼女はディナーのあと、僕の家にサボテンを見るためにやって来た。犬、猫、熱帯魚など、ペットを使って女を家に呼び込むのは基本的なルーティーンだが、僕は手間のかかるペットを飼う余裕がなかった。だから、僕のペットはサボテンだ。

「いい匂いだね。シャンプーの香り？」

僕は由依の髪を触りながら言った。

「う、うん」

僕は一瞬の隙を突いて、彼女の唇を奪った。**フレグランスルーティーン**がきれいにキマった瞬間だ。

そのままベッドの上に押し倒して、彼女のシャツを捲《まく》り上げた。彼女の乳房が露わになる。僕の左腕を彼女の首の後ろに回して左肩をつかみ、右手を彼女のスカートの中に入れる。

「ダメだよ。こんなことしちゃ。まだ、会ったばっかりだし」

「でも、もう由依のことで頭がいっぱいなんだよ。由依のことしか考えられない」

僕の右手がパンティの中に入っていくことに、まだ、彼女は抵抗している。「ね、今日はやめよ。ダメだよこんなの」

彼女のノーはしばらく続いた。

「大丈夫？　痛いとこない？」

彼女がすこし苦しそうにしたので、僕は聞いた。

「ちょっと、髪の毛が挟まってて、痛いよ」

「あっ、ごめん、ごめん」

僕は、彼女の首の後ろに回していた左手を、そっと組み替えた。

「もう、大丈夫。ありがとう。わたなべ君ってやさしいね」

「だって、由依のこと好きだから」

女はこういう類のやさしさにとても弱い。

ノーがイエスに変わった瞬間だ。

彼女が油断した隙に、僕の右手はするりと彼女のパンティの中に入り込み、直接性器を刺激できるポジションになった。もう、こうなっては、彼女は陥落するしかない。

「いや、いやん」

口では拒否しているのに、明らかに全身に力が入っていない。

ドロドロとした愛液がたっぷりと溢れ出てきている。

彼女はとうとう抵抗することをやめた。

さらに、自分から求めてきた。

僕がここで、今日はやめよう、と言ったとしたら、彼女は最後までやることを懇願すること
とだろう。

第5章　Aを狙え

何百人の女に声をかけて、たまたま自分に興味を示してくれたBクラスの女10人とセックスするよりも、狙ったAクラスの女ひとりとセックスするほうが圧倒的に難しい。単なる絨《じゅう》毯《たん》爆撃ではなく、ターゲットをピンポイントで撃ち落とすためのより高度な恋愛工学のテクノロジーを、僕は習得しなければいけない時期に来ていた。

恋愛工学の熟達《マスタリー》への道は、理論の学習と実践演習のふたつが必要だ。永沢さんから新しい理論を学ぶ必要があった。

7月の最後の月曜日に、永沢さんは、仕事のミーティングを兼ねて、赤坂の老舗《しにせ》ホテルのランチに招待してくれた。

都心にあるとは思えない大きな日本庭園の中に、そのレストランはあった。夏だというのに、木々に囲まれ、どこか涼しげだ。とても高級そうな鉄板焼きの店だった。

僕たちは、ミディアムレアの和牛のステーキやロブスターを楽しみながら、ビジネスの話をひと通りした。

　そして、いつものように話題は恋愛工学に移った。

　ＡＣＳモデルという、恋愛工学のフレームワークについての講義がはじまった。

「相手の女をディスったほうがいいときもあれば、ほめたほうがいいときもある。無関心さを装ったほうがいいときもあれば、好意をはっきりと示したほうがいいときもある。デートでは聞き役に回ったほうがいいときもあれば、しゃべったほうがいいときもある。セックスに誘わなければいけないときもあれば、まだ待ったほうがいいときもある。いつも正しいアクションを選ぶにはどうすればいいと思う？」

「じつは、そのことをずっと悩んでいました。その日の気分というか、直感的にやっていたんですが、もっとうまくやれる方法はあるんじゃないか、と」

「こうした判断を適切に行うためのフレームワークがＡＣＳモデルだ」

「ＡＣＳモデル？」僕は聞き返した。

「プレＳＰ《セックス・ピリオド》を3つのフェーズに分解する。ディスるのか、ほめるのか、好意を隠すのか、あるいは見せるのか、ペースを落とすのか、あるいはギアチェンジして一気に加速させるのか……。こうした高度な判断は、自分と相手の女との関係が、ＡＣＳモデルのいまどこにあるのかを適切に把握することにより正しく行うことができる」

「それはすごいですね」

僕はいつものようにノートとペンを取り出して、メモをはじめた。

「ACSモデルの最初がAフェーズ。Attraction《アトラクション》（魅了）のAだ。女を自分の魅力で惹きつけて、もっと知りたい、また会いたいと思わせる場面だ。あくまで、男として魅了しなければいけない」

Aフェーズは相手を男として魅了するフェーズ……、僕はノートに書き込みながら、永沢さんの話を必死に聞く。

「クラブやストリートでのナンパだと、まずは適切なオープナーを使ってターゲットに話しかける。ここで無視されることも多いが、とりあえず会話がはじまればオープン成功だ。立食パーティーやホームパーティーなどでもナンパと同じようにオープナーで話しかけるわけだが、こっちの場合は無視される確率は低く、とりあえず会話がはじまる。合コンや街コンなどでは、オープナーの心配をする必要はない。こうしたコンパでは誰でも会話をはじめられるからだ」

「つまり、Aフェーズをさらに分解すると、最初は会話のオープンですね」

「そうだ。ここで多くの男がやる失敗は、好きな女をほめすぎたり、好意や性的な関心をあからさまに示しすぎて、相手の女に舐《な》められることだ。もうひとつの失敗は、逆に性的な緊張感がまったくないまま、ただ仲良くなろうとして、魅了する前に、次のComfort《コンフォート》-Building《ビルディング》（なごみ）フェーズに入ってしまうことだ。男としては見られず、ただの友だちになってしまう」

「恐怖の友だちフォルダか……」

「ふむ」と永沢さんがうなずいた。「Aフェーズでやらなければいけないことは、まずは性的な無関心さを装い女の自動迎撃システムをくぐり抜ける。適度にディスって女に舐められないこと、そして、非モテコミット的な症状を避けてクールに振る舞いながらも、自分の魅力を相手に気づかせることだ」

Aフェーズは、無関心さを装う、ディスる、非モテコミットを避ける、自分の魅力を相手に気づかせる……、僕はポイントをノートに書き込んでいく。

「このAフェーズの所要時間はだいたい10～30分ぐらい。長くて1時間だろう。ナンパだったら、話しかけてから連絡先をゲットするまでの時間だと考えていい。多くのナンパ師たちがせっかく手に入れた連絡先がすぐに死んでしまうことに悩んでいる。その原因は、このAフェーズで十分に相手の女を魅了できていないからだ」

「つまりアポが取れるかどうかは、連絡先を聞き出す場面でほとんど決まってしまうということですか?」

「そのとおりだ。ナンパで連絡先を聞いたら、その場をすぐに離れるな。連絡先をただ集めている軽いナンパ師だと思われてしまい、印象がよくない。そこからさらに相手の女と話し込んでなごむ。女に信頼される必要があるんだ。危ないやつじゃないっていうのはもちろんだし、ただやりたいだけのナンパ師じゃないってこともわからせる必要がある。他の男より、お前といっしょにいるほうが楽しいってことを教えてやるんだ」

「僕といっしょにいるほうが楽しいとわからせるのか……」

「Aフェーズで、適切な方法で自分の価値を相手に伝えることができていたならば、『もし彼から連絡が来なかったらどうしよう』と心配するのはむしろ女のほうになる」

「なるほど」僕は深くうなずく。

「はじめて出会った女をうまく魅了できたら、次はComfort-Building、つまり、Cフェーズだ。女となごんで、心地よい信頼関係を作り上げる。Cフェーズは、連絡先を交換する前後で、すでにはじまっている。そして、その後のLINEでのやりとりや電話での会話でもなごみ続ける。そして、最初のアポが、このCフェーズのメインとなる。ここで安らぎを与え、信頼を得るんだ。つまり、ラポールを形成する」

「ラポール形成は、AフェーズをクリアしたあとのCフェーズでやるのか。ここでは、聞き役に回ったほうがいいことが多いんですね？」

「最初のAフェーズでは、パワフルなルーティーンを駆使してしゃべらないといけないし、Cフェーズでは聞き役に回らないといけない。相手が発する脈ありサインには、こちらも適切なレベルのサインでこたえていく。じっと目を見つめたり、ほめてあげたり、手を握ったりするんだ」

「A↓Cへの切り替えは、連絡先ゲットがAフェーズの終わりで、最初のデートでCフェーズがはじまるという理解でいいですか？」

「概《おおむ》ね、そのとおりだが……」と永沢さんは言って、説明を続けた。「確かにストナンでは、連絡先の交換がひとつの山場で、改めて日付が変わってからCフェーズに行くことが多い。しかし、クラブでのナンパや、合コン、ホームパーティーからふたりで抜け出す場合は、場所は変わるが、日付はそのままだ。連絡先ゲット＝Aフェーズをクリア、最初のデート＝Cフェーズ、という理解は本質を見誤る」

「どういうことですか？」

「Aフェーズで大切なことは女を魅了することだ。魅了できた時点で、Aフェーズはクリアとなる。連絡先の交換や、アポ取りの成功などの形式的なことより、本当に魅了できているかどうかが重要なんだ。Aフェーズを経ずに、Cフェーズをはじめてしまえば、ただの友だちになってしまい、男として見られなくなる。必ずAフェーズからはじめる必要がある」

「A→Cの順番でなければいけないということか」

「Cフェーズでは、女に、お前といっしょにいても安全だと思われる必要がある。安全というのは、社会的に信用できる人間で、危害を加える危険人物じゃない、ということだ」

「手を出さない、という意味での安全ではなく、そっちの安全ですね」

「そうだ。そして、ラポールが形成できたあとのCフェーズ後半では、相手の女からの脈ありサインをいくつか確認しながら、いよいよ情熱的に女への好意、愛情、抱きたいという気持ちを伝えていく。そして最後のSeduction《セダクション》（性的誘惑）フェーズに移っていく。ここで、相手の女を発情させる」

「いよいよですね」僕はゴクリと唾を飲み込んだ。

「Comfort-Building がその日に十分達成できていなかったら、Sフェーズはうまくいかない。いったん引いて、次に会う日は、また、Cフェーズからはじめるべきだ。Aフェーズがクリアされ、Cフェーズでラポール形成に成功して、はじめてSフェーズにシフトできる。当たり前だが、C→Sフェーズシフトは必ず同じ日に起こさなければいけない」

「確かにそうですね。だって、セックスの直前まで行って、じゃあこの続きは週末に、みたいなことにはなりませんからね」

「CからSへのフェーズシフトは時間が連続していないといけないんだ。しかし、空間はパブリックな場所から密室へとジャンプさせる」

C↓Sフェーズシフトは時間が連続、空間はジャンプさせる……、僕はノートに書き込んでいく。

「アグレッシブなプレイヤーがよくやるミスは、Aフェーズをクリアしたあと、このCフェーズをすっ飛ばして、いきなりSフェーズに入ろうとすることだ。クラブなんかで、話しかけてすぐにキスできたりした場合には、調子に乗って、すぐに『ホテルに行こう』などと言ったりしてはいけない。必ず、A↓C↓Sの順番だ」

「なるほど。だからACSモデルと言うのか」

「ただ、A↓Sの直接ジャンプがワークすることはたまにある。ワンナイトスタンドだ」

「ワンナイトスタンド？」

「女も後腐れのないセックスをしたいときがある。しかし、それは偶然でしか狙えないし、稀にしか起こらない。俺たちのゲームプランには、ラッキーなワンナイトスタンドは計算には入っていない。いつも好きな女をたっぷり時間をかけて、正しい順序で口説く。もちろん、魅力的な女からラッキーなワンナイトスタンドのオファーがあれば、喜んで受ければいい」

「いつだって、A↓C↓Sの順番ですね」

「ワンナイトスタンドはACSモデルの例外処理としておけばいい」

「ところで、たっぷりの時間というのはどれぐらいですか？」

「出会ってから、3時間〜10時間ぐらいだ。1日ですべて稼いでもいいし、何日かに分けてもいい。これぐらいの時間にスイートスポットがあって、これより短くても、長くてもダメだ。短すぎると、まだ、女は準備ができていないし、長すぎると、友だちフォルダ行きだ」

「なるほど」僕は過去の成功パターンを思い出した。「確かに、うまく行くときは、だいたいそれぐらいの時間がかかっていますね。早く仕掛けすぎたときは逃げられていますし、遅すぎたときはあしらわれました」

「そうだ。適切な時間を設定する必要がある」

「それで、最後のSフェーズは何をすればいいんですか？」

「ロマンティックな感情をふたりで高め合いながら、キスをしたり身体を愛撫する。相手の女は覚悟を決めて、いよいよ後戻りできない一線を越えるわけだ。ここでも、相手の女を、お前の自信と情熱で包み込む必要がある」

「自信と情熱か……」


その日の午後、オフィスでACSモデルの復習をしていると、驚くことがわかった。

僕の過去の恋愛を思い出すと、うまくいったときはすべてACSモデルに沿っているのだ。逆に、うまくいかなかったときは、ACSモデルから外れている。ACSモデルから外れてうまくいったときというのは、会ったその日にすぐにセックスできたラッキーなケースだけだった。

ACSモデルは、新しい画期的な理論というよりは、むしろこれまでにうまくいった恋愛を高い精度で再現するための、強固なガイドラインなのだ。そして、非モテコミット回避、ディスる技術、ラポール形成、ストップロス戦略などが、このACSモデルにより統合されるのだ。

Aクラス以上の女を狙うには、単に試行回数を増やしていくような考え方ではうまくいかない。なぜならAクラスの出現頻度は決して高くないからだ。どうしてもヒットレシオを極限まで引き上げる必要がある。

単に理論を学ぶだけで恋愛スキルが改善されるわけではない。十分な量の演習をすることにより、はじめて理論が腹に落ち、それをものにすることができる。

僕はさっそく、ACSモデルを意識しながら、50人ほどの女にアプローチした。そして、それは確かにワークするものだということを確信した。ACSモデルは、これまでの女へのアプローチを精緻化し、僕の成績のブレをなくした。

僕は、数を追うことをしなくなった。Bクラスの女を投網《とあみ》で捕まえるのは、もはやゲームとしては簡単すぎて、興味深いものではなくなったからだ。

狙った極上女を一本釣りする。

僕はこの目標に向けて、修業を積まなければいけないステージに到達した。

もう、自分を安売りするのはやめよう。

★

8月の第3月曜日。

僕は青木さんと、品川にある大空電機のオフィスを訪ねていた。日本有数のメーカーで、うちの事務所の電気関連分野の最重要クライアントである。

弁理士の専門分野は、まずは機械、電気、化学に大まかに分かれている。機械はエンジンなどの発明を扱い、主に自動車メーカーがクライアントで、電気は様々な電子デバイスなどを扱い、日本の電機メーカーがクライアントとなる。化学は化学物質に関連する特許を扱い、製薬会社などがクライアントだ。そして、電気なら、半導体、通信、画像……などとさらに細分化される。

企業の機密情報を扱う特許事務所は、利益相反が起こらないように、各分野でひとつのクライアントとしかビジネスができない慣習がある。たとえば、エンジンに関する特許では、トヨタと日産と同時に仕事はできない。トヨタ自動車の企業秘密が日産に筒抜けになっては大変だ。

大空電機は、主にテレビに関連する特許をうちの事務所に頼んでいた。担当していたベテランの石崎弁理士が転職してしまい、青木さんは僕を後任にすることにしたようだ。

サラリーマンをやっていると嫌な先輩や上司に当たることもある。石崎さんにはずいぶんと苦労させられた。しかし、仕事では、盗めるスキルのひとつやふたつは必ずあるものだ。1年や2年も我慢すれば、大体、転職や異動で嫌なやつはどこかに行ってくれる。

会議室で待っていると、黒いスーツに身を包んだスラッとした美人が入ってきた。

Aクラスだ。

「知財部の長谷川です」

「弁理士の渡辺と申します」

僕たちはお辞儀をして名刺を交換した。

長谷川玲子。名前と雰囲気がマッチしている。

「今月はたくさん出願があるんですが、大丈夫ですか？」

「任せてください。渡辺はうちの若手のエースですから」

本心かどうかは知らないが、エースと呼ばれて悪い気はしない。

「それは頼もしいですね。これが発明資料のファイルです」

長谷川玲子は説明をはじめた。主に映像処理のデバイスに関する発明だった。資料をパラパラとめくっていると、見覚えのある名前を見つけた。この分野の勉強をしていたときに、発想が斬新で印象に残っていた画像処理回路のエンジニアだった。あのエンジニアは、この会社で働いていたんだ。発明者からのヒアリングが楽しみだ。件数こそ多いが、僕が多少は明るい分野でもあり、なんとかなりそうだった。

それから、エンジニアとの発明面談のスケジュールを決めた。来週の水曜日にミーティングすることになった。

特許の出願業務では、メーカーの知財部の担当者と発明したエンジニアと弁理士で、まずは三者面談が行われる。このとき発明者のエンジニアにはじめて会うことが多いのだが、知財部が最初に持ってきた発明資料（だいたいが社内ミーティング用のパワーポイント資料の使い回しで、適当に作ったもの）とぜんぜん違う話が出てくる、ということもよくある。だから、この発明資料をあまりくわしく読む必要はなく、1、2時間ぐらいでサラッと目を通しておくだけで十分だ。

「来週の発明面談のあとに、すぐに明細書の作成作業に取りかからせていただきます」

青木さんが言った。

発明者からのヒアリングが終わると、弁理士はさっそく明細書と呼ばれる出願書類のドラフトを作りはじめる。これが弁理士の主な仕事だ。

「今回は、特別に緊急なものはありませんが、なるべく余裕を持って終わらせてください」

長谷川玲子の言葉でミーティングが終わり、彼女が僕たちをエレベータホールまで送ってくれる。青木さんは他の部署の人に用事があるらしく、僕と彼女だけになった。

「これからオフィスに戻られるんですか？」

「そうですよ。すぐに発明資料を読まないといけませんから」

僕がもらった資料を見せると、彼女はにっこりと笑った。

「事務所は、田町でしたよね？」

「はい、そうですけど」

「懐かしいです。大学が田町にあったので、毎日行っていました」

「ということは、慶應の出身ですか？」

僕たちは、エレベータホールまで歩いていくほんのわずかな時間に、個人的な話をはじめた。会話のちょっとした糸口を逃さず、話題をふくらませていくスキルは、ストナンで鍛えられた。

「ええ、そうです」

　彼女は顔がAクラスで慶應出の女だった。街コンには決して来ないレベルの女だ。昔の僕なら、尻込みして、なんとかしようなんて決して思わなかっただろう。しかし、恋愛工学を学び、厳しい修業を積んできたいまの僕は違う。よりチャレンジングな目標を前にして、俄然やる気が湧いてきたのだ。

「じゃあ、あの辺はくわしいんですね」

「ええ、そうですね」

「おいしいランチのお店とか教えてくださいよ」

「いいですよ」

　エレベータの前に着くと、僕は立ち止まって、彼女の右目を見つめた。すぐに、左目を見つめ、そのまま身体をチラッと見てから、口元を見つめ、そしてまた右目を見つめた。女を発情させるために開発された視線の動かし方だ。

　僕はカバンの中からメモ用紙を取り出す。端っこに僕の携帯電話の番号を書いて、それを破いて彼女に差し出した。

「これ、僕の連絡先。こっちに玲子さんの連絡先も書いてくれない？」

玲子は僕が急に連絡先を交換しようとしたことに、戸惑いを見せた。

「あっ、連絡先は、名刺に書いてありますから、何かありましたら……」

これぐらいの抵抗は予想どおりだ。僕はすぐに切り返す。

「僕が、玲子さんのことをもっと知りたいと思うのは、間違ってる？」

僕が聞きたいのは、オフィスの電話ではなく、彼女の個人的な携帯の番号だ。僕の質問は、これは仕事上の会話ではなく、男と女が関係を進めるためにもっとお互いを知り合おうとするためのものだ、と玲子に気づかせた。君のことを知りたいと直接言うかわりに、俯瞰《ふかん》した視点から疑問を投げかけることで、彼女のお断りルーティーンが作動するのを避ける。また、こうして対等な関係を前提とすることにより、いつも寄ってくる哀れな男たちを品定めし、追い払っている立場の彼女が、今度は自分が評価される側にも立たされることになる。

彼女は、僕に気に入られようとていねいな返事をするはずだ。

「あっ、すいません。急に連絡先を聞かれたから、びっくりしちゃって……。はい、これが私の携帯です」

「ありがとう」僕はそう言って、彼女の電話番号が書かれた紙をポケットに入れた。

そして、僕は電話番号を聞き出せたときのお決まりのルーティーンにつなげる。

「明日の夜電話します。都合はいい？」

エレベータの前でのほんの2、3分のふたりきりの時間を使って、僕は玲子の電話番号をゲットした。さらに、これまでのちょっとしたやり取りで、彼女とのAフェーズをクリアすることができたのだ。

僕は、まるで息を吸って吐くのと同じくらい自然に、女とこんなやり取りができるようになっていた。

★

翌日の火曜日は、仕事を早く終えて、由依を家に呼んでいた。田町のカフェでナンパした21歳の看護師学校の学生だ。

「こんなに、わたなべ君のこと大好きなのに、どうして私じゃダメなの？」

僕のベッドで横になっている由依が言った。

「お腹空いたね」

彼女の質問を無視して、僕は別のことを話した。こういう質問には、何もこたえないに限る。

「うん。そうだね」

今夜は、おいしいパスタを作ってあげると約束していたけど、最初にセックスをすることにしたのだ。

順番は、重要じゃない。それに、セックスで軽く運動したあとのほうが料理もおいしくなるというものだ。

僕はベッドから起き上がり、小さな台所で、パスタを茹ではじめた。

フライパンにみじん切りのにんにくと細切りのベーコンを入れて、オリーブオイルで炒める。フライパンを傾けて油を溜め、そこに赤唐辛子を丸ごと入れる。ベーコンから脂が溶け出てカリッとしてきたらワインをすこし垂らす。そこにトマト缶を全部とバジルを2、3枚入れる。そして、沸騰する前に火を止めてしまう。余熱で十分に火が通ったところで、茹で上がったパスタを入れて、トマトソースにからめる。

僕は、できあがったパスタを一口味見した。うん、悪くない。

「わあ、おいしそう」と由依がうれしそうに言う。

男が料理を作ってあげるのは、レストラン代を浮かせられる、とてもいいデートだ。

ふたりでトマトパスタを平らげたあと、もう一度僕たちはセックスした。

時計を見ると、午後10時になっていた。

由依はデニムのショートパンツに、丈の短いキャミソールワンピースを着た。すぐに脱がしてしまったから、よく覚えていなかったが、とてもよく似合っている。

「駅まで送っていくよ。試験の勉強しないといけないでしょ？」

いつもは玄関で別れるのに、駅まで送っていくというやさしさを見せてあげた。女は非モテ男の一生愛するだとか、生活の面倒を見るといった重たいやさしさは嫌悪するが、こういうやさしさを高く評価する。

「いつか、わたなべ君の彼女になりたいな」

「こうしていっしょにご飯を食べたりして、いまでも彼女みたいなものだよ。なんで、そんなことにこだわるの？」

「そうだよね。わたなべ君とこうして会えるだけで、うれしい」

六本木駅の入り口で、僕たちはキスをしてから、別れた。

地下鉄の階段を下りていく由依の後ろ姿を見ながら、僕は昨日会った長谷川玲子をどうやって攻略するか考えていた。

今夜、電話することになっている。

ここで電話せずに、忙しい男を演じて女を焦《じ》らすのは、怠け者のナンパ師がよくやることだが、僕は約束を守る男だ。

「もしもし」

「ああ、わたなべさん。どうしたの？」

「『どうしたの？』より、『わあ、本当に電話くれたんだ！　うれしい！』ぐらい言ってほしかったよ」

「ハハハ。ごめんね。じゃあ、言うわ」

「本当に言わなくていいよ」

「じつは今週の木曜日、仕事で品川に行くんだけど、ちょっと会えないかな、と思って」

「何時ぐらい？」

「6時には仕事が終わるはずなんだけど、なんか食べに行かない？」

「ちょっと待って、スケジュール調べるから」

「ありがとう」

「その日は7時前には仕事が終わるはずよ」

「じゃあ、近くのレストランを予約しておくよ」

「はい」

「楽しみにしてる」

「うん」と彼女は甘えたような声を出した。「電話してくれて、ありがとう」

「おやすみ」

Aフェーズをクリアした女を誘い出すのは、とても簡単なことだった。ナンパの一番の難所は連絡先を聞き出すことじゃない。連絡先を聞き出してから、実際に会う約束を取り付けるところだ。そして、ここがうまくいくかどうかは、ひとえに最初の出会いで、女をAttract《魅了》できるかどうかにかかっている。

永沢さんが言っていたように、Aフェーズがうまくいけば、彼から電話が来なかったらどうしよう、と不安になるのはむしろ女のほうなのだ。

★

ナンパした何人かの女からメッセージが届いていたが、僕はそれらを無視した。

僕はいま、同僚で人妻の水野友美と、21歳の由依と毎週セックスする関係になっている。ふたりとも、僕のことを激しく求めてくる。その辺のBクラスの女にフェラチオされるぐらいだったら、ひとりで仕事をしているほうがずっとマシだ、と思うようになっていた。

永沢さんと同じように、もう上物の女しか狙わない。皮肉なことに、僕がこうして相手を選ぶようになると、それがますます女を惹きつけた。相手を選べるのはクオリティの高い男の証明でもあるからだ。

思いつめながらデートを申し込み、金曜日の夜に高級レストランを予約しておくなんていうのは、最もセックスから遠ざかる方法だ。これはふたつの重大な情報を相手の女に知らせることになる。ひとつ目は週末にデートを楽しむ女が誰もいないということ。そして、高級レストランなどで、金を使って女を釣らないとセックスできない、二級品の男だということ。女は、自分のことを一途に愛してくる非モテ男が大嫌いだ。他の女たちが喜んで身を委ねている、クオリティが証明されている男を勝ち取りたいと思っている。

いい女は特に、だ。

最初のデートは、決してデートとは思えないシチュエーションで、軽く誘ったほうがいい。誇張でもなんでもなく、ミシュランの星付きレストランより、近くのカフェで350円のラテを気楽におごるほうがセックスできるのだ。

「ちょっと用があって君の会社の近くに行くんだけど、お茶でもしない？」だとか、「接待の予定がキャンセルになっちゃって、なかなか予約が取れないレストランの席が取ってあるんだけど、いっしょに行かない？」ぐらいがちょうどいい。嘘だとしても。

しかし、今日は、本当に品川でクライアントとの打ち合わせが入っていた。僕はそれを予定どおりに終えて、すこし早めにレストランに到着した。北品川に住んでいたときに、何度も使った水際のレストランだ。

8月は猛暑が続いていたが、昼間に降った雨が、東京の地表を覆うコンクリートをすこし冷やしてくれていた。雨上がりの夕暮れが格別に気持ちいい。運河は、品川の高層ビル群からの光を受けて、キラキラと輝いている。

僕はひとりで仕事の資料を取り出した。


「待った？」

予定の時間よりすこし遅れて、玲子が現れた。

「さっき、着いたところだよ」

胸元が開いた光沢感のある白いノースリーブに、ヒップラインがきれいな黒のタイトスカートを穿《は》いていた。手には仕立てのよさそうなジャケットを持っている。この前、会社で見たときよりも明らかにメイクに気合が入っている。

ナンパをしていると、女が約束の場所に現れた瞬間に、この日はやれるのかどうかがわかってくる。今回の僕の直感は、今日はやれる、とはっきりと言っていた。

僕たちは、キリリと冷えたシャンパンで乾杯した。

「玲子さんについて、何か面白いこと教えてよ」

すこし沈黙してから、玲子は僕の目を見つめて言った。

「じつはね、私、つきあってる男性《ひと》がいるの。ごめんなさい」

ディナーは序盤戦から山場を迎えた。つきあってる男がいるって？　これは彼女が僕を拒絶しようとしているのか？　そして、僕は引き下がり、彼女とお友だちでいようとすればいいのか？

ノー、ノー。

いい女が男なしで過ごすことはない。

彼女たちは、次のよりいい男を完全にものにするまでは、いまの男を確保しておく。だから、男がいる女にアタックできないのだったら、ずっと並の女で我慢するしかない。そして、ある程度以上の女に関していえば、男がいるほうが、すぐにセックスに応じる確率は高くなる。なぜならば、将来の結婚相手としての男の資質を細かくチェックする必要がないからだ。今夜、僕といっしょにいれば、めくるめくセックスが楽しめるということをわからせてあげれば、それでいい。

「さっそく僕に恋の相談？」

僕は余裕の笑顔で受け流す。

「そんなわけじゃないけど……」

「玲子さんがどんな男性《ひと》とつきあっているのか、知りたいな。聞かせてよ」

話を聞くと、どうやら同じ会社の男とつきあっているようだ。玲子は、自分の彼がいかに優秀で、会社の出世頭だということを話しはじめた。

女が自分の恋人がいかに素晴らしいかをとうとうとしゃべることはよくあることだ。その場合は、ほとんど例外なく、ふたりの関係にまるで満足していないことを意味していた。そして、これから万が一にもセックスすることになったとしたら——熟練したプレイヤーにかかれば万が一ではなく、十中八九と言ったところだが——、それはこうやって恋人がいるということをしっかりと伝えたのに、それでも迫られてセックスしてしまったのなら、もはや私の責任ではない。相手の男が強引に誘惑してきたので、貞操観念がしっかりした身持ちのいい私でもそうならざるをえなかった、私は決して尻軽女ではない、という言い訳を心の中に用意しておきたいのだ。

つまり、女が自分の素晴らしいいい恋人のことを話しはじめたら、いい兆候だ。

とはいえ、連絡先を聞き出したときに Attraction フェーズを完全にクリアしていて、今日のディナーでは単にふんふんとうなずきながら話を聞き、見せかけの共感を示してラポールを形成する、Cフェーズの基本プレイだけやれば、流れ作業のようにセックスまでたどり着くというイージーなゲームではないことも、また、確かだった。

そこで、僕は**ボーイフレンドクラッシャー**と呼ばれる恋愛工学の兵器を投入する。

「ところで、今日、彼は何してるの？」

「大学時代の友だちと飲み会だって言ってたわ」

「彼が、誰といまどこにいるのか、玲子は知ってる？」

「そこまでは知らないわ」

「本当は、誰か他の女といっしょにいるのかも」僕がイタズラっぽく言うと、玲子はすこし心配そうに考え込んだ。「ごめん、ただの冗談だよ。男って、こうやってすぐに疑われちゃうからつらいんだよ。僕も昔つきあってた子が、疑い深くて苦労したよ……」

僕は同じ男として彼の味方で、決して仲を引き裂こうとしているわけじゃない、というポーズを取りながら、玲子の心に、彼が浮気しているかもしれないという疑念の種をしっかりと植え付けた。

「そんな心配してたらキリがないしね」

「そうだね。心配してたらキリがない」と僕は彼女の言葉をバックトラックする。「ところで、これは僕の女友だちの話なんだけど、ちょうど彼女にも、玲子の彼氏みたいな年上の恋人がいたんだ」

「ふーん。それで？」

「ある日、彼女は、彼の携帯を見ちゃったんだ。いまの携帯って指紋認証って多いでしょ」

僕は自分の左手で自分の右手の人差し指を摘《つま》んで、指紋認証を外すふりをした。

「えっ⁉　指をこっそり付けて携帯のロックを外したの？　寝てる間にとか？」

「そう。よくそんなことするよね」

「そうね。そういう女の人は、ちょっと怖いね」

「僕もそれはやりすぎだと思った。ちょっと怖いよね。でも、彼もやりすぎだったんだ」

「彼は何をしていたの？」

「何と、よりによって彼女の親友と浮気してたんだよ」

「え～、それはひどいね」

「『こんなことしちゃって、麻衣子になんか悪いなぁ？』とか書いてあったんだよ。あっ、麻衣子ってその女友だちの名前ね」

「うわぁ、最悪」

僕は、彼女の心に植え付けておいた疑念の種をこうして発芽させた。

「うん、でも、玲子さんみたいないい女が彼女だったら、僕は絶対に浮気なんかしないだろうな」

「本当？　わたなべ君ってやさしいね」

「ところで、いまの彼の前はどんな男性《ひと》とつきあってたの？」

発芽した疑念の種がしっかりと根を伸ばしている間に、僕は恋人同士を切り裂くためにデザインされたボーイフレンドクラッシャーを、次の段階に進めた。

「前の彼は……」

「ちょっと待って、当てるから。僕、人の心を読めるんだよ」と言って僕は彼女の手を握った。「僕の目を見つめて……」

玲子はちょっと笑いながら僕を見つめている。

「わかった。広告代理店の営業マンでしょ！」

「ブー！　美容師よ」

「まだまだ心を読めないな。もっと玲子のことを教えてよ」

「フフフ」

「でも、美容師は意外だね。なんかエリートみたいな男とばかりつきあってそうなイメージだったから。その彼とは、どうやってつきあいはじめたの？」

「友だちが通っていた美容院で彼は働いてたんだけど」

「それで？」

「一度、私も髪を切ってもらったの。そのときに連絡先を交換して、しばらくしてから、ちょっとお茶したりする仲になって……」

「お茶したりする仲になって、それからセックスする仲になったの？」

「う、うん。まあ……」と玲子は曖昧な返事をして、誤魔化している。

僕は玲子の耳元でつぶやいた。

「彼のセックスはよかった？」

玲子は恥ずかしそうに笑っている。

こうして昔の彼氏の話をさせることにはいくつかの狙いがある。

まずは、彼氏以外の別の男を思い浮かべさせることにより、いまの彼をこれから裏切るシミュレーションをさせておき、浮気の罪悪感を緩和しておくこと。そして、昔の思い出はたいていよいものだ。少なくとも一時的には情熱的に愛し合っていたはずで、こうした昔の恋愛感情を呼び起こしながら、目の前の男に対しても恋愛感情を抱いていると錯覚させる。

吊り橋を渡ってドキドキしているときに、いっしょにいる異性に恋をしていると錯覚してしまうという有名な心理学の法則を利用するわけだ。好きだからドキドキするのではなく、ドキドキしているから好きだ、と因果関係を勘違いしてしまう。

また、いまの彼氏に対する不満も自然と思い出させていくことも忘れない。そうした不満のある彼氏より、いま目の前にいる男といっしょにいたほうが楽しいと思わせる。結局のところ、その昔の男とは別れてしまったわけで、いま忠誠を誓っている彼氏への思いも一時的なものであり、いずれは終わるのだとわからせる。

ボーイフレンドクラッシャーとは、過去のボーイフレンドをぶつけて、現在のボーイフレンドを粉砕《クラッシュ》させる恋愛工学のテクノロジーなのだ。

僕たちは、いつの間にか2時間以上も話していた。2本目のワインが空きそうだった。これ以上飲む必要はない。僕はここまでで、Cフェーズを完璧にクリアしていることを確信していた。次は、場所を変えながら、Sフェーズへうまくシフトさせればいい。

「このあたりは散歩するとすごく気持ちいいんだけど、そろそろ出る?」

「ええ、そうしましょう」

僕は何のためらいもなく玲子の手を握った。そして、何度も使ったことがある品川の運河沿いの散歩コースへと彼女をリードする。ここは、キスをするスポットが無数に配置されている。

まだ、恋愛工学を覚えたてで、北品川に住んでいたとき、ここで何人の女に**C→Sフェーズシフトルーティーン**を仕掛けたんだろう。当時はこんな専門用語はまだ習っていなかったが、ACSモデルを知ったあとに思い出すと、あれはフェーズシフトルーティーンだったということがよくわかった。

きれいにライトアップされた運河にかかる鉄橋を渡り、運河沿いを歩くと、ベンチがあった。

「ちょっと、座ってお話ししない？」

「そうだね。夜風が気持ちいいし」

他愛もないことを話していると、僕と玲子の間に、ちょっとした沈黙が訪れた。

僕は彼女の目を見つめ、これまでに何度も使った、**はじめてのキスルーティーン**を起動させる。

「キスしたいの？」

僕は彼女の目を見つめて言った。

ここで相手が（1）イエスと言えばそのままキスすればいい。しかし、この選択肢が選ばれることはあまりない。
（2）ノーだったら、何か考えているみたいだったから、などと誤魔化して、また、次のキスのチャンスを窺《うかが》う。
「わかんない」玲子は言った。

そして、(3)えー、わからない、どうしよう、などの曖昧な答えが返ってきた場合はこうする。

「じゃあ、確かめてみよう」

僕は玲子にキスをした。そして、キスをしながら長く抱きしめた。

玲子、君はいい子だ。彼氏がいると最初から告白した。それでも僕が意に介さなかったから、君は悪いほうに向かっていくしかなかったんだ。君に責任はないよ。君は身持ちのいい女だ。そうだろ、玲子? 確かに、子供じみた理屈かもしれないけど、僕は女の子のこんな子供じみた責任逃れが、大好きだった。

「家に来る?」

「うん」

玲子が僕に腕枕をされながら、目を閉じている。

射精したあとに訪れる静寂のときの中で、僕は六本木で一番の賢者になった気がした。そして、高校生のときの国語の時間に読んだ、福沢諭吉の『学問のすすめ』の一節を思い出す。


天は人の上に人を造らず人の下に人を造らず。

されども今、広くこの人間世界を見渡すに、賢き人あり、愚かなる人あり、貧しきもあり、富めるもあり、貴人もあり、下人もありて、その有様、雲と泥との相違あるに似たるはなんぞや。

ただ学問を勤めて物事をよく知る者は貴人となり富人となり、無学なる者は貧人となり下人となるなり。

努力して能力さえ磨けば、どんな生まれの子供でも立派な社会的地位を得ることができる。そんな社会の建設に対する福沢諭吉の情熱は、恋愛工学にこそ当てはまるのではないか。江戸時代までの日本はがんじがらめの封建社会だった。しかし、明治維新により、人々は身分から解放された。そして、福沢諭吉は、天、すなわち生まれが貴人や下人を作るわけではない、とそうした身分制度を全否定し、その上で、学問を学ぶ者とそうでない者で、新たな身分の差が生まれるのだ、と国民に教えたのだ。

恋愛工学こそがその学問ではないか、と思う。天、すなわち生まれ持ってのイケメンや御曹司みたいな生まれ持っての金持ちがモテるのではなく、生まれにかかわらず、こうして恋愛工学を学ぶ者が女にモテることができるようになる。

恋愛も、勉強する者だけが救われるのだ。

★

8月の4回目の日曜日。

僕は久しぶりのオフを楽しんでいた。家のベッドで寝っ転がりながら、ひとりで映画を見たり、本を読んだりした。この数週間、僕は毎晩のように誰かとセックスしていたか、あるいはセックスしようとしていた。だから、何の予定も入れず、今日は休息を取ることにしたのだ。

仕事に関しては明日からしばらく暇なはずだった。水曜日の玲子の会社での発明面談まで、特に何もすることがなかったからだ。

しかし、恋愛のほうは多忙になっていた。いまの僕には、友美、由依と定期的にセックスする女が2人いて、ここに玲子を加えようとしている。彼女たちは、僕の選ばれしレギュラーメンバーだ。いま、僕のレギュラーメンバーになるのは、そう簡単なことじゃない。そのことを彼女たちは誇っていい。

本を読んでいたら、いつの間にか夜の9時になっていた。僕は、ベッドからむくっと起き上がり、机の上のPCを起動した。そして、連絡を待っている女たちに、まるで公園の池を泳いでいる鯉たちにエサを撒《ま》くみたいに、LINEを使ってメッセージを送る。
こうして僕の穏やかな週末は、終わりを告げた。

まずは友美へ。
［今度の水曜ミーティングは出席できる？］
僕と友美の間で、『水曜ミーティング』は、仕事帰りにいつものラブホに行くことを表す秘密のコードだった。水曜日は彼女の日だ。

次は由依へ。玲子とセックスしたあと、僕は彼女のことをより愛《いと》おしく思うようになった。
［勉強がんばってる？　明日、家でごはん食べない？］
スランプから抜け出し、玲子というAクラスの女に自信を持ってアプローチできたのも、すでに由依という21歳のAクラスの女で実績を作り、モテスパイラルに乗っていたからだ。僕に自信を与えてくれた彼女の貢献を考えれば、尊重されてしかるべきだ。月曜日の夜の優先権は、まずは由依に与えることにした。

そして、玲子へもメッセージを送った。女は、男とセックスしたあとに、またデートに誘われるのかとても不安なんだ。僕は女を不安にさせて自信を奪うような、ひどい男じゃない。「今週は仕事で会えるね。仕事以外でも、僕はまた、玲子に会いたいと思ってる。今週はいつが空いてる?」

ナンパで収集した女たちのLINEに対して、絨毯爆撃を開始。

Aクラス以上という縛りで、これだけの数の女の連絡先を収集するのが、どれほど大変なことか、ナンパを本格的にしている男なら誰もが理解するだろう。

「元気?」「何してんの?」「ナンパだからって、無視とかなしね。とりあえず、連絡してよ。」「久しぶり。メッセージありがとう。最近、何してるの?」「わたなべだよ。覚えてる?」「元気? 火曜日のランチの時間空いてる? おいしいパスタのお店を見つけたんだけど。」「水曜日の3時ぐらいに、たまたま品川のほうに行くんだけど、お茶でもどう?」「また、クラブにいっしょに行きたいな。さっそく、木曜日の夜なんかどう?」……

次々といろんな女たちから返事が来る。僕はそれらの一つひとつに適切な言葉を返していく。全国高等学校総合体育大会に出場する卓球選手みたいに。

「とりあえず、連絡した。」「なんか、もっとかわいいメッセージ送ってほしかったな。」「本当に連絡してくれたんだね、ありがとう！」みたいな。」

［パスタ行きたい！」［11時半はどう？　12時すぎると混むからさ。」

［水曜日はちょっと出れない。」［じゃあ、また、別の日に誘うよ。」……


……

友美から返事が来た。［うん。水曜ミーティング出れるよ。またね。」

［OK」と返す。

……

［えー、私、そんなにしょっちゅうクラブなんかに行かないよ。何か私のこと誤解してない？」［ごめん。誤解してたみたい。次は、僕の部屋に直接誘うよ。」……

……

23人の女にLINEを送って、返事が来た11人の女たちと僕はいま同時に会話している。僕のPC画面に、それぞれの女に対応するLINEのウィンドウがびっしりと並べられている。11個も並んだ自撮りのキメ顔のアイコンや犬の写真なんかが、次々と僕に話しかけてくる。お互いに知り合うわけがない女の子たちが、まるで友だち同士みたいにスクリーンの中で並んでいるのはとても不思議な光景だ。

じつは11人ぐらいと同時にチャットするのは、聖徳太子ほど聡明である必要はなかった。

タッチタイピングさえできれば誰にでもできる簡単なことだ。大学に通っていない18歳のキャバ嬢でさえ、もっと多くの客と同時にチャットしているのだ。

瞬く間に、月曜日から金曜日までのランチとディナーの予定がすべて埋まった。

★

水曜日の午後、僕は品川駅にある大空電機のオフィスを訪れた。

エントランスで待っていると、玲子がカードキーを持って、駆けてきた。

「わたなべ君、今日の発明面談の予習はちゃんとしてきた？」

「玲子、『わたなべ君』というのは、こういう場所でやめてくれないか。お互い、プロフェッショナルだろ」

「だったら、そうやって、私のことを気安く『玲子』なんて呼び捨てにするのも、やめてもらえる？」

「わかったよ、長谷川さん」

「私たちのこと、みんなに気づかれないようにしないとね」

「うん。ところで、今日はこの発明者の中村さんっていう人が来るんでしょ？　彼の特許は昔、何度か読んで、すごいエンジニアだと思ってたから、楽しみなんだ」

「あら、渡辺さん、知らなかったの？　中村さんなら、もう、韓国に引っ越したわよ。韓国の会社に転職するんだって」

「韓国の会社って、あの会社？」

「多分ね。ほら、渡辺さんが中村さんの名前を覚えていたように、特許情報は公開されるから、目立ってるエンジニアはライバル会社やヘッドハンターの目に留まるのよ。うちの会社は、年功序列で、優秀だからって若い人に給料をたくさんあげたりできないからね。優秀な人はすぐに引き抜かれちゃうわ」

「じゃあ、今日は別の人が来るの？」

「そうよ。石田さんってエンジニア。彼の前で、絶対に、私たちがこういう関係だってことわからないようにしてね」

「はい、長谷川さん」

　僕たちが、会議室で待っていると、中年男性が入ってきた。

「はじめまして。弁理士の渡辺です」

「エンジニアの石田です」

「それでは発明面談をはじめましょう」

玲子が淡々とした口調で言った。

僕は、発明資料で不明だったことをいろいろと質問した。石田さんは、引き継いだほうの発明内容に関しては、それほど把握していないようだった。また、石田さんが主に関わっている発明のほうは、同じ内容を細かく分割しすぎていることが気になっていたので、僕はそのことに関して質問した。

「この特許とこの特許は、内容が似ているので、ひとつにまとめたほうが通りやすいと思いますが、どうしましょう？」

「それは、このままでお願いします」

「何か意図があるのでしょうか？」

「とにかく、それはそのままでお願いします」

「そうですか……。では、わかりました」

僕がひと通りの質問をすると、ちょうど予定の時間が終わった。

「何か、他に不明な点がありましたら、電子メールか電話で連絡してください」

玲子が事務的に言った。

「わかりました。さっそく明細書のドラフトの作成に取りかからせていただきます。再来週の月曜日までに送ればいいんですよね？」

「はい、お願いします」

玲子が、またエレベータホールまで送ってくれた。

「石田さんは、なんであんなに細かく特許を分けてるの？

「わたなべ君、もう何年、弁理士やってるの？　うちの会社では、新しい社長が数値目標を作ったのよ。なんでも、すごい外資系のコンサルティング会社を雇ったら、これからは社員の定量評価が重要だという話になって、エンジニアは1年に特許を5つ以上出願することがノルマになったの」

「ハハハ。なるほど。でも、それはうちみたいな特許事務所にとっては、ありがたい話だね。そのコンサルティング会社と新しい社長には感謝しないと」

「そうよ、感謝しなさいよ。でも、この話には、まだ続きがあるわ。石田さんは、本当はすぐに出願できる別の特許があるんだけど、それは今回は出願しないのよ」

「えっ、どうして？」

「それは、来年にとっておいて、来年のノルマを楽にしようという作戦なの」

「なるほど。さすが玲子の会社は、一流企業だけあってみんな頭がいいね」

「何それ、嫌味？」

「でもさ、そういう会社の利益にならないようなことを防いで、特許戦略を練るのが、玲子の仕事なんじゃないの？」

「会社の利益？　そんなものは、誰も考えていないわ。もう、つまらない質問ばっかりしないで！」

　僕が玲子と仲良くなったおかげで、青木国際特許事務所にとって重要な情報が次々と手に入った。青木さんは、僕が週末もクライアントとの関係を深めるために、それこそ身を挺《てい》して働いていることに感謝しなければなるまい。特別ボーナスをもらいたいぐらいだ。

「ところで、今週の土曜日は空いてる？」

「そういう質問は好きよ」

　そして、僕は、友美との待ち合わせ場所に向かう。

★

　見知らぬ女に話しかけるとき、僕は兵器庫の中からオープナーと呼ばれる武器を取り出す。それは単に「こんばんは」というあいさつみたいなものから、「ちょっと、失恋した友だちのことで相談に乗ってほしいんだけど」というような手の込んだものまで様々だ。また、観光地のようなところでは、写真を撮り合っている女のふたり組に「写真撮ろうか？」と話しかけたり、カフェだったら「ちょっとトイレに行きたいんだけど、僕のPC見ててくれない？」ととなりの女に話しかけたり、道に迷ったふりをして子供の落書きみたいな面白いマップを見せて笑いを取ったり、シチュエーションを利用したオープナーも数限りなく開発されていた。こうしたナンパとは思えない、さりげない方法で女に話しかけ、会話をオープンさせてしまう。いわゆる間接法だ。

ナンパには、「かわいいね」などと言って、最初から性的な興味があることを明かして話しかける直接法と、そうした意図を隠して話しかける間接法があり、どちらが効果的かは、ナンパ師の間でも未だに結論が出ていない。おそらく答えはその中間にあり、プレイヤーのキャラや話しかけるシチュエーションによって、直接法が適切なときもあれば、間接法で行かなければいけないときもあるのだろう。僕は間違いなく間接法のほうが得意だった。永沢さんは、両方を使いこなした。

もちろん、ナンパというゲームでは、百発百中なんてことはありえない。世界最高のプレイヤーでも、成功よりも、失敗のほうが圧倒的に多いだろう。そして、最初のアプローチの時点では、このゲームは運に支配されていると言っていい。運は、初心者にも、世界最高のプレイヤーにも平等だ。フィアンセとこれから結婚式場の予約をしに行く、という女をナンパで仕留めるのは難しい。しかし、昨日、彼氏に浮気されたあげくに、振られたという女にたまたま話しかければ、最後まで行くのは、並のプレイヤーであっても簡単なことだろう。女は結婚相手を探しているときもあれば、旅行先でアバンチュールを求めていることもある。アプローチした女がたまたま人生のどんなステージにいるかは、プレイヤーの経験やスキルによらず、運で決まってしまうのだ。だから、ある程度の試行回数を稼ぎ続ける必要があるし、また、一つひとつの試行がうまくいかなかったからといって、深刻に受け止めることもない。

麻雀やポーカーのような、よくできたゲームのすべてがそうであるように、恋愛というゲームもまた、絶妙な運とスキルのコンビネーションで成り立っているのだ。麻雀やポーカーでは、一つひとつのゲームでは素人《しろうと》が運でプロに勝つこともあるが、長い目で見れば、素人が賭ける金はプロのポケットに吸い込まれていく。恋愛というゲームでも同じだった。素人は単に運任せのギャンブルをするが、僕たちプレイヤーは計算されたリスクを取る。

訓練されたプレイヤーが、女といったん連絡先を交換し、毎晩のメッセージのやり取りをはじめてしまえば、あとはセックスまで自動的に運ばれていく高速ベルトコンベアに乗ったようなものだった。他愛もない、しかし計算されたメッセージを何度かやり取りし、週末のランチや平日のディナーに誘う。僕にはＡＣＳモデルに基づいたセックスへのロードマップがはっきりと見えていて、いま彼女がその上のどこにいるかによって、押すべきときに押して、引くべきときに引くことができた。適切なタイミングで、適切な恋愛工学の戦略を使い分けるのだ。

まだ、Aフェーズをクリアしていないのなら、ディスる技術を何度か仕掛けたあとに、相手の女が自然と発見できるような、決して自慢には聞こえないさりげない方法で自分のバリューをアピールする。こうしてAフェーズをクリアしたあとは、Cフェーズへと移行する。ここでは様々な心理学的テクニックを使ってラポールを形成していく。ここまでに、女から様々なテストが課されるのだが、それら一つひとつに僕は正しい答案を書けるようになっていた。

そして、女からのテストをクリアするためのベストの方法は、逆にこちらから女にテストを課してやることだ。僕には言い寄ってきている女がたくさんいて、その中で僕にふさわしい飛びきりいい女を選んでいるんだ、という強い**フレーム**を心の中にセットする。フレームとは、物事を見るための枠組みで、人は無意識にフレームを使って、出来事の意味付けをするのだ。こうしたスクリーニングフレームを持つことにより、相手の女も僕と同じように出来事を解釈するようになり、この男は非常に高い価値を持っているという錯覚に陥る。そんな男に気に入られようと必死に行動をはじめるのだ。恋愛工学というのは、女に選ばれるためのテクノロジーではなく、むしろ、自分のことを、女が勝ち取らなければいけない価値の高い男だと思い込ませることにこそ、その真価がある。

女から発せられる数々の微妙なサインを読み取りながら、テストをクリアし、ときにテストを課し、適切なタイミングで手をつなぎ、キスをして、女を僕の家へと誘う。そして、Sフェーズへと移行《シフト》する。収穫の季節だ。これまで様々なリスクを取って、ゲームをプレイしてきたのは、ひとえにこの果実のためだ。プレイヤーの努力は、セックスで報いられるのである。

女は、セックスする前、恐怖と不安を感じる。すぐに寝る軽い女だと思われる恐怖。セックスしたあとに、男が去ってしまうんじゃないか、という恐怖。誰でも家や車のような高いものを買うときに、後悔しないようによく考えてから決める。女もこの男とセックスしても、後悔することになるんじゃないか、と不安になる。Sフェーズのテクノロジーは、女がセックスに対して抱いているこうした恐怖や不安を取り除き、内に秘められた欲望を解き放つように精巧にデザインされていた。

女を家やホテルに誘うときは、適切な言い訳を用意してやる必要がある。「明日、返さないといけないDVDがあるんだけど、家でいっしょに見ない？」だとか、ペットを飼っていたらそれをエサに使ってもいいし、夜景のきれいなマンションに住んでいたら、それを口実にしてもいい。こうして、女はセックスの責任から逃れられる。最初のセックスは、あくまで交通事故のようなアクシデントとして起こらなければいけないのだ。そして、Cフェーズでは、自分の男としての価値を証明し、また、女に対する好意も効果的に伝えておかないといけない。これが十分じゃないと、Sフェーズへシフトさせようとするときに、大きな抵抗に遭遇し、うまくいかない。Sフェーズがうまくいかない原因のほとんどは、その前段階にあるのだ。

こうしてベッドの上まで無事に女を誘っても、ときに女は**最終抵抗**を示す。「会ってすぐにそんなことできない」だとか、「つきあってもいないのにエッチできない」などと言って、ドタンバになって女がセックスすることを拒否するわけだ。そうした最終抵抗には、「好きだ」と耳元で情熱的にささやくストレートな方法や、「わかった。確かに早すぎる。こんなことはやめよう」などと言って相手の女をいったん突き放すプッシュ&プル、キスを続けながら隙を見て、スカートの中に手を入れ性器を愛撫し、肉体的な快楽で女を発情させてしまうようなやり方まで、突破するための無数の恋愛工学のテクノロジーが用意されていた。

僕たちプレイヤーは、熟練した金庫破りが精密な道具を使い分け、どんな金庫の扉も開けてしまうように、恋愛工学の様々な道具を使って、女の股を開いてしまうのだった。

★

10月の最初の金曜日。

沈みゆく太陽が、高層ビルをオレンジ色に染めていた。

僕は、六本木ヒルズの展望台に向かっていた。

恋愛工学の研究と実践を開始してから、1年の月日が経《た》っていた。

宇宙船に乗り込むみたいに、3階にあるトンネルをくぐり抜けた。チケットカウンターで入場券を買って、52階まで上っていくエレベータに乗り込む。エレベータを出ると、目の前に東京タワーが見えた。

六本木の街を見下ろすようにそびえ立つ超高層タワーの52階の展望台で、僕は永沢さんと待ち合わせていた。今日は、永沢さんが勤める資産運用会社が主催する投資家を集めた立食パーティーに、僕も呼んでもらったのだ。男たちは、みんな死ぬほど金持ちの連中らしい。モデルの女もたくさん来るとのことだった。

東京の街がキラキラと輝いている。巨大なガラスの窓を左手に見ながら、バーラウンジに向かった。

真っ白いシャツの上に黒のジャケットを羽織った永沢さんを見つけた。窓際に取り付けられた二人用の小さなスタンディングテーブルで、ひとりでビールを飲んでいた。永沢さんは僕に気がついて、白い歯を見せて笑った。まるで世界を支配している男がするような笑顔だ。僕もバーでビールを買う。パーティーまで、まだすこし時間があった。

永沢さんに会うのは、3週間前にふたりで六本木の街で派手にナンパしたとき以来だ。

「バーで話しかけたショートカットの女子大生はどうなった？」

「最初のディナーで仕掛けたイエスセットがうまくいきましたよ。家に誘ったらあっさりとイエス。あとはいつものようにフェーズシフトさせました」

「ナースの女は？」

「この前のクラブで会った子ですね。週末にカフェで会ってCフェーズをクリア。そのあとは、DVDルーティーンで難なく家に連れ込めました」

「もうひとりクラブでいい感じになってた女がいたよな。誰だっけ、読者モデルの……」

「麻友だったら昨日の夜の11時に一言メッセージを送ったら、僕のところにすっ飛んできましたよ」僕はそう言って、携帯に残っていたメッセージのやりとりを見せた。「完全にトリガーが引かれてますね」

永沢さんは、やれやれ、といった表情で僕を見て笑った。

僕も笑い返す。

東京の街を見下ろしながら静かに乾杯をして、冷たいビールを喉に流し込む。台風が過ぎ去ったあとの東京の空気は限りなく透明で、遠くのビルまではっきりと見える。数え切れないほどのビルがキラキラと輝いている。

「この東京の街は、僕たちのでっかいソープランドみたいなもんですね」

「ああ、無料のな」


彼に出会う前まで、僕は非モテコミットとフレンドシップ戦略を繰り返す、その他大勢のセックス不足の男のひとりにすぎなかった。結婚まで考え、すべてを捧げていた恋人にコケにされ、見返してやろうと他の女に近づいても相手にされず、掃き溜めのような人生を漂っていた。しかし、彼が教えてくれた数々の恋愛テクノロジーが僕のすべてを変えたのだ。

1年前の夜、とあるバーで彼を偶然見つけた。それから東京を舞台に、奇妙だが最高にエキサイティングな僕らの大冒険がはじまった。僕は男の欲望を実現するための秘密のテクノロジーを手にしてしまったのだ。

恋愛工学。

いまでは金融や広告など様々な分野が数理モデルに従って動いている。かつては文系人間たちのガッツで回っていたこうした業界は、いまや複雑なアルゴリズムを操るオタクたちが牛耳っている。だったら、恋愛だって同じことになりはしないだろうか？　答えはイエスだ。恋愛の世界でも、恐るべきテクノロジーが密かに開発されていたのだ。

僕は、世界最大の半導体メーカー・インテルの元ＣＥＯ、アンドリュー・グローブの言葉を思い出した。

"Technology will always win"
(最後にはいつだってテクノロジーが勝利する)

「そろそろ行こうか」
「はい」
永沢さんと僕は、パーティー会場に入っていった。壇上で、どこかの会社のＣＥＯがグローバルなんちゃらに関して話している。男たちを見ると、確かにみんな仕立てのいいスーツに身を包み、金持ちそうだ。女たちは、Ｓクラスのオンパレードだ。さっきまで自信満々だった僕も、さすがに場違いなところに紛れ込んでしまった気がした。男たちはとんでもない金を持った、経験豊富なプレイヤーに違いない……。女も、僕みたいなその辺のサラリーマンなんかお呼びじゃないだろう。

気がつくと、永沢さんは、僕をおいて誰かと話していた。

しばらくしたら帰ろうかな。僕には呼び出せば会えるセフレが何人もいたし、慣れ親しんだ六本木のクラブにナンパしに行ってもいい。とにかく、ここは僕のフィールドじゃない。

いや、ダメだ。そんな弱気でどうする。

僕はこの1年間の修業と、実績を思い出しながら、なんとか自分を奮い立たせる。粗相のないように、できる限りのことをしよう。


「こんな美しい女性《ひと》を見たことがありません」

「まあ、そんなお世辞を」

僕がひとりでシャンパンを飲んでいると、テーブルを挟んで向こう側にいた女に、金持ちそうな男たちが引っ切りなしに話しかけている。どこかで見たことがある顔だった。背が高く、スラッとしているので、ファッションモデルだろう。僕は彼女に話しかける男たちを観察することにした。こういう飛びきりいい女とつきあうようなすごい男たちから何かを学び取ろうと思ったのだ。

「じつはこの前、クルーザーを買ったんです。そんなに高くないんですけどね。３億円ぐらいだったかな。もしよかったら、今度、私の船に乗りに来てください」

頭のハゲた中年の男性が、クルーザーをエサに彼女を誘おうとしていた。

「それは素敵ですね」

「もしよかったら、連絡先を教えてくれませんか？」

ハゲが連絡先を聞き出そうとしている。僕は失敗することがわかった。こんなアプローチをしょっちゅう受けている彼女は、うまく断るセリフがほぼ瞬間的に出てくるように常に監視プログラムが走っている。彼女の**自動迎撃システム**が作動するはずだ。

「名刺をもらえますか？　都合がついたらこちらから連絡します」

これは女がよく使う、体《てい》のいい断り方だ。やはり一瞬でハゲが放ったミサイルは迎撃された。彼女は無傷だ。

しばらくすると、また、別の男が彼女に話しかける。今度は、若いイケメンだ。いかにも成功した青年実業家という感じだ。ものすごく高そうなフェイスの大きいゴールドの時計

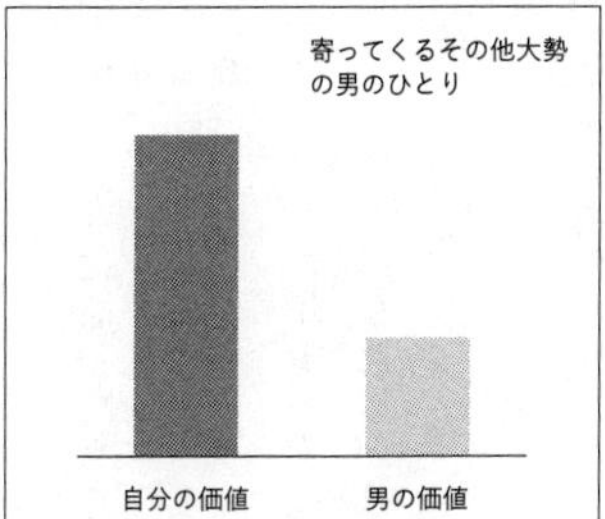

エリカの認識

をしている。

「僕、エリカさんのファンなんですよ。もし、よかったら写真をいっしょに撮ってもらえませんか？」

「すいません、写真はダメなんです。事務所に怒られちゃうんです」

「そうですか、すいません。ところで自己紹介させてください」イケメン青年実業家は名刺を取り出した。「僕、この会社のＣＥＯやってます。先月、マザーズに上場したばかりなんですよ」

「お若いのに、すごいですね」

「もし、よろしかったら連絡先教えてもらえませんか？　今度、僕の軽井沢の別荘でパーティーをやるんです。エリカさんみたいな素敵な人に来てもらえないか、と思いまして」

　僕は彼の様子を見て、驚いた。ここのパーティーに来ている連中は、とんだぼんくらばかりだったからだ。彼らは、さっきからけたたましい警報音を鳴り響かせている彼女の自動迎撃システムに気づかないのか？　そんな誘い方じゃ、自動化された彼女のお断りルーティーンに捕らえられるだけじゃないか。それに、さっきのハゲもそうだったけど、こいつら**動学的相対価値モデル**の基本概念すら理解しちゃいない。

「すいません。私、プライベートで連絡先などを交換したらいけないと事務所に言われてまして」

そら見たことか！

イケメン青年実業家は連絡先を聞き出そうと粘っている。相対価値を示すチャートをチェックすると、彼女のバリューは上がり続け、一方、彼のバリューは下がり続けている。ふたりのバリューの格差は開くばかりだ。これは完全にゲームオーバー。

こいつら、まるで女の扱い方を理解しちゃいないな。

さっきまで、その場の雰囲気に圧倒されて、早く帰ろうとしていた自分を恥じた。

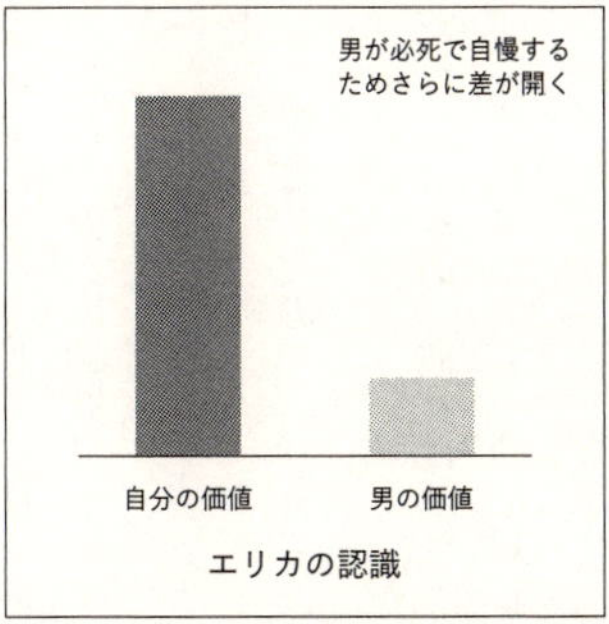

「どうだ、わたなべ。ここはいいところだろ？　Ｓクラス女のバーゲンセールだ」

永沢さんが僕のところに戻ってきてくれた。

本当にそうだった。

ここにいる男たちがみな、ぶくぶくと太った羊たちに見えた。僕たちは野生の狼だった。

「あの英里香《エリカ》ってモデル、さっきチラチラとお前のこと見てたぞ。話しかけてやれよ」

「ちょっと焦《じ》らしているところですよ」

永沢さんはふっと笑って、僕の肩を叩いた。

「さあ、わたなべのショータイムだ」

英里香の前のテーブルにある食べ物を取りに行くふりをしながら、僕は彼女に接近した。

「すごく人気者みたいだね」

どうして君なんかがそんなに人気があるのかわからない、君に興味があるわけじゃないけど、僕は君の人気の秘密に興味があるんだ、というニュアンスを込めた。こうして、彼女の自動迎撃システムのレーダーに捕らえられないように、僕は低空飛行で彼女の領空に侵入する。

「ええ、おかげさまで。ところであなたは、何のCEOさん？」

よし、オープン成功！　僕が完全に彼女への性的な興味を消して接近したので、うまく彼女の自動迎撃システムをくぐり抜けたぞ。

僕が他の参加者に比べて若く見えたのと、カジュアルな口調だったからか、彼女はリラックスしているようだ。僕のことを軽く見ているのかもしれない。いずれにしても、僕に対して、心を開いているのはいい兆候だ。

さっきまで、ビジネスでも関係するかもしれない男たちからの性的なアプローチを、失礼のないように撃退するのに神経を使っていたのだろう。彼女はちょっと気の抜けた表情を見せていた。

うん、こっちのほうがかわいいよ。

「僕が、何のCEOかって？　君に話しかける男はみんなCEOってわけかい？」

「そういうわけじゃないけど。ここに来てる人はみんな何かのCEOみたいだったから」

相対価値チャートをチェックすると、僕が性的関心を彼女に示していないこと、そして彼女の前でも、媚びることなく、堂々と振る舞っていることから、最初の状態から比べると僕のバリューが上昇している。

しかし、まだまだ彼女が認知している自己バリューと、僕のバリューの差は、かなり離れている。

さて、どうしたものか……。

「あら、わたなべ君じゃない」

振り返ると、真奈美がいた。永沢さんのガールフレンドで、彼女も有名モデルだ。

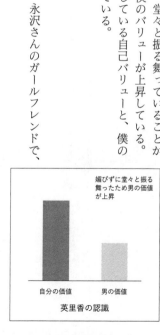

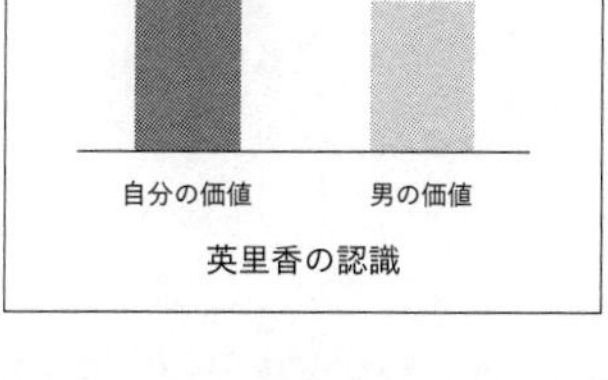

英里香の認識

「やあ、真奈美さん、久しぶり」

彼女は僕の耳元でささやいた。

「あんた、この娘とうまくやるつもり？」

僕は笑いながら彼女にささやいた。「ええ、言われなくても」

真奈美はニヤニヤと笑って、僕に肘鉄を食らわせると、永沢さんのところに戻って行った。

永沢さんからのスーパーアシストだ！


英里香の目の前で、僕は彼女以上の美女と余裕で戯《たわむ》れるところを見せつけた。彼女の目に映る僕の価値は一気にはね上がり、相対バリューはSクラスの英里香のそれと近接しはじめた。

ここで一気にたたみ込まなければ……。

僕はギアチェンジして、勝負に出ることにした。

「ああ、ごめんごめん。彼女はちょっとした友だちなんだ」

「ふーん」

「僕はCEOなんかじゃないよ。ところで、君は何してる

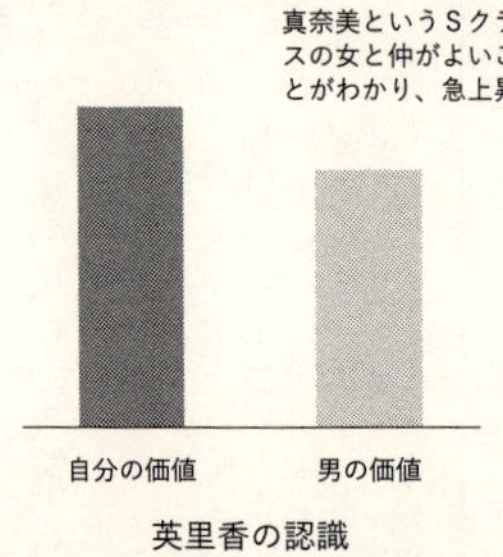
真奈美というSクラスの女と仲がよいことがわかり、急上昇
自分の価値
男の価値
英里香の認識

の？」

「えっ、私？　私はモデルよ」

僕は彼女の顔を見つめながら、ちょっと驚いたような表情を見せた。おいおい、君がモデル？　嘘だろ、みたいな顔だ。それから彼女の手に視線を移した。

「ああ、手のモデル。そういうのパーツモデルって言うんだっけ？　確かに、きれいな手だね」

「はぁ？　私は手のモデルなんかじゃないよ」

僕はもう一度、彼女の顔を覗き込んだ。

「えっ、じゃあ、何のモデル？」

「ファッションモデルよ」

英里香は、私のことを知らないの？　とでも言いたげだ。ちょっと不機嫌というか、動揺している様子が見て取れた。

「ああ、そうなんだ」

僕はちょっと大げさに驚いてみせた。えっ、その顔で？　と言わんばかりに。

僕のディスりは、相当に効いたようだ。相対価値チャート

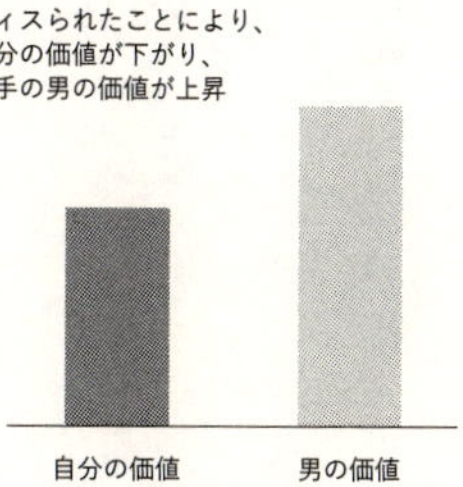

英里香の認識

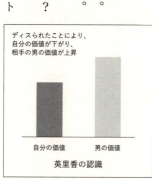

を見ると、僕の価値が彼女よりかなり上に来ていた。

「そうよ」

「じゃあ、真奈美と同じ職業なんだ」

「まあね。そういえば、真奈美さんにちゃんとあいさつしておかないと」

「真奈美へは僕が紹介するよ」

「ありがとう」

「ところでさ、真奈美と僕の友だちと3人で、この前話しててぜんぜん答えが出なかったことがあってね」

「えっ、何？」

「恋と愛の違いって何だと思う？」

パーティーなんかで見ず知らずの女と会話をはずませるためのルーティーンのひとつ**恋と愛の違い**を僕は使うことにした。酒が入った席でも、いきなり唐突にこんな恋愛話を持ちかけるのは野暮ってものだ。だから、この前ちょっと友だちと話していた、という前置きを付けることを忘れちゃいけない。

「ハハハ。あなたたちって、面白いこと考えてるのね」

「うん。僕が思うに、恋というのはひとりでできるけど、愛はひとりではできないってことじゃないかな。ほら『恋をする』とは言っても『愛をする』とは言わないでしょ」

「なるほど。でも、英語だと、“Fall in Love《フォーリンラブ》”って、恋はするものじゃなくて、落ちるものって言うわね。この場合のLoveって恋なのかな、愛なのかな？」

「その場合は、なんとなく恋っぽいよね」

「そうね、愛に落ちるって言わないわね」

「でも、愛人っていうと、なんか落ちる感じがするけど……」

「ハハハ。確かに。そういえば、人を付けると、恋は恋人だから、こっちだと愛より恋のほうがいい感じがするね」

「そうだね。ところで漢字の形に注目するとどう？　ちょっと、思い浮かべて見て。恋と愛の漢字」

「えーっと。あっ、恋は下に『心』が付いてるけど、愛は真ん中に『心』がある」

「よくそこに気がついたね。英里香って、頭いいんだね」

　さっきまで英里香のＳクラスのルックスをディスっていた僕は、今度は彼女の頭のよさをほめた。僕はモデルや女優と話すときは、ルックスをディスり、頭のよさだとかパーソナリティをほめる。高学歴のキャリアウーマンと話しているときは、頭をディスって、女らしい仕草や服、ときにルックスをほめる。恋愛工学を習得したプレイヤーは、常にその他大勢の男たちがやることの逆をやるのだ。

「ほめてくれてありがとう」英里香はとてもうれしそうな、誇らしげな顔をしている。「つまり、えっと、恋は下心で、愛は真ん中に心があるから、真心ってこと？」

「そう。漢字で言うとそのとおり。でも、英里香って、いろいろなことを考えられるんだね。見直したよ」

ここでさらにほめる。そして、こうしたほめ方には、別の強いメッセージが含まれている。僕には、単にルックスがいいだけの女なんて腐るほど寄ってきていて、その程度の女には用はない。しっかりとパーソナリティやものの考え方を知った上で、そうしたルックスがいい女の中でも、一番の女を選ぼうとしているということだ。こうしたスクリーニングのフレームを持つことにより、相手の女は、僕のことを女を選り好《え》みできる立場にある最上級の男だと錯覚しはじめる。

「ありがとう」

ほめられて喜んでいる英里香は、まるで飼い犬がご主人様からエサをもらうときのような表情になっていた。彼女は、もう、僕にほめられたくてしょうがないのだ。

「恋と愛の違いって、たとえばこういうことじゃないかな。恋人と連絡がつかなくなったとき、英里香は何を心配する？」

「そうね。やっぱり、浮気とかかなぁ」

「僕は、それが恋だと思うんだ。でも、愛っていうのは、そういうときに、事故なんかに遭ってないかって心配することじゃないかな」

「会えないときに、浮気を心配するのが恋で、命を心配するのが愛ってわけね」

「そうだね」

「なんだか、愛って深いものなのね」

「うん。いつかそんな愛する人が見つかるといいね」

「そうね」

「ところで、せっかくこんな眺めのいいところに来たんだから、あっちの窓際の席に行かない？」

「うん、いいよ」

僕は何の躊躇《ちゅうちょ》もなく英里香の手を引っ張り、パーティーの喧騒から離れたところにある、静かな窓際に移動した。

「乾杯」

僕たちは、シャンパンであらためて乾杯した。ふたりになれたことを祝福して。

それから僕たちは、恋と愛の違いの続き、占星術、お気に入りの恋愛映画、どんなことに胸がときめくか、はじめて会った人なのに昔から知っているような感じがするときのこと、はじめてのキスがどんな感じだったか、はじめて恋に夢中になったときのこと、について話し合った。

年齢、どこに住んでいるのか、仕事は何をしているのか……、そういったつまらないことは一切話さない。女を、まるで尋問のような質問攻めにして、車、家、年収でしか自分の価値を示せないような、その他大勢の非モテの男たちとは、僕は違う。

「英里香ってさぁ、ラーメンとか食べたことがなさそうな感じだよね」

「えー、そんなことないよ。ラーメンぐらい食べたことあるよ」

「本当？　なんか何にもわかっちゃいない金持ち連中としか遊んでなさそうだったからさ」

「ひどい！」

「じゃあ、ラブホとかは行ったことないでしょ？」

「うーん、それは行ったことないかな」

「やっぱりね。人生損してるね」

「それって、すごく楽しいところなの？」

「ああ、すごく楽しいところだよ」

「そうなんだ。じゃあ、今度、連れてってよ」

「いいけど……」

「いいけど、何？」

「連れてくのはいいけど、僕はそんなに簡単に寝るような安い男じゃないから、勘違いしないで」

ふつうの男女のセリフを入れ替えて冗談っぽく言う、**ロールリバーサル**のルーティーンだ。セックスなんかしない、と相手に偽りの安心感を与え、同時に性的な妄想も喚起させる。さらに、こうしてディスることによる効果も期待できる。

「そんなこと期待してないから」

「わかった。僕に手を出さないって約束するなら、連れてってあげるよ」

「本当？　うれしい」

「ところで、ここを抜け出さない？　英里香とふたりきりになりたいな」

★

小さな窓の隙間から差し込んできた太陽の光で目覚めると、僕のとなりで英里香がちょっとけだるそうにまどろんでいた。とても愛おしい。昨晩の感触がまだ僕の体に残っている。

僕たちは、また、セックスをはじめた。ふたりで体を求め合った。セックスは、**男が女から奪うものではなく、お互いに分かち合うもの**だ。

時計を見るともう11時だ。

すこしだけしか開かない渋谷のラブホの窓から外を覗くと、出かけないと損をするような、とてもいい天気だ。

「すごくお腹すいたね」

「うん。ぺコぺコ」

シャワーを浴びて、僕たちは急いで身支度した。

英里香は化粧をせず、昨夜のドレスもカバンに仕舞い、ラフなTシャツを着ていた。すっぴんで歩いていると、テレビによく出ているモデルでも、誰からも気づかれなかった。

僕たちは、渋谷駅の近くのカフェで、おそい朝ごはんを食べることにした。

英里香は新鮮なトマトとスモークサーモンをはさんだサンドイッチ、僕は熱々のチーズがとろけるツナサンドを頼んだ。コーヒーポットから入れたばかりのほろ苦い香りのコーヒーに、たっぷりとミルクを注いだ。

おいしそうにサンドイッチをほおばりながら、英里香は聞いた。

「ところで、わたなべ君って、仕事は何してるんだっけ？」

★

秋が終わりに近づき、夜になるとすこし肌寒い。夜の9時、僕はまだ事務所で仕事をしていた。

今日はガールフレンドと六本木のクラブに遊びに行く約束をしていたから、それまでに仕事をなるべくたくさん片付けておくことにしたのだ。

弁理士の仕事のいいところは、ほとんどの業務をひとりで進められることだ。ある程度の件数の出願や中間業務に関する書類を、一定以上のクオリティで作っていれば、早く帰っても、休暇を取っても、あまり文句を言われることはない。こういう日に仕事をたくさん片付けておけば、別の日には早く帰ってもいい。

今日は、中間業務の書類を作っていた。中間業務とは、出願した特許について、審査官からいろいろとイチャモンがつくのだが、それに対して一つひとつ反論したり、発明内容の範囲を修正したりして、特許を認めさせる業務のことだ。

「頼まれた校正作業が終わりました。いくつか簡単な誤字脱字を見つけただけです」

アシスタントの美奈が、僕の作った書類の校正をやってくれた。弁理士はひとりでほとんどの業務を完結するのだが、自分が書いた文章の誤字脱字はなかなか自分では見つけられない。

「ありがとう。もう遅いから帰りなよ」

「私は夕方に来たばかりだし、もっと残っています」

あの引っ越し事件のときは、僕は彼女にぞっこんだったが、正直、いまは美奈なんかどうでもいい。ガールフレンドと週に1回か2回会って、朝から夕方まで毎日仕事をしていると、それほど時間は余らない。1日は24時間、1週間は7日しかないのだ。神は、一握りのモテ男たちとその他大勢の非モテ男たちの間に不平等なセックスの分配を許したが、時間だけは平等に与えたようだ。

いまや、残り少ない僕の時間を巡って、常に複数のセフレが競争している状態だった。そこに新規の女が加わるのだから、美奈みたいなその辺の女子大生の相手をしている暇はない。彼女の顔はかわいかったし、細身のスタイルも悪くなかったが、そんなことはどうでもよかった。僕は仕事で関係している女には手を出さないというルールを作っていた。ときには例外もあるルールだが。

「それじゃあ、僕は今日はこれから予定があるから、先に帰るよ」

「はい、おつかれさまです。ところで、わたなべさん」

「なに？」

「この間、わたなべさん、カフェで、すっごくきれいな女性《ひと》といましたよね？」

「麻布十番《あざぶじゅうばん》のカフェ？」

「そうです、そうです」

「ああ、美奈も同じ時間に麻布十番にいたんだ」

「ひょっとして、わたなべさんの彼女ですか？」

「まあね」

「ふーん」

「ごめん、もう行かないと。それじゃあ、またね」

「はい、また明日」

僕たちは麻布十番のカフェでよく待ち合わせていた。

英里香はすごくきれいな女というだけではなかった。彼女は僕の5倍ぐらいは稼いでいた。

自宅で手料理をよく作ってくれた。外食は僕のおごりだったが、彼女が料理を作るときは、彼女が自分で材料費を払ってくれた。

ＣＭスポンサーからどっさりと送られてくる試供品をいつも僕にくれた。美容系の広告に出ることが多かった英里香は、きれいになるという健康飲料やら美容食品、化粧品やシャンプーなどが家にたくさん送られてきた。おかげで僕は、毎日の飲み物や朝ごはん、バス用品などはまったく買わなくてもよくなった。

トータルで見たら、僕のほうがむしろおごってもらっていた。

彼女は気立てがよく、金もかからない女だったのだ。

★

僕は自宅に一度戻り、派手なシャツに着替えて、髪もワックスでセットし直した。それからタクシーで彼女の西麻布のマンションに向かった。

彼女が玄関の前で待っている。スラッとしていて、遠目から見ても、極上の女だということがわかる。彼女は、ドレスアップするとあまりにもゴージャスになり、街中では注目を集めすぎてしまう。だから、プライベートな時間は、スッピンで、ペタンコの靴を履いていた。

それでもセンスのいいロングコートを抜群のスタイルで着こなす姿は、飛び抜けて美しかった。

「運転手さん、あそこのマンションの前に立ってる女の人をピックアップするんで、止まってもらえますか」

「ああ、わかりました。すごい美女ですね。モデルさんか何かですか？」

「ええ、まあ」

彼女がタクシーに乗り込んできた。

「今日は、撮影が終わったし、パーッとはじけたいわ」

「おつかれさま」

「会いたかったわ」

「僕も、会いたかったよ」

彼女の腰に手を回して、軽くキスをした。

僕たちは、六本木の流行りのクラブに到着した。エントランスには、長蛇の列ができている。修業時代に、この列に並びながら僕は何人かの女をナンパしてものにしたことを思い出した。しかし、今夜はもう列に並ぶ必要はなかった。

クラブの黒服が僕たちに気づいて、近づいてきた。

「お待ちしておりました」

いかつい黒服の男が別の小さな入り口に案内してくれた。エレベータでVIPルームに向かう。VIPルームは、小さなカラオケボックスぐらいの大きさで、僕たちだけの部屋だった。高価なシャンパンが無料で振る舞われた。極端に照明が落としてあり、手元のシャンパングラスがかろうじて見える。こうしたクラブは、セレブが来店すると箔がつくため、芸能人にはこれでもかというほど特別サービスをするのだ。

僕たちはシャンパンで乾杯する。

「ああ、おいしい」

「おいしいね」

VIPルームのマジックミラーから、ダンスフロアで踊っている下界の人たちを見ることができた。彼らからは僕たちは見えない。僕は彼女の身体をまさぐる。

「あーん」

「ちょっと踊りに行こうか？」

僕はキスをしてから言った。

ダンスフロアに降り立つと、英里香に気がついた一般客が騒ぎはじめた。僕たちは、そんなことはかまわず踊り続ける。

　僕は、みんなに見せつけるように、ダンスフロアで英里香にキスをした。僕は彼女の腰に手を回して、ダンスミュージックに身を委ねる。

「楽しいね！」

「うん、楽しい！」

　しばらく踊ったあと、僕たちはバーカウンターでギムレットを飲んだ。ジンとライム、すこしのシロップで作るこのカクテルが、彼女のお気に入りだ。

　ふたり組の女が英里香に話しかけてきた。

「英里香さんですか？」

「そうよ」

「うれしい！　握手してください」

「いいわよ」

　サービス精神旺盛の彼女は、しっかりとファンに応えている。

　彼女がファンと話している間、僕はトイレに行きたくなった。「ちょっとトイレに行ってくる。ＶＩＰルームで待っててよ」

トイレで用を足し、髪型を整えて、VIPルームのほうに戻ろうとすると、ひとりの女が話しかけてきた。

「ここ、よく来るんですか？」

チンケなオープナーだ。

「ああ、たまにね」

ダンスミュージックが鳴り響く店内で、彼女は僕の耳元に顔を近づけてきた。

「私は2回目です」

ついでに身体も押しつけてきた。

「気安く僕のケツを触らないでくれるかい？」

「ハハハ、すいません」

「悪いけど、僕はもう行かないといけないんだ」

男女のロールリバーサル、タイムコンストレイントメソッド……、女にモテすぎていて忙しい男の振る舞いを模造《イミテート》するこれらの恋愛工学のテクノロジーは、もはやテクノロジーでも何でもなかった。僕は、本当にその辺の女が下心を持ちながら身体を触ってくることを不愉快に感じていたし、本当にすぐに立ち去りたかったのだ。そして、皮肉なことに、それは完璧な恋愛工学のテクノロジーとして機能するのだった。

英里香みたいなスーパーSクラスの女を連れてクラブに来ると、他の女はその気になれば入れ食いである。僕を大物プロデューサーかなんかと勘違いする女もいれば、単にいい女を連れているということで本能的に性衝動が湧き上がる女もいた。

英里香とつきあうようになってから、僕はすっかりセレブの仲間になっていた。

六本木のクラブは、どぶ板営業みたいに必死になって女たちに声をかけ、媚びへつらい、あわよくばセックスさせてもらう、という場所ではなくなった。

寄ってくる女たちをあしらわなければいけないのは、僕なのだ。

ナンパとは、所詮は人生の敗者たちがやる行為だ。同じ人生の敗者なら、女とセックスできる敗者のほうが、セックスできない敗者よりははるかにいい人生を送れるというだけの話だ。

本当にモテる男は、ナンパなんかしない。

女が飛びついてくる。

僕がＶＩＰルームに戻ると、英里香はシャンパンを飲んでひとりで待っていた。

「ねえ、もっと飲もうよ」

彼女はシャンパンを口に含むと、それを口移しで僕に飲ませてきた。

僕たちは、そのまま舌をからませ合った。パンティの中に手を入れると、すでにグショグショに濡れていた。そのまま彼女のパンティをずりおろし、手で愛撫し続けた。

「あ、あーん」

僕は彼女をマジックミラーのとなりにあるソファーに押し倒した。ズボンを脱いで、すぐに挿入すると、彼女はその長い脚を僕にからめてきた。

「あん、感じる。なんか、みんなに見られてるみたいで、興奮するね」

ダンスフロアで踊っている人たちを見下ろしながら、僕はフィニッシュした。

★

「ねえ、どうして最近、電話くれないの？」

しばらく放っておいた玲子からだ。

「ごめん、ちゃんと電話するよ」

「そんなことだったら、私はわたなべ君のこと嫌いになるよ」

男は好きだと嘘をつくが、女は嫌いと嘘をつく。

「最近、仕事が忙しいんだ」

僕の仕事内容をほとんど把握している玲子に対して、すぐにバレる嘘をついた。相手の女に興味があって、なんとかものにしたいと思っていれば、僕の脳はフル稼働するのだが、どうでもいいと思っている相手に対しては驚くほど鈍くなる。

「やっぱり新しい女ができたのね」

僕は嘘をつくのにも疲れてきた。

「そうだね。もう、終わりにしよう」

「わたなべ君、ひどい」

「ごめん……」

電話を切った。

僕を独占しようとするタイプの女とはつきあえない、と思った。

★

季節は秋から冬に変わり、日が暮れるのがとても早くなってきた。僕は久しぶりにひとりで夕食をとってから、オフィスに戻った。最近、出社時間が遅くなっていた僕は、その分、夜遅くまで仕事をしていた。事務所に残っているのは美奈だけだった。

彼女が僕のデスクまで来て言った。

「チェック終わりました」

僕のとなりから離れようとしない。瞬間的に、それが**パッシブ脈ありサイン**であることを理解する。

パッシブ脈ありサインとは、友だちがどこかに行こうとしても女はその場にとどまる、あいさつに来てその場で何もせずにいる、何かのはずみでふたりの身体の距離がすごく近くなっても離れない、手を触っても手を動かさない、というような何かをしないことによって発せられる受動的な脈ありサインのことだ。

刑事コロンボは、誰が何をしたかより、誰があるときに何をしなかったか、に注目してときに犯人を暴《あば》き出す。恋愛も、女が何をしたのか、だけではなく何をしなかったのか、に注目しないといけない。

僕は美奈からのサインを、無視するべきかどうか考えていた。というのも、もう仕事関係の女には手を出さないというルールを作っていたからだ。しかし、彼女のセクシーな唇を見て、このルールを破るべきときだと確信した。僕は彼女の左目を見つめ、右目を見つめ、身体をチラッと見てから、口元を見つめ、そしてまた左目を見つめた。

女は男にいやらしい視線を向けられたくないと同時に、自分の身体を見てほしいという、相矛盾した感情を持っている。

気がつくと、僕は美奈とキスしていた。

やはり、どんなルールにも例外があるようだ。そして、ルールは破られるためにある。

彼女が舌をからめてくる。

「はぁ、わ、わたなべさん……」

パンティの中に手を入れながら、僕は彼女の耳元でささやく。

「トイレでする？」

「うん」

トイレの鍵をかけ、僕は美奈のスカートをたくし上げて、パンティだけずり下ろした。そして、壁に押し付けながら、後ろから挿入した。

美奈が必死に声を押し殺している。

僕は、彼女の中で射精した。

「こんなところで、しちゃったね」

僕は彼女をこっちに向かせて、もう一度抱きしめた。

「まだ、恭平とつきあってるんだろ？」

「あいつ、いいやつだから大切にしなよ」

「う、うん」

★

それは11月の第4金曜日の夕方だった。

僕は青木所長に呼び出された。

「こちらは大空電機の顧問弁護士の木下さんだ」

弁理士じゃなくて、弁護士？

「じつは、弊社の長谷川が、あなたから深刻なセクハラ被害を受けたというので、調査しておりました。その結果、やはりそのような不適切なことがあったと判断せざるをえませんでした」

いったい何が起こっているんだ？

僕はジワッと嫌な汗をかきながら、状況を飲み込もうとしていた。

僕が直立不動で立っていると、青木さんは言った。

「渡辺、辞めてくれないか？」

第6章　星降る夜に

雑木林の中を走る伊豆急行の車内から、たびたび覗く海を眺めていた。青いというよりも濃紺に煮詰められたような海だ。車両には老夫婦が何組か乗っているだけだった。昨日は、熱海の安い温泉宿で一泊した。今日は下田に寄って、そのあとバスに乗って西伊豆のほうに行く予定だった。僕は黒のレザージャケットを着て、古びたジーンズを穿《は》き、小さな旅行カバンを持っていた。

僕は28歳で、すべてを失っていた。

人生の歯車が狂いはじめてからのことを、ひとつずつ思い出す。

青木国際特許事務所をクビになってから、一度だけ、英里香とデートした。

まだ、自分の状況がよく飲み込めていなかったころだ。

僕は約束の時間にすこし遅れて、目黒にあるビストロに到着した。

失業者になってみると、英里香の華美な美しさは、僕の心には棘々《とげとげ》しかった。

もともと英里香は僕より稼いでいて、おごってもらうことも多かった。だから、金がかかるというわけではなかった。しかし、これからのことを思うと、こうしたちょっとしたディナーも負担に思えてきた。英里香との会話も、料理もまったく楽しめなかった。失業したことを打ち明けるタイミングを窺《うかが》っていたからだ。

「最近、何かあった？　元気ないよ」

「いや、なんでもないんだ」

僕はもう話したくない、というような口調で言った。

「ちょっと体調が悪いみたいなんだ。明日は朝から重要なミーティングがあるから、今日はこれで帰るよ」

英里香は僕の恋人だ。だったら、僕の状況を正直に打ち明けて、いっしょにがんばっていくべきじゃないのか？　それが恋人同士というものだろう。しかし、考えれば考えるほど、彼女はそんな僕を支えてくれるようなタイプには思えなかった。僕はこんな状況で、何もかもを話そうという気が起きない彼女に対して、想いが冷めたような気がした。あるいは、そう思い込むことによって、傷つくことを避けたかったのかもしれない。

いずれにしても、僕は自分から別れることにした。

六本木の自宅に帰って、シャワーを浴びたあと、僕は一言だけ彼女にメッセージを送った。

「もう別れよう。英里香には僕なんかよりもっと相応しい人がいるよ。」

僕を乗せた電車は伊豆高原駅に到着した。

熱海から乗っていた一組の老夫婦が下車して、欧米人の夫婦と、学生っぽい男女の4人グループが乗ってきた。

電車が走り出すと、また雑木林の中に入っていった。いくつかのトンネルをくぐり抜け、雑木林が途切れ、眺望が開けた。電車の窓から、海沿いにできた小さな町と青い海が見えた。その日はよく晴れていて、海の向こうの大島がはっきりと見えた。電車は、また雑木林に入り、トンネルに入り、また雑木林の中を走っていった。

大空電機の長谷川玲子は、社内の重要なポストに就く男とじつは婚約していた。二股をかけていたわけだ。婚約者に僕との関係がバレてしまい、彼はカンカンに怒った。それを鎮めるために、これは僕からの強引なセクハラだった、と言わざるをえなかったそうだ。

救いようのないひどい話だった。

弁理士資格を持っているから再就職は簡単だと思ったが、甘かった。どうやら、僕が大空電機の知財担当者にセクハラ事件を起こしたという噂が、業界に出回っているらしい。狭い業界だ。こんなに弁理士がたくさんいるのに、わざわざ大手メーカーとトラブルを起こした弁理士を雇う理由はない。いくつかの特許事務所に履歴書を送ったが、面接にたどり着けたのはわずかだった。

そして、それらの面接にも落とされてしまった。

恋愛工学もワークしなくなった。

面接に落とされてしまったあと、気を持ち直して、六本木のカフェでひとりでノートPCを開き、再び履歴書を送る特許事務所をリストアップしていた。

しばらくすると、ひとつ席を空けた僕のとなりに20代前半ぐらいの黒髪の女が座った。彼女は手帳を開いてスケジュールを確認していた。僕はその日、失業してからはじめてナンパをすることにした。英里香みたいな派手な女と別れて、今度は、失業者の身の丈にあった、都合のいい女を確保したかった。

僕には恋愛工学がある……。

「すいません。トイレに行きたいんですけど、ちょっとパソコン見てててもらっていいですか?」

彼女は少し困った顔をして、返事をしなかった。

僕はかまわず、トイレに行くために席を外した。

次はどうやって話しかけようかと考えながら席に戻ると、すでに彼女はいなかった。僕のノートPCを放置して、帰ってしまっていたのだ。

僕はカジノで負けを取り戻そうとするギャンブラーのように、昼間の失敗を返上しようと、その晩は六本木のクラブにひとりで行った。しかし、まったく成果がなかった。会話のオープンさえ、ことごとく失敗してしまった。

その後も何度かストリートでナンパしてみたが、やはりうまくいかなかった。

海岸線にはテトラポッドが敷き詰められていた。波が寄せてはテトラポッドに砕かれる。たまに釣り人を見つけることができたが、やはり冬の海は寂しげだ。

電車は河津《かわづ》温泉の駅で何人かの乗客を降ろした。そして、走り出すと、また雑木林の中に入っていき、海は見えなくなった。

僕は携帯電話をチェックした。

誰かから連絡が入っていないか確かめるためだ。

［僕は事務所を辞めさせられちゃって、いま大変だよ。連絡ください。］

ずっと前に、水野友美に送ったメッセージには、返信がないままだった。

［勇太、元気か？　最近、何してる？］

後輩だった勇太からも、返事が来ていない。

僕は人生の師である永沢さんにももちろん何度も電話した。しかし、その電話番号は、どういうわけかつながらなかった。LINEにメッセージを送っても反応はない。

1年ちょっと前までは、僕はただの非モテだった。

しかし、仕事はあり、他愛もないことを話す同僚はいた……。

高校からの友人の啓太だけは、まだ、つながっていた。今年届いた彼からの年賀状には、幼い娘と奥さんと3人で撮った写真が載っていた。とても幸せそうだった。僕はあれだけたくさんの女を抱いたのに、いま僕が風邪を引いたとして、看病しに来てくれるような人は誰もいないのだ。

僕は、昔読んだ、『アルジャーノンに花束を』という小説のことをどういうわけか思い出していた。

知的障害のチャーリイは周りからひどい扱いを受けていたが、自分がみんなから馬鹿にされていることさえ気づかず、慕われていると思い込んでいた。自分の親にも捨てられていたのに、そんな親のことを無邪気に好きだった。僕が非モテだったとき、周りの女の子たちからひどい扱いを受けていた。自分の恋人からもひどいことをされていたのに、僕はそうしたことに気づいていなかった。気がつかないふりをしていたと言ったほうがいいかもしれない。

そして、チャーリイが、科学者たちの実験台にされ、知能を劇的に改善する手術を受けてからすべてが変わったように、僕も永沢さんから恋愛工学という魔法のテクノロジーを教えられすべてが変わった。

驚異的な知能を手に入れたチャーリイが多くの分野で業績を打ち立てたように、僕は東京中の女をものにしていった。ところがその手術は不完全なものだった。チャーリイはその副作用に苦しむことになり、最後には手術前よりはるかに悪い状態になってしまう。アルジャーノンは、手術を先に受けていた実験用のネズミの名前だ。『アルジャーノンに花束を』は、そのロマンチックなタイトルの響きからは想像もできない暗い物語だった。

仕事も失い、自信を失《な》くしてしまった僕は、また非モテに戻った。

そして、他愛もないことを話す同僚さえもいなくなってしまったのだ。

まるでチャーリイみたいだ。

★

電車は伊豆急行の終点の下田駅に到着した。

平日の下田は、観光客も疎《まば》らだった。江戸時代末期、アメリカのペリー提督率いる黒船の艦隊が日本に来航した。そして、水深が十分にあった下田の入江は、外国船が入ることができる最初の開港場に指定されたのだ。当時、最も国際的だった下田は、いまでは寂れた観光地になっていた。僕は駅のすぐ近くにあるロープウェイに乗り寝姿山自然公園に上った。展望台から下田港を見下ろした。伊豆七島が見渡せる絶景だったが、ひとりで見ていても虚《むな》しいだけだった。

それから駅の近くの食堂に入り、キンメの煮付け定食を食べた。午後は西伊豆の堂ヶ島に行く予定だ。平日のホテルはとても安く、一番安いシングルルームをインターネットで予約しておいた。

駅のバス停に着くと、出発まで20分もあったが、すでにバスは停まっていた。

乗車口で整理券を取り、一番後ろの席に座る。

しばらくすると、高齢の夫婦が入ってきて、前のほうの席に座った。次は、4人組の観光客が乗ってきた。彼らが話している言葉から、中国人のグループだとわかった。それから、スキニージーンズに上品なキャメルのハーフコートを合わせた、若い女の子がひとりバスに乗ってきた。彼女は、僕の右斜め前のほうの椅子にひとりで座って、膝の上にカバンを置いた。

バスが走り出すと、彼女はカバンの中からスマートフォンを取り出して何かを読みはじめた。老夫婦は景色を見るでもなく、会話するでもなく、ただ静かに座っていた。中国人の4人組は日本のお菓子を食べながら、それらについて議論しているようだった。

僕は後ろの席から、乗客たちを観察したり、外の景色を眺めたりした。下田の市街地を抜けると、建物は疎らになった。バスが峠を上って行くと、眺望が開けた。山と山の間に田畑が広がり、瓦の屋根の家がところどころに建っている。どこかジブリ映画に出てきそうな、古い日本の農村のような光景だ。

ゴトン、と音がして何やら中国人のグループが騒いでいる。

ジュースを落としてしまったようだ。オレンジ色の液体が、僕の斜め前に座っていた女の子の席まで流れてきた。

中国人の観光客は、たどたどしい日本語で「ゴメンナサイ」と謝っている。

女の子は「大丈夫です」と言った。

それから彼女は席を立って、僕に少し目配せしたあとに、僕と同じ一番後ろの席の端っこに座った。僕との間に3人分の席が空いている。彼女はそこにカバンを置いた。

彼女の横顔を僕はチラッと見た。どこかで会ったことがあるかもしれない、と思った。それは決して有り得ない話ではない。僕はこの1年ちょっとの間に軽く1000人を超える女に話しかけていたのだ。

もう一度、彼女の顔を見た。二重のきれいな目をしていた。白い肌で、ちょうどよい高さの鼻に、瑞々《みずみず》しいピンク色の唇をしていた。そして、僕がまだ非モテだったときに、人知れず恋心を抱いていたひとりの女の子にとてもよく似ていることに気がついた。

なんとか話しかけなくては……。

ここで話しかけて、気まずい雰囲気になるのも悪くない。いっそ吹っ切れるというものだ。

もう僕には失うものなど何もなかった。

彼女と一瞬だけ目が合ったとき、僕は勇気を出して話しかけた。

「最近は、日本の観光地は、中国の人が多いですよね」

「あ、はい……。そうですね」

急に話しかけられてすこし驚いたようだったが、僕を見て笑顔を見せてくれた。

とりあえずバスの中で会話のオープンに成功した。

僕の恋愛工学はまだ完全には死んだわけではないようだ。

「ひょっとして、以前どこかでお会いしたことありますか？」

まるでルーティーンみたいなセリフだが、本当にそう思ったのだ。

「いいえ」と彼女ははっきりとこたえた。「人違いだと思いますよ」

「ああ、すいません」と僕は謝る。「昔、片思いだった人にとてもよく似ていたものですから」

　僕は失業中で、貯金ももうすぐ底を突きそうだった。さらに、最近、誰ともセックスをしていない。恋愛工学の理論によれば、僕からは負のオーラが出ているはずだ。女はそういう落ち目の男の雰囲気に敏感だ。

　彼女は、僕に話しかけられたことなど気にせず、スマートフォンで外の景色の写真を撮っていた。

　一度深く息を吸い込み、僕はまた根拠のない自信を振り絞る。

　この1年の間に学んだ恋愛工学のテクノロジーを一つひとつ思い出す。

「それは、新しいiPhoneですか？」

「あ、はい」と彼女はすこし戸惑いながらこたえた。

「いいな。僕も買い換えようか考えてて。最新のiPhoneはどんな感じ？」

「そうですね。写真がすごくきれいに撮れますね」

「へえ」と僕は感心した素振りを見せた。「じゃあ、せっかくだから1枚撮ってあげるよ」

「え〜、いいですよ」と彼女は遠慮しているが、すこし笑っている。

僕は笑顔を見逃さずに、「ちょっと貸して」と手を差し出す。

「じゃあ、きれいに撮ってくださいね」と彼女はしぶしぶ僕にｉＰｈｏｎｅを渡した。

パシャパシャと何枚か撮った。

彼女はすこし恥ずかしそうに笑う。

「笑顔がすごくかわいい」

こうやって女の子の写真を撮るのは、過去に写真オープナーで数えきれないほどやった。

また何枚か写真を撮ってから、ｉＰｈｏｎｅを彼女に返した。

「きれいに撮れてる？」

彼女は、白く美しい指で画面をスワイプさせながら、写真を1枚ずつチェックしている。

「きれいに撮れてます」

僕のほうを見てニコッと笑った。

「ところで、今日はどこまで行くの？」

「修善寺《しゅぜんじ》まで。実家に帰るところです」

「修善寺はいいところ？」

「ええ。お寺がひとつある、小さな温泉街ですけどね。川のほとりに竹林があって、とてもきれいなところですよ」

「へえ、行ってみたいな」

「今日はどこまで行くんですか？」

「僕は堂ヶ島まで行って、ちょっと西伊豆を観光するつもり」

「堂ヶ島はいいところですよ。最後に行ったのは、もうずいぶんと昔ですけど」

「伊豆には詳しいの？」

「おばあちゃんが下田に住んでて、実家が修善寺だから」

「じゃあ、下田では、おばあちゃんの家に行ってたの？」

「はい、いっしょにお昼ごはんを食べてきました。ちょっと休日を利用して帰省するところなんですけど、下田の親戚の家にも寄ることにして」

「へえ。だから、下田回りで修善寺に行くんだ。修善寺だと三島から行ったほうが近いですよね」

「そうですね」と彼女はこたえた。「でも、地元の観光地って意外と自分では行かないものですよね」

「確かに」と僕はうなずいた。「僕も地元の観光地より、東京の観光地のほうがくわしくなったよ。僕も静岡出身なんだけど、実家は浜松のほうだから」

「浜松なんだ」

「そうだよ」

「私、浜松のほうはぜんぜん行ったことがないなあ」

「僕も、伊豆は熱海ぐらいしか来たことがなかったから、今回ちょっと旅行してみようと思ったんだ」

「東京の人は、同じ静岡で近いと思ってるけどすごく遠いですよね」

「そうだね」

「下田はどこに行ったんですか？」

「寝姿山自然公園に上って、それから駅の近くの食堂でキンメの煮付けを食べたよ」

「寝姿山自然公園は、小さいときに、おばあちゃんによく連れて行ってもらいました。下田港がすごくきれいですよね」

「うん。とてもきれいだった」

そこで会話が途切れてしまい、僕たちは再び自分の時間に戻った。

彼女はスマートフォンでネットサーフィンをはじめた。

僕は外の景色を眺めていた。

「東京で仕事してるの？」僕はまた話しかけた。

「あっ、はい」と彼女はこたえた。「まだ、働きはじめたばかりですけど」

「新入社員？」

「はい」

「だったら、まだ1年経《た》ってないんだね」

「そうですね」

「けっこう大変じゃない？」

「大変ですよ」と彼女は力を込めて言った。「学生のときとは大違い。毎日、こき使われてます」

「大変だよね。僕も働きはじめて最初の1、2年は大変だったよ。学生はしょせんはお客さんだからね。自分がサービスを提供する側になると、ぜんぜん違うんだよね。でも、そうやってがんばってると、仕事もどんどん面白くなってくるよ」

「そうだといいんですけど……」

「仕事は何してるの？」僕は聞いた。

「ハンドバッグが有名なブランドに就職しました。いまは販売員をやってます」

「だからそんなオシャレなバッグを持ってるんだね。それも自分の会社のでしょ？」

「そうです。わかりました？」

「うん」と僕はうなずいた。彼女はうれしそうにしている。「販売員だと、平日が休みになるんだ？」

「そうですね」

「平日休みだと、観光地を旅行したり、美術館に行ったりするのもいいよね。ディズニーランドも空いてるし」

「でも、学生時代の友だちと休みが合わなくなってしまって、ぜんぜん会えないんです」

「そうだね。僕も最近、友だちに会ってないな」

「東京で仕事をしているんですか？」

困る質問だった。失業していることを隠して、嘘をつこうかと思った。でも、よく考えて、正直に言うことにした。

「うん」と僕は言った。「ずっと東京で仕事をしていたよ。最近、仕事を辞めて、こうやって休暇を楽しんでいるところなんだけどね」

「どんな仕事をしていたの？」

「特許に関する仕事だよ。特許ってわかる？」

「聞いたことはあります」

仕事をしていないことを伝えてもそれほど深刻に受け取られていないようで、僕はすこしホッとした。

「たとえば、いま君が飲んでるそのお茶。きれいに透き通っていて、ふつうのお茶と違って、すこしも濁ってないでしょ」

「ああ、確かにそうね」

「お茶のおいしさや香りの成分はそのままで、澱《おり》や沈殿物だけを濾過する方法をそのメーカーはいろいろ研究して発明したんだよ。でも、その技術を他のメーカーが真似したら、真似されたほうは困るよね。たくさんお金をかけて開発したのに」

「そうですね」

「だから、そうした最初に発明した人の権利を法律で守らないといけないんだ。それが特許。そのお茶ひとつでも、旨味成分の抽出法や雑味の取り除き方、ペットボトルの形状やフタに至るまで、たくさんの特許が関わっているんだよ」

「へえ」と彼女はとても感心していた。「ところで、どうして仕事を辞めたんですか?」

「この1年の間に、本当にいろんなことが起きた。あまりにもいろんなことがありすぎて、僕にはすこし休息が必要だったんだと思う」

「どんなことがあったんですか?」と彼女は聞いた。

「ある人に出会って、人生がすっかり変わってしまった」

「どんな人?」

「何でも知っている人だよ。僕たちはよく飲みに行ったり、遊びに行ったりするようになった。僕の知らない世界をたくさん見せてくれた。そして、僕の人生はすっかり変わったんだ」

「どんなふうに変わったの？」

「そうだなあ」と僕は考え込む。「たとえば、どうやって女性《ひと》を愛すればいいのかを知ったことかな」

「何それ？」彼女はおかしそうにしている。「ちょっと、何があったの？」

「まず、僕が何を学んだか、から話そう。それは一言でいうと、自分自身と戦わないといけないということだよ」

「自分自身と？」

「そう。この1年間、僕はいろいろなことにチャレンジしないといけなかった。そのたびに、打ちのめされた。それでも、僕は挑戦し続けることができた。それは、さっき言った人のおかげなんだけど」

「ふーん」

「それで、僕はわかったんだ。いままで僕を打ちのめしてくれた人たちや出来事は、大切な人生の教科書だったんだ。神様が、次はどうすればいいか、教えてくれていたんだよ。でも、彼と出会うまでの僕は、恥をかかないように、できない理由をたくさん並べて、挑戦しなかった。そうやってチャンスを逃すたびに、ひとり損をするのは僕自身なのに。自分の人生をよくするために、僕は戦わないといけなかったんだよ。僕をずっと成功から遠ざけてきた、間違った考え方や悪い習慣とね」

「それで、何があったの？」

「聞きたい？」

「そこまで言われたら、聞きたいわよ」

「別に、僕は世界的なベンチャー企業を起こしたわけでもなければ、政治家を買収する工作をしていたわけでもないし、この話には麻薬も銃もテロリストも出てこないよ。ただ、僕は東京で平凡な仕事をしていて、何人かのふつうの女の子に出会って……」

「出会って？」

「出会って、恋をしたんだ」

「それで？」

「この話はちょっと込み入っているし、まだ、よく知らない人に話すわけにはいかないから、またあとでね」

「ぜんぜん、わからない」と言って彼女は笑った。

「ハハハ」と僕も笑った。

この1年ちょっとの間、僕がどんなことをしていたかなんて、いくらなんでも話すわけにはいかない。

雲見《くもみ》温泉の近くに来ると、さっきまでの田園風景とは打って変わって、バスは海岸沿いを走りはじめた。

「西伊豆の海だね」と僕は外を眺めながら言った。

「今日は晴れていて、遠くまでよく見えるね」

「ところで、名前を聞いていい？」

「うん」と彼女はうなずく。「直子です」

「直子さん？」

「はい」

「改めて、はじめまして。僕は、渡辺正樹」

しばらくすると、バスは堂ヶ島に到着した。

時計を見ると午後2時だった。

ひとまずここが終点だ。バス停は大きな駐車場にあって、バスのターミナルになっていた。

僕たちはバスから降りた。

「私、ここで乗り換えなきゃ」

「あっ、うん」と僕はこたえた。

「さようなら」

彼女はそう言うと、修善寺行きのバスのほうに歩いて行ってしまった。

僕はひとり取り残された。

どれだけ経験を積もうと、知らない女の子に声をかけたり、知り合ったばかりの女の子との関係を次に進めるアクションを起こすときはいつも怖かった。何度やっても、何度成功しても、こうした恐れそのものは消えない。怖い気持ちをなんとかごまかしながら、やるべきことをやる方法を学ぶだけだ。

そして、いまが勇気を出さないといけないときだった。

僕は、バス停で待っている彼女の元に駆けて行った。

「どうしたの？」

彼女はすこし驚いたような表情で僕に言った。

「ここでちゃんと言わないと、ずっと後悔すると思って……。さっき、君と話していて、とても楽しかった。つまり、その、僕たちって、気が合うかもしれない、と思ったんだ」

「ありがとう」と直子は言った。「私も、わたなべ君と話してて楽しかったよ」

「本当？ よかった！ じゃあ、いっしょに堂ヶ島のボートに乗らない？」

「え、でも、わたし、今日は夕飯までに帰らないといけないの」

「まだ、午後2時だよ。ボートのツアーは20分ぐらいだから、バスが一本遅れるぐらいだよ」

「え〜、どうしようかなあ」

「ねえ、知ってる？ これは、さっき話した、僕の人生を変えた人から聞いた話なんだけどね」

「なに？」

「天国には、成功の国っていうところがあるんだって」

「それで？」

「そこの国の交通規則では、信号の読み方がちょっと違ってる」

「へえ、どんなふうに？」

「青は進め。黄色は、注意して進め」

「黄色は進むんだ……」

「そう。それで赤はね」

「なに？」

「アクセル全開で、目をつぶって、突っ込め！」

「ハハハ」と彼女は笑った。

「迷ったら、進んだほうがいいんだよ」

「その成功の国のことは、よく知らないけど、じゃあ、ちょっとだけね」


堂ヶ島の港には船着場があり、そこには2隻の遊覧船が停泊していた。

山に囲まれた港は、どこか要塞を思わせた。

独特な形をした大きな岩や小さな島が青い海のところどころに浮かんでいた。

「すごくきれいね」と直子が言う。

「うん、とてもきれいだね」と僕も言う。

僕たちは船着場の近くの売店で、洞窟巡りクルーズのチケットを買った。15分ごとに船が出るという。

「あそこから船に乗るみたいだね」僕は船着場を指差した。

「うん。行ってみよう」

桟橋を渡って、ボートの前に着いた。10人ぐらいがやっと乗れる小さな白いボートに、僕たちは乗り込んだ。ライフジャケットを着て、しばらくするとボートは出発した。

ガイドが何やら堂ヶ島の歴史を説明している。僕たちはそれを聞き流しながら、海底火山の活動と長い年月の海蝕《かいしょく》によってできたという複雑な海岸線や洞窟を見ていた。波に削られた島々の壁面には、くっきりと地層の縞模様が浮き上がっていた。ところどころにうねったところや、何か別の塊が入り込んだところがあり、海底火山の噴火の跡が残っていた。地層には、この土地の太古からの記憶が刻み込まれているのだ。

「地層がくっきり見える」

「うん。本当に縞模様になってるね」

しばらくすると船は三四郎島に来た。ガイドによると、見る角度によって、島が3つにも4つにも見えることからこう呼ばれるようになったとのことだ。島と海岸のあいだで、両側から潮の流れがぶつかり、トンボロという現象が見られるという。潮が引くと、島と海岸の間に、天然の石でできた道が現れる。残念ながら、僕たちが来たときは、潮が満ちていて、海の道を見ることはできなかった。

この島に潜んでいた源氏の若武者と恋に落ちた地元豪族の娘が、この海の道を渡って、彼の元に通っていたそうだ。しかし、ある日、渡り切らないうちに潮が満ちてしまい、娘は溺れて死んでしまった。そんな悲恋の伝説があるそうだ。

「その娘は泳げなかったのかな？」

「昔の人だから着物とかたくさん着てて、沈みやすかったのかも」

「えっ、そんな理由なの？」彼女はクスクスと笑った。

「いずれにしても、そんな死に方はしたくないものだよね」

「潮の満ち引きで海の中で道ができるのは、フランスのモンサンミッシェルが有名だよね」

「ああ、修道院がある島だね。直子さんは、行ったことある？」

「行ったことないよ」

「僕もないな。パリには一日だけ行ったことあるんだけど」

「へえ。行ってみたいな」

　ボートは別の目的地に行くために方向転換すると、エンジンを唸らせた。船体が波を切り裂きながら、海面を滑っていく。そして、スピードを落としながら、岸壁にある洞窟の入り口の前までやって来た。その入り口はとても狭くて、船が一隻通れるかどうかといった大きさだった。

　僕たちのボートは、ゆっくりと慎重に洞窟の中に入って行った。

「すごく青いね」

「青というより緑じゃない？」

「エメラルドグリーンね」

「その色だね」

洞窟の中を進むと、丸く抜け落ちた穴があり、暗い洞窟の中に天井から光の帯が海面まで差し込んでいた。海底で反射された光が海水をエメラルドグリーンに輝かせている。様様な色の光線が散らばり、神秘的な光景を織り成していた。ここは天窓洞《てんそうどう》と呼ばれる海蝕洞窟だ。

ボートはしばらく、天窓の下で停まっていた。

「こんな幻想的なところがあったんだね」

「僕と寄り道してよかったでしょ?」

「うん」と直子はうなずく。

洞窟の中をひと通り探索すると、ボートはまた海に出て、それから最初の船着場に向かって走り出した。

これでツアーは終わりだ。

「すごくきれいだったね」

「来たことあるんでしょ?」

「多分。でも、昔のことで、あんまり覚えてない」

ボートは桟橋に着いて、船頭の人がロープを岸に縛り付けた。

乗客が一人ひとり降りはじめる。

僕が最初に船から降りて、それから直子に手を差し出した。彼女の繊細な手をしっかりと握りしめた。僕は彼女を引っ張り、船から降ろしてあげた。

「ちょっと喉が渇いたから、お茶でもしない？」

「うん、いいね」


少し歩いて、ガイドブックに載っていた近くのカフェに来た。

平日だからなのか、店内はとても空いていて、僕たちの他には観光客だと思われる女の子のふたり組がいるだけだった。

僕たちは窓際の席に座り、ふたりともホットコーヒーを注文する。

コーヒーが運ばれてくると、直子は角砂糖をひとつカップの中に落とし、よくかき混ぜてから、ミルクをすこし入れた。

僕も同じく角砂糖をひとつ入れてよくかき混ぜてから、ミルクをすこし入れた。

「まあまあのコーヒーね」と直子は言った。

「ふむ」と僕はうなずいた。「わざわざおいしいコーヒーを飲みに伊豆に来る人はいないだろうけど、思ったよりおいしいね」

「わたなべ君は、コーヒーの味がわかるの？」

「缶コーヒーと安いカフェのコーヒー、ちゃんとしたカフェのコーヒーの違いぐらいはわかるよ。家では挽いたコーヒー豆を買ってきてペーパードリップで飲んでる。豆を買ってきて自分で挽いたこともあるよ。昔、ちょっとつきあってた女の子が、コーヒーを自分で淹れるのが好きで、僕の家でいつも作ってくれたんだ。それで僕の家にはコーヒーミルとドリッパーとサーバーがそろってる。ところで、ここのお店はコーヒーフレッシュじゃなくて、ちゃんと牛乳を持ってきてくれるところがいいね」

「それだけわかれば十分よ」と直子が感心した。「コーヒー豆の違いや淹れ方の違いまではわからない？」

「そこまでは」と僕はこたえた。「直子はわかるの？」

「そうね。一度カフェで働いていたことがあって、少し自分で勉強してみたの」

「へえ」

「コーヒーの味を決めるのは、もちろんまずは豆の種類でしょ。それから焙煎の仕方。次にブレンドね。それから挽き方でしょ。もちろん淹れ方も重要。最後は飲み方ね」

「コーヒーってのは奥が深いんだね」

「そうよ。とても奥が深いの。わたなべ君は、コーヒーの飲み方は何が好き？」

「飲み方って？」

「カフェオレとかカフェラテとかカプチーノとかエスプレッソとか。それともこうやってレギュラーのホットコーヒーが好き？」

「コーヒーの飲み方ってそんなにいっぱいあったんだ。さすがに世界で一番飲まれている飲み物だけのことはあるね。よく考えてみると、そのときの気分で何が飲みたいか変わってくるよ。お腹が空いているときは、ミルクがたっぷりのカフェラテにハチミツを入れて飲みたいし、食後に飲むときは、こんな感じで砂糖をすこし、ミルクもすこしのホットコーヒーがいいね。風邪気味のときは、牛乳とコーヒーが半分ずつの温かいカフェオレを自分で作って飲みたいかな」

「その最後のカフェオレの飲み方は、私と同じよ。カフェオレの起源って知ってる？」

「さあ、知らないな」と僕はこたえた。

「中世のヨーロッパでね、お医者さんが、貴族に咳止めの薬として処方したのが最初なんだって」

「へえ」と僕は感心した。「どうりで、風邪を引いたときに飲みたくなるわけだ」

「それから、庶民にもカフェオレが広がって、ハチミツを入れたり、パンをひたして食べたりして、パリの朝食に欠かせないものになったの」

「カフェオレがパリで流行ったのは、きっとパスツールの発明のおかげだよ」

「パスツール?」

「フランスの細菌学者。低温殺菌法を発明したんだ。彼は60度ぐらいに熱するだけで、ワインや牛乳の中のバクテリアを殺せることを発見した。こうやって風味を損なわずに、ワインや牛乳を殺菌できるようになったんだ。低温殺菌のことを英語でパスチャライゼーション(Pasteurization)って言うんだけど、これはパスツールから来てるんだよ。低温殺菌法の発明のおかげで、パリでおいしい牛乳が出回りだしたから、カフェオレがたくさん飲まれるようになった、というわけ」

「なるほど」と直子が感心してコーヒーをまた一口飲んだ。

僕もまたコーヒーを一口飲んだ。

「こうやって、おしゃべりしながらゆっくりとコーヒーを飲むのもいいね」

「うん」と直子がうなずいた。

「ところで、どんなことをしているとき、直子は一番くつろげる? リラックスできるというか、落ちつくとき」

「そうだな。たとえば……」

「たとえば?」

「たとえば、お家の窓際でソファーに座って、おいしいコーヒーを飲みながら、本でも読んでるときかな」

「ああ、それすごくわかるよ」と僕は言った。「僕も元々そんなに社交的なほうじゃないから、そうやってひとりで本を読んでたりするときが、本当は一番落ちつくんだ。休日の静かな時間の流れのなかで、本の世界に入り込む、あの感覚だよね」

「そうね。昼下がりに、カーテンの隙間から暖かい日差しが入ってくる感じも好き」

「暖かい日差し」と言って僕は周りを見回した。「このお店にも昼下がりの暖かい日差しが入ってきている」

「そうね。日差しがちょっと部屋の空気を温めてくれている感じがいいね」

「でも、ふたりでいっしょにコーヒーを飲みながら、本を読むのもいいって、知ってる?」

「どんなふうに?」

「たとえば、どこか旅行に行ったとして、朝ごはんを食べるよね。それからふたりでゆっくりと温かいカフェオレを飲みながらガイドブックをいっしょに読むんだ。今日は、どこに行こうかって」

「それは確かにいいね」と直子はうなずいた。

「ちょっと、想像してごらん」と言って僕は直子の目を見つめた。「ふたりでパリに旅行したとして、朝ごはんは焼きたてのクロワッサンを食べて、それからセーヌ川が見えるカフェに行って、ふたりでおいしいカフェオレなんか飲みながら、ガイドブックを開く。今日はどこの美術館に行こうかと話し合う」

「楽しそうね。わたなべ君はパリに行ったことあるんだよね」

「学生のときにロンドンにひとり旅で行ったんだ。英語の勉強に役に立てばと思って、夏休みに2週間ぐらいね。ロンドンは物価が高かったから、ずっと一番安いユースホステルに泊まってたんだけど。そのとき、インターネットで調べたら、パリまでの航空券がものすごく安く出てたんだ。それでパリに行って、1泊だけしてみたんだ」

「へえ、そうなんだ。私は行ったことないから、行ってみたいな。どうだった？」

「たった2日の観光だったからちょっと慌ただしかったけど、とてもよかったよ。まずは凱《がい》旋門《せんもん》に行って、展望台に上った。ここからパリを見渡すと、放射状に12本の大通りが本当にきれいに延びているんだよ。それからシャンゼリゼ通りですこし遅めのランチを食べたんだけど、あのときのムール貝とフライドポテトと白ワインは最高においしかった。ルーブル美術館とノートルダム大聖堂も、すごくよかったよ。いつか、いっしょに行こうよ」

「うん、行きたい」と直子がこたえた。

「直子といっしょならカフェでおしゃべりしたり、美術館をめぐったりとても楽しいだろうな」

「行ってみたいな」

「ところで、夕飯の約束は何時？」

「6時半ぐらい」と直子はこたえた。

「ここから修善寺までは1時間半ぐらいかかるから、いっしょにいられるのはあと1時間しかないね」

「そうだね」と直子が言った。

「あっという間に時間は経ってしまうなあ。ところで、この近くの海岸で、すごく夕日がきれいなところがあるんだって」僕はガイドブックをカバンから取り出して言った。「ここだよ」

「本当だ。すごくきれいな写真ね」

「今日の日の入りの時刻は16時40分ぐらいだから……。バスの時間にもちょうどいいし、ちょっと見に行かない？」

「うん、行きたい、行きたい」

僕が会計を済ませようとすると、直子が「さっきの洞窟ツアーの分を払ってもらったから、ここは私が出すよ」と言い張る。

「コーヒーぐらいおごるよ。その代わり……」

「その代わり、何？」

「今度アイスクリームおごってよ。ここは僕がおごるから」

「アイスクリーム？」直子は笑顔で聞き返した。

「うん」と僕はこたえた。

冬に食べるアイスクリームも悪くない。


西伊豆にはいくつも夕日の名所があり、そのうちのひとつにバスで行くことにした。

修善寺行きのバスに乗れば15分ぐらいのところだ。

僕たちは、後ろのほうのふたりがけの席に座った。

「この辺はドライブするとすごく気持ちよさそうだね」

「車は運転できるの？」

「実家に帰るとよく運転するわよ。わたなべ君は？」

「僕の免許はゴールドだよ。無事故・無違反」

「それって、ペーパードライバーってこと？」

「まあ、そういう言い方もあるね」

「ハハハ」と直子が笑った。「今度、私が運転してどこかに連れてってあげる。私、けっこう運転うまいんだから」

「それは楽しみだな。西伊豆には、富士山が見える有名な岬がいくつもあるし、ドライブはとても気持ちよさそうだね」

僕はとなりに座っている直子の手を握った。

彼女はまったく抵抗しなかった。

それから僕たちはずっと手を握ったままだった。

「不思議だな」と言って僕は直子の顔を見た。「きれいな女の子とふたりで話していると、いつもなら僕はなんとか口説こうとかいろいろ思ってしまうんだけど、直子とこうやって会話してると、なんだかとても楽しくて、面白い男友だちと話してるみたいな気分になるよ」

「なにそれ？」と直子は少し怒って言った。「私に女としての魅力を感じてないってこと？」

「まあ、そういうわけでもないんだけどさ」

「ふんだ。どうせ私は、男友だちみたいですよ」

直子はふてくされた顔をしている。

素知らぬ顔で話しながら、僕はつないでいる手の指と指をこすり合わせた。

「次のバス停だよ」

降りたバス停で次のバスの時間を確認した。

「この17時5分のバスに乗ればいいね」と直子が言った。

「早くしないと太陽が沈みはじめちゃうよ。行こう」

僕は直子の手を引いて、すこし早足で歩いた。

「わあ、すごいきれいな夕日だね」と直子が歩きながら言った。

実際に、駿河湾《するがわん》に沈み行く太陽が織り成す夕焼けは、息を呑むような美しさだった。水平線の近くがオレンジがかっていたが、上のほうにはまだ青い空と白い雲が見えた。太陽が水平線にくっついて、海の中に入っていくと、思っていたよりもすぐに太陽は沈み切った。そして、沈んでからまた空の色がオレンジから紫色になりすこしピンクがかり、多彩な色を見せてくれた。

「きれいだったね」

「うん」

「来てよかったね」

「そうね」と直子がうなずいた。「そろそろ、行かなくちゃ」

「そうだね」

　また、手をつなぎながら、来た道を戻った。

　バス停に着くと、まだすこしだけ時間があった。

「ねえ」

「なに？」

「ここでもう別れてしまうのはすごく辛いよ。こうやってふたりで出会えたのも奇跡みたいなものだし、今日は僕といっしょにディナーをしない？」

「ダメよ。実家で夕飯の用意をしてくれてるから」

「でも、まだ夕飯の時間までには1時間以上もあるから、いま電話したら間に合うよ。ねえ、いっしょにいようよ」

　気がつくと、僕は直子に必死にすがっていた。

「うーん。ねえ、じゃあ、こうしよう」

「なに？」

「わたしは、まず実家に帰って夕飯を食べる」

「うん」

「それから、家の車を借りて、今夜、また、わたなべ君に会いにくる。この辺は星空がすごくきれいなはずよ。いっしょに見に行こうよ」

この展開に、僕はふと我に返った。直子のほうからこんなできすぎた提案がなされるなんて、これまでうまくいっていたのにそれもすべて終わってしまったのだ。

男からしつこくされた場合、「連絡先教えてよ。こっちから連絡するから」などと言って音信不通にするのはモテる女の子がよくやる典型的なお断りルーティーンだった。

最後の最後で、ずっと誰ともセックスしておらず、仕事も何もかもうまくいっていない余裕のなさが出てしまった。

クソ！ こんなところで彼女の自動迎撃システムを起動させてしまうなんて。

「わかったよ。じゃあ、連絡先教えて。僕のホテルの住所を送っておくから」

直子は携帯をカバンの中から取り出す。

僕たちは携帯の番号と、ついでにＬＩＮＥの交換もした。

「今日はすごく楽しかったよ。期待せずに、連絡を待ってる」

しばらくするとバスが来て、バス停の前で止まった。

「それじゃあ、またね」

直子がバスの中からこっちを向いて、手を振ってくれた。

僕も手を振った。

★

僕は反対側のバスに乗り、予約しておいたホテルの近くまで来た。

途中でコンビニに寄って、安いワインを買った。

女の子にもっと長くいっしょにいたいとすがってしまうなんて、恋愛工学ではやってはいけない典型だった。

過去の経験からいうと、こんなふうに女の子と途中で別れた場合、また会える確率はゼロに近い。いっしょにいるときは、まるでずっと探していた理想の異性に出会ったかのように仲良くなっていたとしても、だ。こういう場合は、タイムコンストレイントメソッドなどでむしろこちらから別れるべきだったし、もっとクールに振る舞うべきだったのだ。

僕の恋愛工学のスキルはすっかり錆びついてしまっていた。

ホテルにチェックインして、荷物を置き、僕は近くの小さな食堂に行くことにした。

伊豆の海の幸が載った海鮮丼をかき込んだ。

それから、あまり期待せずに、直子には僕のホテルの住所と電話番号を送った。

ひとり部屋に戻り、シャワーを浴びる。

髪を乾かしながら、僕はノートPCを取り出し、しばらくやめていた就職活動を再開することにした。

直子とは、もう二度と会えないかもしれないけど、今日いっしょに過ごせた時間で、僕はずいぶんとエネルギーをもらった気がした。

履歴書をいくつかの事務所に電子メールで送った。

携帯には直子からの返事はなかった。

明日の宿を見つけるためにネットサーフィンをはじめた。土肥《とい》温泉に行こうか、それとも修善寺に行こうか。直子と連絡がつかなくなったら、もう東京に帰ってしまおうか。それも悪くない。

僕はひとりでワインを開けて、飲みはじめた。


(21:33 直子) [ようやく家族との夕飯が終わったよ。]

僕は自分の目を疑った。直子から返事が来たのだ。

(21:34 直子) [でも、こんなに遅くなっちゃったから、また、今度にしない?]

ここは強引に押し切る場面だ！

(21:37　わたなべ)［今夜会いたい。］
(21:38　直子)［いまから行くと、そっちに着くのは10時半ぐらいになっちゃうよ。］
(21:39　わたなべ)［僕はずっと待ってたんだよ。約束はちゃんと守ってよ。］
(21:40　直子)［そうだけど。］
(21:40　わたなべ)［アイスクリームをおごる約束だって忘れたの？　今日はいっしょに星空を見るのを、僕はずっと楽しみにしてたんだから。］
(21:45　直子)［わかった。じゃあ、行くね。ちょっと遅くなるよ。］
(21:45　わたなべ)［いいよ。ちゃんと待ってるから。］
(21:46　直子)［∧スタンプ∨］

僕は落ちつかず、ロビーまで出てきてしまった。
携帯を何度もチェックする。
まだ連絡が来ない。

そのとき、車が一台玄関の前に止まった。

しかし、車から出てきたのは、別の観光客だった。

時計を見ると、もう11時を過ぎていた。

やっぱり、来ないのか……。

そう思ったとき、ヘッドライトの明かりがロビーの中を照らした。


(23:21 直子) [ホテルの前に着いたよ。]

僕の心臓は高鳴った。

(23:22 わたなべ) [すぐ行く。]

車の中に直子がいた。

思わず、小さくガッツポーズした。

僕は外に出て、すぐに車の助手席に乗り込んだ。

「ごめん。ちょっと遅くなっちゃった」

「来てくれてありがとう」と僕は言う。「お母さんになんて言って、家を出てきたの？」

「地元の友だちのところに遊びに行くって」

「まったく悪い子だな」

直子がくすくすと笑っている。

僕はシートベルトを装着する。

「ちょっと調べておいたんだけど」と言って僕はガイドブックを取り出した。「ここの岬に行ってみない？　駐車場からものすごくきれいな星空が見えるんだって」

「いいね」直子はカーナビに行き先を入力する。「この道に沿ってずっと行くだけね。よし、行ってみよう」

夜のドライブデートがはじまった。

海沿いの国道136号を走って行く。

直子は運転に集中している。

「運転上手だね」と僕は言った。

「わたなべ君も、運転してみる？　免許持ってるんでしょ」

「待ってる間に、お酒を飲んじゃったからダメだよ」

「ひとりで酔ってるの？　ずるい」

「ごめん。ちょっとやけ酒してて」

「じゃあ、私がしっかり運転しないとね」

「そうだよ。直子の運転を信じてるから」と僕は言ってステレオに手を伸ばした。「なんか音楽聴かない？」

「ｉＰｏｄがつなげるはずよ。試してみて」

ステレオに僕のｉＰｈｏｎｅを差すと、あっさりとつながった。

僕はお気に入りのハウスミュージックのアルバムを再生した。

直子はアクセルを踏み込んで、冬の冷気を切り裂きながら、海辺の夜の道路を疾走する。


目的地の駐車場に着くと、そこには車が一台も停まっていなかった。

ヘッドライトを消すと、辺りは真っ暗だった。カーナビの画面を消し、ステレオもオフにして、目に入る光をすべて消した。

そして、僕たちは車の外に出た。

吐き出す息が白い。ふたりとも、空を見上げるのをこらえていた。

ふたりで空を見上げると、いっぱいの星が広がっていた。

「わあ、星がいっぱい」

「ほんとに、きれいだ」

東京にいると、夜空に星があることなんて、すっかり忘れてしまう。高層ビルに遮られて都会の空は狭く、星の光は人工的な光にかき消されてしまっている。いつもこんなにたくさんの星に囲まれていたのに、ずっと気がつくことができないでいた。

「すごい！　天の川が見える」

直子はそうつぶやくと、空を見上げたまま、走り出した。僕も空を見上げながら、彼女を追いかけると、天の川のなかへ体がふうっと浮き上がっていくようだった。天の川は夜の岬を素肌で巻こうとして、すぐそこに降りて来ている。天の川にいっぱいの星が一つひとつ見えるばかりでなく、ところどころにある光雲を構成する砂粒みたいな星くずが一粒一粒見えるほど空は澄み渡っていた。

天の川に浮かびながら、ふたりは寄り添っていた。

僕が彼女の腰に手を回してしっかりと抱き寄せると、華奢《きゃしゃ》な腰がきれいにくびれていることがわかった。空を見上げている横顔が、艶《なまめ》かしいほど美しかった。彼女のことを性的に意識すると、心臓が激しく鼓動を打った。静寂の中で、ドクンドクンという心臓の音が、直子に聞こえやしないかと心配した。

「車に戻らない？」僕は緊張しながら言った。

「うん」直子はこたえた。

フロントガラス越しでも、たくさんの星がよく見えた。

ふたりとも何もしゃべらず、しばらくはエアコンで暖かくなった車の中から天の川を見ていた。

直子の黒目がちの瞳は、天の川を映し込んで、美しく輝いていた。

僕は彼女の手を握った。ふたりの手がすぐにからみ合った。指と指を激しくこすり合わせる。

僕は身を乗り出して、つないでいないほうの手で彼女を抱き寄せ、キスをした。

彼女の柔らかな舌が、僕の口に入ってきた。まるで別のやさしい生き物になったみたいに動いていた。とてもいい香りがした。僕の舌もその動きに自然と合わせていく。彼女の目は開いたままだった。

その目は、こうなることは最初からわかっていたのよ、と言っている気がした。

★

窓から差し込んできた太陽の光で、僕は目が覚めた。身体に心地よい疲労感が残っている。

周りを見回すと、それは小さなホテルの一室だった。テーブルの上を見るとワインボトルが空いていた。

僕は、昨日の夜のことを思い出す。ふたりは幻想的な天の川に包まれていた。車の中でキスをした。それから、ホテルに戻って直子と激しく抱き合った……。

ああ、夢だったんだ。

そして、また仕事探しと、独り身の生活がはじまるのだ。

気がつくと、洗面所で水が出っぱなしになっている。

蛇口を閉めるのを忘れたのか、と思った。

すぐに止めなきゃ、と起き上がろうとしたら、蛇口は勝手に止まった。

あれ？

髪の毛をバスタオルで拭きながら、バスルームから直子が出てきた。

彼女はベッドにすっと滑り込んで、僕のとなりに来た。

そして、僕の腕をつかみながら言った。

「こんなところで、また、あなたに出会えてうれしかった」

「前に、品川のカフェで働いてた？」

「わたなべ君は、チャーリイにはならないと思うよ」

★

街路樹が一斉に新緑に包まれ、溢れる日光を受けて喜んでいる。カフェの中の無垢材《むくざい》でできた床が、木漏れ日を暖かく受けていた。

よく冷えたアイスコーヒーを飲みながら、僕はひとりのクライアントを待っていた。

就職活動も恋愛と同じように、ただ必死になって相手を求めているだけではダメだ。自分とビジネスをしたほうが得だということを相手にわかってもらうために、よく考えて自分を売り込まなければいけないのだ。そして、自分そのものを売らなければいけない恋愛よりも、自分のスキルセットのひとつを売るだけでいいビジネスのほうが簡単だった。いくつかの特許事務所とメーカーから、業務委託契約で仕事を回してもらうことができた。よく言えば、僕ひとりだけの弁理士事務所として独立したことになる。悪く言えば、ただのフリーランスだけれど。

永沢さんは、ある日、ひょっこり帰ってきた。香港の会社に転職して、この数ヶ月は、香港のほうで新しいファンドの起ち上げに忙殺されていたようだ。それならそうと一言いってくれればよかったのに。これからは東京と香港を行き来する生活になるようだ。永沢さんは、さっそく僕のクライアントになってくれた。


「よう、頼んでおいた仕事はできたか？」

「もちろんですよ」

僕は自信を持ってこたえ、作成した資料を渡した。

彼はそれをひと通りチェックする。

「いい仕事だ」

「ありがとうございます」

「ところで、今度またモデルがたくさん来るパーティーがあるんだが、お前も来るか？」

「すいません。今回は、遠慮させてください」

「らしくないな。いったいどうしたんだ？」

「いまはもう、たくさんの女と関係を持ちたいとは思わないんです。ひとりの女を愛することを学びたい」

「おいおい」彼はあきれた顔をした。「お前、また、非モテコミットになりたいのか？　いったい、これまでに何を学んできたんだよ」

「確かに」と僕は言った。「永沢さんから、多くのことを学びました。そして、すっかり人生が変わった。それまでの僕は、ただ純朴なだけでした。ひとりの女の人をただ一途に愛し、誠心誠意尽くすことだけが、恋愛で報われる方法だと思っていた」

「それで、その結果はどうだったんだ？」

「もちろん、ひどいものでしたよ。高いレストランに連れていったり、高価なプレゼントを買ったりもしました。休日を返上して、引っ越しの手伝いをしたこともありましたよ。いつかは僕の想いが報われるんじゃないかと期待しながら。しかし、誠実に接すれば接するほど、彼女たちはひどい仕打ちで返してきました。僕のことを利用できるときは、気が向けば会ったりしてくれるけど、僕が必要なくなると、突然、連絡が途絶える。そうしている間に、彼女たちは別の男に抱かれている……」

「ハハハ。懐かしいな。しかし、お前は生まれ変わった」

「ええ」と僕はうなずく。「永沢さんが教えてくれた恋愛工学のおかげでね」

「お前は本気で努力してきた。俺が教えたことをすべて吸収し、日々のフィールドワークを怠らなかった。たくさんの失敗も経験しながら、勝利をものにしてきたんだ。ふつうの男が人生をかけて成し遂げることを、お前はこんなに短い期間に何回もやってのけたんだよ」

「ありがとうございます」と僕は礼を言った。「永沢さん、ひとつ聞いていいですか？」

「なんだ？」

「愛っていったい何ですか？　恋愛工学を学ぶ前、確かに、僕は女の人を心から愛していましたよ。ところが、そんな僕を待っていたのは残酷な仕打ちですよ」

「それが非モテコミットだよ」

「恋愛工学を学んだあとは、かつての非モテだったころのようには、僕は出会った女の人を愛していませんでした。もちろん、一人ひとりには真摯《しんし》に接してきましたよ。しかし、当然のように、複数の女の人に同時にアプローチしました。恋愛は確率のゲームだからです。そして、ひとりの女に熱くならずに、ルーティーンを機械的に繰り返す僕を、なぜか彼女たちは愛してくれた」

「恋愛工学の理論どおりじゃないか。何がおかしい？」

「僕自身は、本質的には昔と何も変わっていない。いや、昔の非モテ時代の僕のほうが、むしろ彼女たちにとっては都合がよかったはずです。決して裏切らず、誠実にひとりの女に尽くすことしか知らないわけですから。じつは、僕は恋愛工学を学びはじめたころ、ずいぶんと悩んでいたんですよ。なぜ、昔の僕を、彼女たちは愛してくれなかったのだろう、と。そして、恋愛をゲームのように考えるようになった僕を、彼女たちはなぜ愛するのだろう、と」

「それは恋愛工学を学ぶ者が通らなければいけない道だ。お前は、昔ながらの愛を捨て、恋愛プレイヤーになることを選んだんだ。恋愛工学は、ある意味で、愛を再定義したんだ」

「はい」と僕はうなずいた。「でも、今度の彼女のことは、昔のように、かつての非モテだったときの僕のように、ずっと愛することができると思うんです。そして、愛されることも。今回だけは違う気がするんです」

「今回だけは違う？」永沢さんはすこし馬鹿にしたような口調で言った。

「“This《ディス》 Time《タイム》 Is《イズ》 Different《ディファレント》.”は、金融の世界では最も危険な４つの単語だと言われているのを、お前は知っているのか？」

「僕はどうしようもない夢想家になってしまったのかもしれません。でも、やはり信じたいんですよ」

「そんなにいい女なのか？」

「彼女よりも美人はいくらでもいるし、僕はそうした女たちと何度も寝てきました。彼女よりもお金持ちの女もいくらでもいます。もっと都合のいい女だって。でも、非モテだったときの僕にもやさしくしてくれて、失業して落ち込んでいるときにも手を差し伸べてくれた女なんですよ。僕は、そんな彼女といっしょに人生を歩んでいきたい」

「ふむ」と永沢さんはうなずいた。「お前なら、ひとりの女を愛し続けるための恋愛工学も生み出すことができるかもしれない。少なくとも、試してみる価値はあるかもな」

「ありがとうございます。いまの僕があるのは、永沢さんのおかげです。いったい、どうやってお礼をしていいのやら……」

「礼なんていらない。俺は、お前がどこまでやれるか、見てみたくなったんだ。そして、これは恋愛工学がどれほどの力を秘めているかを証明するための実証実験でもあった」

「実証実験？」

永沢さんはしばらく黙った。「この話は気にするな。なんでもない」

どうやら、それはあまり突っ込んではいけない話題のようだ。

「せっかくパーティーに誘っていただいたのに、すいません……」

「いや、いいんだ。仕事でがんばってくれ」

「わかりました」と僕はこたえた。

「もうひとつのほうのリサーチも頼む」

「はい」僕は力強く返事をした。

「それじゃ、また」

「僕は、ここでもうすこし仕事をしていきます」

永沢さんはオフィスに戻っていった。

心なしか、すこしだけ寂しそうな顔をしていたような気がした。

携帯をチェックすると、直子からメッセージが入っていた。
［今日は早く仕事が終わるんだけど、いっしょに夕飯食べたいな。］
僕はすぐに返事を書いた。
［オッケー。有楽町のイタリアンを予約しておくよ。］

僕はアイスコーヒーを飲み干すと、また、ノートPCに向かった。

フリーランスになった僕は、よくカフェで仕事をしている。家でも仕事はできるが、たまには場所を変えると集中できる。

今日はもう一件ミーティングの予定が入っていた。

資料を読んでいると、ちょっとぎこちないスーツ姿の女の子が入ってきた。新品のカバンを持っている。艶《つや》やかなストレートの黒い髪がなびいている。

彼女はアイスカフェラテを持って、僕のとなりの席に座った。そして、一口か二口飲んだあと、カバンの中から本を取り出して、読みはじめた。

僕はスマートフォンを取り出し、これからミーティングをするクライアントに電話をした。

「もしもし、弁理士の渡辺です。今日の打ち合わせの件ですけど……」

ミーティングの時間と場所を再確認した。

次に、インターネットで電車の乗換を調べる。それから、このカフェから駅までどうやって行けばいいか確認する。

「すいません」と僕はとなりの女の子に話しかけた。

彼女はちょっと驚いて「は、はい」と言って、僕の顔を見た。

「ちょっと確認したいんですけど、いま僕たちがいるカフェって、ここで合ってますか？」

僕は開いたグーグルマップを見せながら言った。

解　説

羽田圭介

「この東京の街は、僕たちのでっかいソープランドみたいなもんですね」
「ああ無料のな」

東京の街を見下ろしながら乾杯をする男二人の、信じられないような会話で物語は始まる。

〈恋愛工学。／いまでは金融や広告など様々な分野が数理モデルに従って動いている。かつては文系人間たちのガッツで回っていたこうした業界は、いまや複雑なアルゴリズムを操るオタクたちが牛耳っている〉〈最後にはいつだってテクノロジーが勝利する〉

青木国際特許事務所に勤める主人公、渡辺正樹は二七歳の弁理士で、結婚まで考えていた恋人の麻衣子に手ひどくふられる。失意の中、友人と六本木ヒルズにあるバーで飲んでいると、突然現れた男がモデルのような美女三人と話し始め、一五分足らずで一番の美女とキスし連絡先まで交換する。やがてその男が、仕事のクライアントの永沢だと気づく。渡辺は後日、モテるためのテクニックを伝授してもらうために、プライベートで永沢に接触する。非モテコミット、フレンドシップ戦略、友だちフォルダ……本文中に太字で書かれる謎の単語を織り交ぜながら、永沢は渡辺が抱いていた恋愛観を崩し、〈恋愛工学〉に基づいた〈正しい方法論〉を伝授する。

「恋愛も、勉強や仕事といっしょだ。効率よくやるべきものなんだ。最小限の努力で最大限の成果を得る。生産性が大切だってことだよ」

モテ技があまり発揮されない第1章までの、紋切り型の小説表現は全部カットした方がいい。それらの部分にストレスまで感じたのは、僕が「冗長な説明はいいから早くモテる方法教えろ!」という気持ちで急《せ》いていたからだろう。第2章から、「週末の街コン↓ストナン

「クラナンのサーキットで、1日で50人以上の女にアタックする」という、永沢に助けられての渡辺の修行が始まる。要はひたすら女に声をかけナンパの精度も上げてゆくという、やることはかなり体育会系かつ求道的《ぐどうてき》なものだ。モテを期待して本書を買った読者のうち半数以上は、その過酷さに脱落するだろう。

高校生の頃僕はモテ修行として、紀伊國屋書店新宿本店の場所を道行く女性たちに聞きまくったことがある。親切心につけこみ申し訳ないという自覚はありつつも、一人親切に教えてくれる度に、世界が開けてゆく感覚があり、嬉しかった。他にも、二〇歳を過ぎた頃、友人とナンパ目的で学園祭をウロついては「あの子はたぶん未成年じゃない？　逮捕怖いし」等々、ビビって声をかけられないことの言い訳を繰り返し、やけ酒を飲み寝たこともある。モテる男友達を作りその人を真似るといい、という論を聞けば、新宿でホストの一人と仲良くなり、埼玉の彼の自宅まで行き段ボールと陰毛だらけの空間で色々と語り一晩過ごしたがなにも変わらなかった。

渡辺がモテるようになってゆく過程はそれなりに説得力があり、気づけば応援している。いっぽう、モテ伝道者の永沢がモテることの説得力が、不思議と薄れてゆく。たとえ永沢が披露する実践的なモテ技や女との会話等が、作者が現実に見聞きしたことをそのまま書いたのだとしても、プレイヤーの外見や仕草、声色など「非言語的」要素が大きいだろうし、それが小説の描写で表現されていないから説得力がなく、トンデモな感じになっていて笑える。全体的に、本書にはモテるための理論がたくさん詰め込まれているいっぽう、理論化や言語化しづらい重要な要素には、ほとんど言及していない。

それでも、会ったこともない、素性の知れない人が書いた本作が信頼できるのは、共感できるシーンがあるからだ。作家デビューして一二年経《た》つ僕には、自分が信じられない風景を見て、とんでもない体験をしているなと思うときがふと訪れる。しかし、当事者になってみると、もの凄く努力してそれを成し得たわけではなくて、地味な行動と結果という因果関係のシンプルさに気づかされる。その地点にいない人の立場からだと、それは解き明かせない難攻不落ななにかでしかなかったりする。〝当事者〟〝できる人〟の観点でなにかをやることの必要性はたしかにあって、それが恋愛工学にだけあてはまらないということはないだろう。

最後に、僕が最も好きな文章を引用する。第2章でのストリートナンパ修行中、渡辺は道行く女たちから邪険に扱われたり、無視されたりする。しかし渡辺は、あることに気づく。

〈無視されるのはかっこ悪かったが、それでも僕は何も失っていない、という当たり前のことを認識した〉

本を閉じて違う世界に接続したくなる本というのは、良い本だと思っている。だから、モテるために街へ出たくなってくるこの本は、良い本だ。

（『ポンツーン』２０１５年９月号より）

――作家

この作品は二〇一五年六月小社より刊行されたものです。

幻冬舎文庫

●最新刊
織田信長　435年目の真実
明智憲三郎

桶狭間の戦いの勝利は偶然なのか？　何故、本能寺で討たれたのか？　未だ謎多き男の頭脳を、現存する史料をもとに徹底解明。日本史史上最大の謎と禁忌が覆される!!

●最新刊
明日の子供たち
有川　浩

児童養護施設で働き始めて早々、三田村慎平は壁にぶつかる。16歳の奏子が慎平にだけ心を固く閉ざしてしまったのだ。想いがつらなり響く時、昨日と違う明日がやってくる。ドラマティック長篇。

●最新刊
男の粋な生き方
石原慎太郎

仕事、女、金、酒、挫折と再起、生と死……。文壇と政界の第一線を走り続けてきた著者が、自らの体験を赤裸々に語りながら綴る普遍のダンディズム。豊かな人生を切り開くための全二十八章！

●最新刊
勝ちきる頭脳
井山裕太

12歳でプロになり、数々の記録を塗り替えてきた天才囲碁棋士・井山裕太。前人未到の七冠再制覇を成し遂げた稀代の棋士が、〝読み〟〝直感〟〝最善〟など、勝ち続けるための全思考を明かす。

●最新刊
HEAVEN
萩原重化学工業連続殺人事件
浦賀和宏

ナンパした女を情事の最中に殺してしまった零。だが警察が到着した時には死体は消え、別の場所で、頭蓋骨の中の脳を持ち去られた無残な姿で見つかる。脳のない死体の意味は？　超絶ミステリ！

幻冬舎文庫

●最新刊
貴族と奴隷
山田悠介

「貴族の命令は絶対！」――30人の中学生に課された「貴族と奴隷」という名の残酷な実験。劣悪な環境の中、仲間同士の暴力、裏切り、虐待が繰り返されるが、盲目の少年・伸也は最後まで戦う！

●最新刊
北京でいただきます、四川でごちそうさま。
四大中華と絶品料理を巡る旅
吉田友和

中国四大料理を制覇しつつ、珍料理にも舌鼓を打つ。突っ込みドコロはあるけど、一昔前のイメージを覆すほど進化した姿がそこにあった。弾丸日程でも大丈夫、胃袋を摑まれること間違いなし！

●最新刊
黒猫モンロヲ、モフモフなやつ
ヨシヤス

里親募集で出会った、真っ黒な子猫。家に来た最初の晩から隣でスンスン眠る「モンロヲ」は、すぐ大切な家族になった。愛猫との〝フツーで特別な日々〟を綴った、胸きゅんコミックエッセイ。

●最新刊
天が教えてくれた幸せの見つけ方
岡本彰夫

「慎み」「正直」「丁寧」を心がけると、神様に愛されます。「食を大切にすれば運が開ける」「お金は、いかに集めるかより、いかに使うか」など、毎日を幸せに生きるヒント。

●最新刊
あの世へ逝く力
小林玖仁男

死にも〝技術〟が必要です――。余命2年半の料理屋の主人が、絶望の淵をさまよった末に、「終活」より重要な〝死の真実〟にたどりついた。最後の時を悔いなく迎えるための心の整え方。

ぼくは愛《あい》を証明《しょうめい》しようと思《おも》う。

藤沢数希《ふじさわかずき》

平成30年4月10日　初版発行

発行人――石原正康
編集人――袖山満一子
発行所――株式会社幻冬舎
〒151-0051東京都渋谷区千駄ヶ谷4-9-7
電話　03(5411)6222(営業)
　　　03(5411)6211(編集)
振替00120-8-767643
印刷・製本―中央精版印刷株式会社
装丁者――高橋雅之

検印廃止
万一、落丁乱丁のある場合は送料小社負担で
お取替致します。小社宛にお送り下さい。

定価はカバーに表示してあります。

幻冬舎文庫

ISBN978-4-344-42726-6　C0193　　ふ-34-1

幻冬舎ホームページアドレス　http://www.gentosha.co.jp/
この本に関するご意見・ご感想をメールでお寄せいただく場合は、
comment@gentosha.co.jpまで。